U0501440

想象另一种可能

理
想
国
imaginist

富士日记

〈下〉

〔日〕武田百合子 著

田肖霞 译

北京日报出版社

北京出版外国图书合同登记号：01-2024-1868

上／山庄的"花窗玻璃"
（摄影　武田花）

左／不光是冬天，在微寒的日子也大显身手的壁炉。据说因为过于气派，导致山庄的地面倾斜。
（照片提供　武田花）

前页／从山庄上坡的路
（照片　中央公论社）

目录

富士日记

（下）

—不二小大居百花庵日记—

昭和四十四年

1969 年

七月十日（星期四）

五日旅行回来。不在家期间攒了一堆工作方面的访客，丈夫疲于见人，说："想早点去山上。脑袋昏沉沉的。"

下过大雨、长雨的痕迹。草长得太高，被雨浇得腐烂。鸟的洗澡钵涌出了孑孓。大山雀雏鸟在厨房窗户的遮光窗套内孵化，亲鸟正在搬运食物。玉蝉花在我们没来的日子里开过花，结了籽。蓟在开花。家里有股霉味儿。

七月十一日（星期五）

早　米饭，裹面包糠炸鲑鱼，油醋浸卷心菜胡萝卜，豆腐裙带菜味噌汤。

午　什锦烧（樱花虾、肉糜、海藻、葱、墨鱼干丝），炖炒南瓜茄子，汤。

晚　米饭，炒豆腐，芡汁黄瓜，海苔，海胆。

擦餐厅的窗户。我格外仔细地擦了西面的两面玻璃窗，吃饭的时候能从那里望见夕照、彩虹和花田的花。丈夫在露台吹风。

"你有没有看过帝银事件[1]的画家平泽[2]画的画，一个梳着日本发髻的盲女对着镜子的画？标题是《心眼》。我只在很久以前看过一次，但是忘不了。咦？这事我之前也讲过吧。不知为什么，只要擦玻璃擦镜子的时候必定想起来。要是没有别人，我就只是一个人想起来，但孩子他爸你在旁边，我就忍不住讲了。""我已经听了很多遍。不过，算了，你想讲就讲，没事。"

于是，我又把这件事长长地讲了一遍。

七月十二日（星期六）

回东京。

1　1948 年 1 月 26 日，一名男子假装是厚生省防疫人员，进入东京丰岛区帝国银行椎名町支行，让银行工作人员及其家属服下痢疾"预防药"（其实是氰化物），导致 12 人死亡。犯人趁乱抢走超过 16 万元现金和 1 万多支票。

2　平泽贞通(1892—1987)，画家。被当作帝银事件的犯人逮捕，并被判死刑。然而并未执行死刑，也并未将其释放，最终平泽贞通在狱中过了 39 年，直至去世。

七月十九日（星期六）晴朗无云

十八日把不在家期间攒的事都做了。

十二点抵达。树莺仍在鸣叫。大门旁的野蔷薇今年开了大朵的花。耧斗菜在开花。风铃草在开花。长柄鸢尾在开花。富士山上残留着川字形的雪，此外，整座山一直到山顶都是红富士山。

在管理处。易拉罐啤酒，六个鸡蛋，砂糖，火柴，一斤面包，共二千六百七十五元。

大冈夫妻今天去东京参加葬礼。

记得从东京买老鼠药来。之前把老鼠药放在盘子里，一粒都没了。老鼠药一粒不剩地挪到了草帽的帽檐上。之前还曾被移到大的火柴盒里。我搞不懂老鼠的心思。换一种老鼠药吧。

七月二十日（星期日）晴朗无云

上午十一点半，我一个人回东京。从中央道河口湖终点到昴公路入口，从东京来的轿车和旅游大巴排着队。几乎没有往东京方向的车。有些车越过中线超车，没有回到队列，而是行驶在往东京方向的车道上，所以危险。

从大月往谈合坂的路口有轿车事故。一辆新车的前半撞得不成样子。我在谈合坂加油。加油站一个面熟的男人讨好地说："你一直走这条路呢。再往后即便在车里也热，不容易啊。"我喜欢从初夏到盛夏。无论是晒太阳、喝水、吃饭，还是呼吸，感觉全都化作营养，被身体吸收进去。不过我没把这话对加油站的人讲。我说："是哦，天热了，再往后会辛苦。"

晚上九点半，花子和朋友去长野的学生村，我送她们去新宿站。新宿中央线月台台阶下的通道满是铺了报纸坐在地上等的年轻男女和一家子。我冷不丁地想起，疏散到乡下期间，我有事去烧掉的房子那里，曾有几次来到空袭之下的东京。我背着防空头巾，把水壶斜挎在肩上，牢牢地攥着受灾证明和车票，在新宿站的这条通道排队。我在火灾废墟的京滨地区转了一圈，从火车窗户进去，整个人蜷起来蹲在车内通道上。我没有感到痛苦、恐惧或厌恶。那时的我与这些背着双肩包等待的年轻男女似乎没什么不同。

七月二十一日（星期一）晴朗无云

一早，打电话联系出版社，又联络管理处等，忙坏了。东京真热。

中午，中央公论出版部的近藤拿来《新·东海道五十三次》校样。他说，可能的话，希望在二十六日前过目，不过要是来不及，可以往后延。

下午订了有职的竹叶寿司。去有职取了寿司，直接去买东西，然后去山上。

佃煮（糠虾、海带、锦松梅、红烧牛肉糜），点心（羊羹、盐灶[1]），各种面包，米，红薯，黄瓜和其他蔬菜，第比利斯地图，精神病理学的书和资料。

买了一袋冰块，放进保冷箱，把竹叶寿司放在上面。不知怎么回事，在青山迷了路，绕来绕去转到四谷，从那里驶入甲州街道。临近四点抵达河口湖终点。

送了三十根竹叶寿司给大冈家。大冈家这次要在成城盖新房子。他们从大矶搬走，在房子盖好之前住在山上。大冈穿着睡衣，慢吞吞地来到玄关。说是他在搬家的时候稍微理了下书，结果扭了腰。

"请跟武田说，我现在这样去不了，让他来一下。我还想问他关于谷崎奖的事。"

六点左右，和丈夫去大冈家。

之前在大矶那个家的叫阿秀的女佣也来了。迪迪二十二日生产，在住院。

大冈把据说是六十大寿收到的红靠垫铺上，他背后倚

---

1 糯米蒸熟，做成年糕，然后压扁，烘干，磨粉，由此得到的糯米粉作为原料，加糖和盐，压制成方块，上面撒紫苏。原产自宫城县盐灶市，故得名。

着两个靠垫，安静地把腿伸在地毯上。太太说："他这是活该。"

我们吃罗宋汤，喝啤酒。大冈说，接下来一段时间只在山上生活，会不会没吃的？因为山梨的食物糟糕。丈夫说："中央道谈合坂餐厅的咖喱饭，在我迄今为止吃过的咖喱饭当中，味道是最让人吃惊的。我不管到哪里基本都点咖喱饭，因为只要是咖喱饭，不管在哪里都是咖喱的味道，大致不会有错，可以放心。但只有谈合坂的让人吃了一惊。是酸的。"我们八点告辞。

今天早上五点左右[1]，阿波罗11号登陆月球。丈夫说他昨晚通宵看电视，今天上午也在接着看。

说是我从东京回来之前一会儿，外川飘然而至。他和丈夫各自喝了一瓶黑啤和一罐啤酒。丈夫想拿出外川喜欢的奶酪，剥开三角奶酪，结果长霉了。丈夫在外川的注视下用指甲把霉抠掉，即便如此，外川像是很喜欢奶酪，急不可耐地很快吃完了。

外川问："为什么不接受文部大臣奖？"不管丈夫怎么解释，他又问："可是为什么呀？"接着他开心地笑道：

1　阿波罗11号登陆月球是在1969年7月20日20点17分（UTC），东京时间7月21日凌晨5点17分。

"小说家也有困难，是一项危险的买卖呀。"据说他还问："就算老师死了，版税也会给您太太和女儿吗？""死后能拿多少年？"听说外川的石材销售生意不好。电视上一直在放登月转播，外川瞥一眼，立即又开始聊别的。他似乎对月球不感兴趣。他可顾不上月球（丈夫讲了他看家期间的事，就这些）。

七月二十二日（星期二）多云

早　鲑鱼，洋葱，中式炒蛋，米饭，萝卜味噌汤。（把这个炒蛋搁在米饭上，浇上醋和酱油吃，美味！！边吃这个饭，边眺望夏天早上的院子，舒畅！！）

午　面包，汤，培根，黄油炒菠菜，沙拉（放了黄桃）。

晚　米饭，汉堡肉饼，盐水四季豆，盐水胡萝卜，玉米浓汤。

今年的收垃圾日也是星期二和星期五。

买了垃圾券，二百五十元，两串葡萄一百四十元，番茄酱一百六十元（在管理处）。

订报纸。我在管理处的时候，外川追过来，说他看到我的车经过。"昨天太太不在呢。去哪儿了？""我不在，所以没东西吃吧？下次午休的时候来玩。""虽然没吃的，但我和老师久违地好好聊了天。有意思。""现在能捕到西太公鱼吗？要是能捕到就拿来，不用多。""是哦，现在捕是能捕到的，不过不好吃，"外川抱着胳膊想了想，"不好吃可不行吧？要不要稍微拿一点？"和我聊完，他立即上车开走了。他的脸有点肿。

傍晚，松鼠不断地过来把露台上的核桃搬走。我们之前聊到，说不定会下雨，结果夜里开始下雨。丈夫早早睡了，听到雨声，他从卧室蹒跚地走下来，把搁在露台忘记收的遮阳伞拿进来，又蹒跚地上楼梯进了卧室。像个梦游症患者。

今年或许因为长雨的缘故，屋里有许多蟋蟀在蹦。

要说松鼠喜欢黑面包还是白面包，看来它绝对更爱白面包。我放了两种面包，它把白面包全都先吃掉了，即便只剩下黑面包，它还在草丛里转悠着找有没有白面包的碎片落在那里，等到终于发现没有白面包了，才开始吃黑面包。一开始，它把面包吃得一干二净，最近，它吃到手中还剩一点面包，"砰"地扔掉，开始吃其他大面包，等吃到只有它的手掌大小，又"砰"地扔掉。原来松鼠讨厌自然的食物。从降生到现在，因为没办法，所以一直在吃自然的食物，但比起黑面包，它更爱白面包，还想吃奶酪、汉堡肉饼这些花了工夫的西餐。

打扫壁炉周围，找到之前以为遗失的丈夫的手表（已经重新买了），在搁着割草镰刀、修枝的大剪刀、工作手套等的背篓里。丈夫立即说："啊，这一定是老鼠干的。"

七月二十三日（星期三）雨

早上，有阳光，接着来了黑云，下起阵雨，之后雨下下停停，像梅雨天。有点凉。我穿了束脚裤。

早　米饭，裙带菜豆腐味噌汤，海苔，海胆，生鸡蛋，佃煮。

午　面包，汤，汉堡肉饼，蔬菜沙拉。

下午，兔子在雨中来吃虾夷龙胆的叶子。它一直侧对着我这边蹲着，像是想起什么，突然跳到邻居那边去了。

晚　高汤泡饭，中式炒茄子。

看日本捷克男子排球赛。

九点左右，朦胧的月。

七月二十四日（星期四）阴，有时大雨

早　米饭，油豆腐裙带菜味噌汤，生鸡蛋，牛肉大和煮。

上午有阵雨。我把喂松鼠的食物放在餐厅里，它进来吃了走了。

中午，外川拿来装在红塑料袋里的鲫鱼。大鲫鱼，还活着。他说鲫鱼挂在西太公鱼的网上，他拿来代替西太公

鱼。放在水中，鱼弹跳着。外川喝啤酒吃炒面，歇了一会儿，然后帮我们做了鲫鱼。

鱼子煮了。鱼头和鱼骨上的肉放进味噌汤。鱼身切片，用酱油、味淋、大蒜和姜腌制，然后撒上片栗粉，油炸。

午　鲫鱼味噌汤，炸鲫鱼，米饭。

又下起大雨。

三点半左右，外川来了。"鲫鱼吃着怎么样？"我端出炸鲫鱼给外川。他吃了几口，说："小刺有点多啊。"又说："今天雨下下停停，完全干不了活儿。"

外川的讲述：

〇从河口湖站前大街通往国道的Ｔ字路口还没有红绿灯那会儿的事。外川刚向右转，撞到一辆直行过来的车，对方的右车门被外川的车前保险杠撞得凹下去，外川的保险杠弯了。本来私了就没事了，但因为是对方的错，外川就来劲了。对方是四个在货运公司工作的精神的小伙子，开一辆租来的车。这边的车有一群当地人跟着嚷嚷，吵得厉害起来。去了警察局，结果说外川也有错，罚款三千元，驾照吊销四十天。四十天太难熬了。外川家里有一大堆消防署长发的奖状，他把奖状拿去警察局，求他们"给我减几天"，警察终于说，那就二十天。就算是二十天，工作要用车，不好办。他说："我再拿一张奖状来，能再减几天吗？"警察说不行。

〇关于冬天。从埼玉的朝霞回来的时候，因为冷，出门前灌了四杯酒。到了八王子一带，酒劲儿上来了。在高尾附近不断超车，到了大弛峠，一辆摩托车从后面跟过来。仔细一看，这不是白摩托吗？他心想糟了，放慢速度行驶，到了车流终于变得稀疏的地方，警察让他靠左停车。他把车停在左边的空地上，心想要是让警察闻到车里的酒味儿就糟了，立即下了车。因为想着让警察闻到呼吸的味儿就糟了，于是鞠躬鞠到几乎挨着地面，然后就一直低着头，点头哈腰。警察问了一堆问题，终于放他走，那段时间可长了。想着喝酒的事就要穿帮，很害怕。一直低着头点头哈腰，加上正好是冷天，白摩托警察戴着口罩，所以没闻到味儿吧。

四点半，去买东西。

在车站大街的蔬果店。萝卜七十元，三个大蒜四十五元，一袋红李一百元，两块豆腐七十元，五个夏橙一百元。

在文具店。两瓶墨水一百二十元。

在药店。药一千五百五十元。

在S农园。一捆刚摘的菜叶二十元。

在酒水店。一打啤酒一千五百元，两打易拉罐啤酒二千零四十元，一瓶色拉油二百元，一瓶芝麻油二百元，一袋茄子一百三十元，一瓶味淋一百三十元，味滋康醋五十元，四袋拉面一百元，纳豆二十元，鲷鱼味噌六十元，两袋面包干九十元，煮豆三十元，白吐司四十元，一升葡萄酒五百五十元。

汽油一千二百元。

晚　米饭，海苔，甜口炖茄子南瓜，汤豆腐（放了刚摘的菜叶，好吃。我几乎吃了一整捆）。

我正在收拾碗筷，酒水店的儿子来送我落下的装着面包干、白吐司和味滋康醋的袋子。今天老板娘有客人，大白天在喝酒，所以算错了账，客人打电话订货，她拒绝道："我有客人，在喝酒，今天不送。"她自顾自地连声说"热"，像是喝了酒的缘故。

月亮从云中出现。看来明天终于要转晴了。

电视上说"明天是土用"。去年的土用丑日，我正好回东京，在宫川买了鳗鱼，带来给丈夫。等鳗鱼盒饭做好的时候，我和花子在店里吃了鳗鱼盖饭。去年可真热。鳗鱼盖饭仿佛沁入身心般好吃。

七月二十五日（星期五）晴

花子通知说，她在三十一日傍晚从学生村出发回来。

午　奶酪吐司，鸡汤，炒蔬菜。

下山去本栖湖。丈夫同车。把车停在露营地的湾口，丈夫穿条四角裤游泳，用汗衫擦干身体。湖水闪闪发光。集训的运动选手穿着运动短裤在做操。树林里，树莺在叫。

回程，在隧道内目睹追尾事故。之后，急忙赶往事故现场的救护车和警车等三辆车迎面驶过。

在村政府交了一年的固定资产税。

晚　咖喱饭，黄桃果冻。

夜里起了雾。走在新建的山庄一带，带草坪的院子里有年轻男女在纳凉。有只鸟在"去去去去去"地叫，起了回声，女人说："青蛙在叫呢。声音真响。"男人附和道："嗯，是青蛙吧。"两人听得出神。我想走进院子告诉他们："那不是青蛙，那是普通夜鹰。"但我忍住了，走过去。

今年大概因为雨水多，每种花的颜色都不好。徒长，花小。只有风铃草长得茂盛，开着花。感觉就像生了病皮肤粗糙的女人，怎么看都不觉得好看。

七月二十六日（星期六）晴，有时阴

早　咖喱乌冬面。

午　酱油高汤焖饭，中式炒茄子，炒豆腐，蛋花汤，咸牛肉。

晚　米饭，蟹肉炒蛋，夏橙沙拉。

在管理处。两瓶牛奶六十元，零食一百元，四个番茄一百四十元。

今天是星期六，所以管理处还进了西瓜。有大冈家的快信，我在经过他家门口时顺便送去。大冈穿着睡衣，拿着铲子，看样子正在把停车位石板地上的泥铲掉。说是昨天我们去本栖湖的时候，他和《东京新闻》的人一起来我们家，在院子的坡上下一趟，之前扭到的腰又伤了。

下午，中央公论出版部的近藤发来电报，说明天一点来山上，讨论《新·东海道五十三次》的出版事宜。

傍晚，我正在割草，大冈下来了。喝啤酒。之后太太拿着半个西瓜来了。迪迪生了两只小狗。它下个月初回山上。

大冈因为扭了腰，回去的上坡路上，姿势很怪。坐进车的副驾驶的时候，姿势也着实古怪。对于邻居 T 家门口摆着的大石头（T 家的东西），他大声说："这是不让车停在门口啊。"我心想，要是让 T 听到可就糟了。

七月二十七日（日）晴，有阵雨

早餐七点　米饭，萝卜泥，土豆味噌汤，咸牛肉，味噌腌山葵，海苔。

在管理处。六个鸡蛋一百元，五盒和平烟五百元，四根黄瓜一百元。

外川把大山雀雏鸟拿到管理处的后院养，我连同笼子借了。想给丈夫看才借来的，但丈夫没怎么看。他说："我讨厌鸟的脸。"雏鸟闭着眼。有时"啪"地睁开如同闪亮黑珠子的眼睛，这时，圆脑袋上的羽毛倒竖起来，脸显得凶，却又有种奇异的可爱。黄色的喙比亲鸟的张得更大，脸变得像青蛙或索菲亚·罗兰。每当大山雀在林中叫，听到那叫声，它"啪"地睁开闭着的眼，张大嘴，叫出清晰的"喊——"。

两点左右，中央公论的近藤来了。天空变暗，下起大滴的雨。很快停了。

之前把笼子搁在露台的遮阳伞下，雏鸟在笼中，用一种从脑袋整个儿往前栽倒的姿势拍打着翅膀。不能让它淋雨，于是我把笼子移到厨房。过了两三分钟去看，它死了。侧躺着像睡着了一样死了。

近藤和丈夫商量《新·东海道五十三次》的书的事。啤酒，熏制鲑鱼，三杯醋黄瓜裙带菜，蒸烤鸭肉，蟹肉炒蛋，海苔饭团。

六点，送近藤去车站。

电视上。说是当葡萄柚实现进口自由，一个将变成五十元左右。我想早日以五十元一个的价格吃到葡萄柚。

在酒水店。二十瓶啤酒，两打易拉罐啤酒，西瓜，共五千零四十元。西瓜四百元。

七月二十八日（星期一）晴

早　米饭，咸牛肉可乐壳，盐揉卷心菜黄瓜，海苔，海胆。

在管理处。四个鸡蛋六十八元，三个番茄一百零五元，一颗卷心菜一百六十元，两瓶牛奶六十元。

午　我吃了西瓜代替午饭。丈夫没有吃午饭，早饭后一直在睡。从十点左右一直睡到三点过后。他起来吃了两片松饼，然后割草。

晚　咸粥（放了鸡蛋），鲷鱼味噌，佃煮，煮豆。

丈夫因为一整天啤酒喝太多，说想吃咸粥。然后十点左右他又饿了，吃了汤面。

七月二十九日（星期二）晴，有时阴

早　米饭，紫菜茗荷汤，培根煎蛋，味噌腌山葵。

大概是在用直升机洒农药吧。到院子里，有种粉尘感。透不过气。

午　牛奶果冻，土豆切丝炒。

松鼠一动不动地待在树上。它的尾巴从枝条软绵绵地垂下来，为了不掉下去而用双手抱着树干，一动不动。我想着它是不是在睡呢，到旁边一看，眼睛睁着。另一只松鼠也来到另一棵树上，垂下尾巴，紧抱着树干，一动不动。它们是不是因为早上直升机洒的农药不舒服了？

傍晚，久违地望见红彤彤的夕照。这时，兔子慢悠悠地来了，慢悠悠地走了。兔子也因为农药不舒服了吧。

晚　粥，黄油，海苔，柴鱼花，梅干。

丈夫说他不知怎的一直很困，六点半就睡了。

七月三十日（星期三）晴朗无云，有风

今年头一回像夏天的晴朗无云。富士山上一派晴朗，留着"い"字形的雪，此外就是清晰的红色。树莺在叫。风吹过。土地和草仍因为长期下雨而软绵绵的，但这是头一个像夏天的早上。菜粉蝶没精打采颤悠悠地飞来，停在熔岩上一动不动。黑色大凤蝶飞来好几次。

早　米饭，卷心菜味噌汤，油浸熏制鲑鱼洋葱，鲷鱼味噌，海苔，鸡蛋。

在管理处。五盒和平烟二百五十元，四个鸡蛋六十八元。

午　发糕（放了培根和洋葱），玉米浓汤，沙拉。

晚　酱油高汤焖饭，早上的剩菜，红烧沙丁鱼，菠萝。

最近经常做酱油高汤焖饭。酱油高汤焖饭就算凉了也好吃。做成饭团裹上海苔也好吃。我俩都喜欢。

入夜，风变大了。

丈夫昨晚六点半睡的，他说今天早上两点起床，在山里散步。他说，家家户户都只亮着外面的灯，此外一片漆黑。只有我们家亮着灯，掩在黑色的树木间。还说，石山旁边那户外国人的屋外挂着风铃，在黑暗中，唯有风铃在响。

今天不知怎的，古怪地犯困。昨天和今天，丈夫一直在睡午觉。丈夫说是昨天直升机来洒的农药的缘故。他说，从餐厅内望去，大冈家附近树林的上空洒得格外仔细，像烟幕一样，我想大冈家一定也很困。

到了九点，一直在长椅睡觉的丈夫上二楼去睡。

明晚，花子从学生村回来，所以我打算去赤坂看看。

把被子全都在阳光下晒过，蓬蓬的。

七月三十一日（星期四）晴

为了开到东京的时候不是大太阳，我早上五点出山。丈夫也同车。

朝霞延伸开去。

进入中央道，太阳从正前方升起。在谈合坂加油九百元。六点半过后抵达赤坂。花子傍晚六点半从长野回来。

花子的讲述：

〇走在回家的路上，想去厕所。K说她也想去，于是进了一家农户，说了声"打扰了"。想着如果是小便就在草丛解决了，但两个人都想拉屎。农户没有一个人出来。院子里也没人，静悄悄的。想着是不是人在里面，进屋说："打扰了，请借用一下厕所。"还是没有人出来，静悄悄的。想着再往里或许有人，脱鞋进屋，还是没人。每个房间都看了，没人。一直走到最里面的厕所，上了厕所。尽管这样，还是没人。一声不吭地上了厕所，觉得抱歉来着，可是农户又大又暗，一直到最里面都没人。穿上鞋来到院子里，还是没人。

八月一日（星期五）晴

晚上八点半，凉下来之后，出赤坂。当驶近河口湖终点，便望见富士山上的灯光。富士山黑乎乎地融入天空的黑暗，看不到山的形状，唯有登山道和小屋的灯光星星点点地浮在空中，仿佛被吸进去一般消失在八合目一带。

十点半，回到山上。先去大冈家，送去鳟鱼寿司、赤坂饼和其他蔬菜。迪迪回来了。

十一点过后，一起吃了鳟鱼寿司，睡了。

八月二日 晴转阴

丈夫从早上开始拉肚子。他在工作间盖着被子睡。不断地去厕所，然后又睡。

午　蔬菜汤（丈夫喝了这个汤，又睡了）。

下午两点半左右，大冈太太来了。"中央公论出版部的近藤来了，你们来吧，顺便看小狗。"

我说，丈夫今天停了啤酒，在睡，于是我一个人拿着《东海道》的后记过去。后记的后半部分是口述笔记。

迪迪疼爱自己的孩子，舔了个遍。大冈作势要去小狗旁边，它便咆哮着生气。

近藤由大冈太太送下山，我四点回。

从东京买了春卷皮，得用掉。晚上做春卷，丈夫因为拉肚子所以没吃。他说，也给大冈一些。我把春卷拿去大冈家。

晚　咸粥（只放了柴鱼花），金山寺味噌，甜口煮红薯。

丈夫把鸡蛋打在咸粥里吃了，又去睡。

八月三日（星期日）晴朗无云，有阵雨

早　米饭，西式蛋饼，醪味噌[1]黄瓜，黄油炒四季豆。

丈夫的腹泻彻底好了。一早就说想吃西式蛋饼。

午　面包，黄油，果酱，西式清汤，牛奶果冻。

在管理处。四瓶牛奶一百二十元。

因为是星期天，管理处很热闹。夫妻俩带着孩子的一家。丈夫穿着与太太同样的奶油色短裤，与太太同样的白色部分带奶油色条纹的衬衫，像是一直待在有空调的大楼里，脸色很差，没精打采。太太在买冰激凌、果汁和太妃糖等，对每一样都用肉感的嗓音大声问："孩子他爸，你吃这个吗？"丈夫像是觉得傻气，不回答她，呆呆地望着阳光炽烈的外面。

胡枝子开始开花。

八月四日（星期一）阵雨，然后阳光照射

风大。看着像要变天。

早　米饭，汉堡肉饼，沙拉，裙带菜和葱味噌汤，羊栖菜炖黄豆。

1　一种有谷物和大豆颗粒的味噌。原料是做酱油的醪，放的盐水比做酱油时少，发酵而成。

丈夫从早上就在催："吃完早饭去大冈家看狗。"太早去不好，所以我慢慢收拾，十点过后出门。

大冈说他从前天下午开始胃疼，拉肚子，发烧到 37.3 度。

丈夫极其神气地声称："我的已经好了。我是因为在东京的两天一直在喝啤酒，又吹了空调，所以受了凉。"又说："我老婆没有拉肚子，就只有我。"大冈也说："我老婆没有拉肚子，就只有我。"（我猜是鳟鱼寿司的缘故，但我没吭声。）大冈在山下的城区买了氯霉素。"氯霉素会把其他菌也杀死，所以不能吃太多。"大冈边吃药边告诉我们。"有人给我介绍了吉田的医生，你们也去他那里。生病的时候突然去看医生也不合适，我先去一次，打个照面，"他说，"那样的话，医生也会来上门看诊。"丈夫说："我们家吃若末，每回吃了就好。"

我们之前收到一个纪念品打火机，大冈太太帮忙给打火机加了气。大冈太太拿出一把小螺丝刀，戴上眼镜，很快顺利地加了气。我注视着她的操作。大冈愕然道："你们两口子都不会弄打火机吗？"武田钦佩道："你们两口子都会弄打火机吗？"我说："我只懂车，而且只懂自己那辆车。"

大冈放上在吉田买的节奏蓝调唱片，就节奏蓝调做了讲解。武田只说了声"哦"，于是他说："武田你只懂电影主题曲呢。我来放一个适合武田的。《那个男人佐巴》[1]，你知道吗？"他在中途停下节奏蓝调，放上另一张唱片。又放了一张叫《白色的恋人们》[2]的，做了说明。《白色的恋人们》，我是知道的。之后，大冈放下唱针，打算再单独放一次《那个男人佐巴》。正好是那首歌的开头，放得巧妙。太太像是讶异地站在一旁。十一点左右，我们告辞。

午　松饼，红茶，三杯醋蟹肉黄瓜。

开始有阳光。当我把洗好的衣服晒出去，丈夫在露台做起日光浴，这时淅淅沥沥地下起雨来。反反复复这样。丈夫说："这天气真忙，像大冈一样。"接着他说："大冈拉肚子，其实可能是因为鳟鱼寿司。要是他认为是鳟鱼寿司的缘故就糟了，所以我说了好几遍我是因为啤酒和空调。"

晚　米饭（酱油高汤焖饭），银鱼，萝卜泥，金山寺味噌，花生碎拌四季豆，茗荷蛋汤，夏橙果冻。

据说台风明天凌晨登陆和歌山。晚上九点左右，风雨变大了。发出暴雨和风雨警报。

在管理处。十盒和平烟五百元，六个鸡蛋，番茄，黄

1　1964 年的美国希腊合拍电影《希腊人佐巴》(*Zorba the Greek*)的主题曲。配乐作者为希腊作曲家米奇斯·西奥多拉基斯。

2　1968 年的法国电影《在法国的十三天》(*13 jours en France*)的主题曲。配乐作者为法国作曲家弗朗西斯·莱。

瓜，共七百二十三元。

电视上。

富士山收费路一合目往上，一辆埼玉的榻榻米店的轿车与静冈的枕头制造业的小面包车相撞，双方都有人负轻伤和重伤。原因是轿车车速过快，以及转弯视野不佳。

昨天，强行通过了大学法[1]，因此今天有学生游行，机动队出动到文部省门口，六十人被逮捕。晚上仍有游行和集会。

八月五日（星期二）上午中雨，午后阴

昨晚风雨飘摇。早上，露台上有松树的小树枝、槲树枝、落叶。

据说台风在十点左右到了茨城还是栃木。没有漏雨。大概因为风向，烟囱也没有进雨。台风过去后，天气仍然没有好转。

早　面包，汉堡肉饼，汤。

午　米饭，海苔，海胆，萝卜泥。之后是松饼和红茶。

晚　咸粥（放了鸡蛋），油醋浸鲑鱼洋葱，芋头味噌

---

1 《有关大学运营的临时措施法》，其目的是抑制大学纷争，于1969年8月7日颁布，2001年废止。

汤，味噌炒茄子。

整理俄罗斯旅行途中的明信片和宣传册。沙漠的炎热和人声浮现在眼前。

傍晚，转晴。去管理处拿报纸。五六个像是来住公司宿舍的上班族模样的年轻男人来购物。他们买了蔬菜，买了鸡蛋，买了袋装零食。他们说："这里可真朴素啊。说起来有种农协的感觉。像这种袋装零食，在东京看不到。是当地特产吗？"这里的袋装零食基本都是东京都台东区、静冈或沼津的工厂生产的，明明印在包装的角落。

大冈家的邮件和杂志太多了，放在地板上。我顺便给他家送过去。秀子在屋外，于是我递给她。她问："你们去看烟火吗？"我回答："不知道。"

天色暗下来之后，烟火的声响就像是忽然想起来似的隔许久响一声。天黑以后，我出来一看，唯有河口湖上空染成带点粉的紫色。我只看了天空的颜色，听了听响动，没有上到大门那边。烟火的声响一直到九点多。

八月六日（星期三）阴，有时晴

早　烤吐司，红薯味噌汤。

午　拉面。

晚　海苔饭团（放了牛肉佃煮），茄子茗荷味噌汤，黄桃沙拉，鲑鱼罐头。

两三天前，有一只山斑鸠独自来了，在露台玩了一会儿走了。肥肥的，慢悠悠的。

据说昨天有十万人去了湖上祭。

三点左右，阳光突然变强，然后又转阴，有淡淡的夕照。天气仍不明朗。

明天一早回东京。因为八日有 NHK 的对谈。

八月七日（星期四）晴

凌晨四点半下山。如果五点出门，驶入中央道，太阳会从正前方的山上升起，一段时间里一直照在脸上，很难开车，所以我在太阳升起前通过这一地点。

八月九日（星期六）晴

早上五点二十分出赤坂。

昨晚，在赤坂饭店招待每日新闻学艺部的诸位和杉全直[1]，感谢他们对《新·东海道五十三次》的帮助。我来劲了，喝了一堆黄酒啤酒，回到家立即吐了。吐完就放心地

---

1 杉全直（1914—1994），画家，在多摩美术大学和东京艺术大学任教授。为《新·东海道五十三次》绘制封面插画。

睡了。四点被喊起来，起来换衣服，脑袋一动，果然宿醉袭来，就像小猴从天花板跳下来！！我像洗胃似的喝了许多杯盐水然后吐掉，带着头痛出发。我努力不让丈夫看出我不舒服，但丈夫沉默着，不时以厌恶的眼神瞥我一眼。

我一直觉得，听人讲旅行回来的经历真讨厌。讲什么景色，真轻浮。可因为喝了酒，我一个劲儿地说起出国一个月的经历："我已经爱上外国了。"在驾驶过程中，除了头痛和恶心，还有种对来劲之后说个没完的自己的厌恶，一齐向我袭来。

在相模湖出口，两个日本汽车联盟的人在指挥交通。说是前方的中央道上发生了四车相撞的重大事故，所以禁止通行。让我走下面的路，从大月重新上中央道。

时隔几年重走下面的路。在上野原的加油站加油，一千一百七十元。

九点抵达山上。

把买的东西送到大冈家。买的东西是指，买我们家想要的东西的时候，我擅自连大冈家的份也买了，因此丈夫脸色凶巴巴地说："必须送过去。"

大冈说必须付钱。我在玄关把东西摊开，和太太聊："这个、这个和这个，一共 ×× 元。""这个要吗？"感觉像是成了黑市贩子，有些怀旧。我向丈夫报告："大冈说不付钱可不行，所以我收了钱。我们说好以后都这样。"

早 米饭，海苔，海胆，味噌汤，盐烤黄鸡鱼。

晚 茄子茗荷面疙瘩汤。

八月十日（星期日）晴朗无云

早上有高积云。午后，东面的天空堆起一大朵积乱云，变成盛夏的天空。富士山上只浮着一片云，像把棉花扯得薄薄的，又像用刷子画成的。

放在地上的一整盆水很快变温了，丈夫盘腿坐在水泥地上擦身。

九点半左右去管理处，大冈太太先来了。她穿着灰色调的薄和服，靠在摆着零食拉面的食品柜上，跟明治时代一幅名叫《湖畔》[1] 的油画中的女人一模一样。管理处的人从地里给我拔了一根萝卜。大冈太太也要了一根。我们一起走到大冈家门口，她在路上说："烟火那天，我的头疼得要命，特别难受，所以没去。我们家谁都没去看烟火。"

两只茶色大鸟啪啦啪啦地从村有林飞起来。我停下来看，又有一只晚一些飞起来。我想着莫非有鸟巢，走进林

1　黑田清辉 1897 年的作品。

中看，草丛中有一处清澈的水洼。

上午，我下山买啤酒，在昴公路与中央道的交叉口，从东京来的车排成队，停滞不动。我掉头回去。去了 S 乐园旁边新建的富士五湖窑的工房。从窗口窥看工房。梳两条辫子的少女正在转动辘轳。长着车前草的院子里，木板上搁着差不多三十只同样形状的杯子，上面画了白色纹样，在晾干。铺着榻榻米的房间的窗户也大开着，大概有四个人躺在里面，传来他们聊天的大嗓门。他们在聊"去朝鲜的经历"。阳光灿烂地照下来，今天真的有夏天的感觉。

傍晚，大冈来了。直到太太来接，他都在喝啤酒。

八点过后，管理处的人来了，说，有什么地方漏水，蓄水罐的水位降低，你们先放一些水备着。如果找到漏水的地方，要修，大概明天会停水。

早　米饭，味噌炖青花鱼，佃煮。

午　米饭，炸鱼糕，萝卜泥，咸牛肉，鸭儿芹蛋花清汤。

晚　西式炖牛肉，炸薯块，盐水四季豆。

今天六点的宗教节目。椎名麟三的脑袋因为交通事故有一块淤青。

八月十一日（星期一）雨，微寒

穿毛衣，束脚裤。

早　米饭，卷纤汤，萝卜泥，银鱼，佃煮。

十点，去管理处，给筑摩书房的原田奈翁雄[1]打电话。定下座谈会在二十日傍晚。用挂号快信寄《每日新闻》的稿子《丝绸之路旅行记》第三回。

在酒水店。一打啤酒一千五百元，一箱易拉罐啤酒二千零四十元，一升葡萄酒五百五十元，两个沙丁鱼罐头一百三十元，两袋煮豆六十元，一瓶味淋一百三十元。

挂号快信一百三十元。

在邮局对面的干货店。半条开片盐腌鳟鱼一百五十元，樱花虾一百元，羊栖菜二十五元，三块油豆腐三十元，豆沙粉五十元，纳豆二十元。这里的阿婆说，今年说是海水不干净，樱花虾贵。

午　烤吐司，咸牛肉，油醋浸卷心菜胡萝卜，汤。

傍晚，去管理处，给《每日》的高濑善夫打电话，说"稿子发过去了"。三个番茄六十元，五个洋葱七十五元，一把葱五十元。

1　原田奈翁雄（1927—），编辑，出版人，评论家。任《展望》等主编，1978 年筑摩书房一度破产，原田奈翁雄离职，创办径书房。

给东京打了两通电话二百元。

雨不停。读《黑雨》。

八月十二日（星期二）早上阴，然后转晴

下午一点半左右，中央公论《海》编辑部的近藤、中野［孝次］[1]和平冈［笃赖］[2]拎着保冷箱，出现在露台。他们送给我们盛在一只大盘里的生鱼片。他们拎着保冷箱去了大冈家，把大冈请来。啤酒，生鱼片，油醋浸鲑鱼洋葱，奶酪，木耳等。晴得没有一朵云，炎热。

四点左右，大伙儿一道去大冈家。叫我们吃晚饭。我和丈夫待了一会儿就回了。丈夫从中午就一直在喝酒，像是困了。我们回家的时候说过后再来，但他到家之后真的困了，说让我去讲一声，"今晚没法叨扰"。七点半，我一个人去大冈家说不吃晚饭了，我不知怎的从玄关进了屋，他们让我喝啤酒，我就喝了，待到相当晚。近藤、中野和平冈在大雾中倒车，惊险地驾驶，下山去富士吉田。我在

---

1 中野孝次（1925—2004），小说家，文艺评论家，国学院大学德语系教授。曾译介卡夫卡等人的作品。著有《绝对零度的文学：大冈升平论》（集英社，1976）。

2 平冈笃赖（1929—2005），小说家，文艺评论家，早稻田大学法语系教授。参与第八次《早稻田文学》创刊并担任编辑工作，其学生当中有许多著名作家。

坡上的公交车站与他们告别，回家。

八月十三日（星期三）晴，热

早上五点，我一个人去东京。相模湖一带大雾。从东京方向过来的路上，轿车排着队。是因为开始过盂兰盆节吧。

七点以前抵达赤坂。花子起床了，在学习。一早就很热。去银行取钱。完成与出版社的联络，去买东西。把香鱼、银鱼、梭鱼干、西京味噌腌鱼、牛肉等装进保冷箱。此外还有蔬菜等。

因为实在太热，花子也临时来山里。一点半出发。三点半回山上。把香鱼送去大冈家。

"东京真热。回到山上让人沉醉。"我这么一说，丈夫露出赚了的表情。

八月十四日（星期四）晴朗无云

十点半左右，去本栖湖游泳。游到一点左右。晚上读《黑雨》。

八月十五日（星期五）阴转晴

十点半，下山去本栖湖游泳。花子一个人游。

午　往饭盒里装了海苔饭团、玉子烧、肉圆等，游完泳吃。

下午，给露台地板刷了清漆。

"我不喜欢松鼠，"花子说，"一开始我觉得可爱，可是等它们来到近前，仔仔细细地一看，脑袋看着硬硬的，侧脸跟老鼠一样，细看就不可爱。"

晚　茄子茗荷面疙瘩汤。面疙瘩汤还是茄子的最好吃。

读《黑雨》。

八月十六日（星期六）晴

花子坐上午十点五十分去新宿的大巴回东京。

河口湖站满是人，坐大巴的人，从火车下来的人。

下午，给露台剩下的地板刷漆。

夜里读《黑雨》。

八月十七日（星期日）晴

早　米饭，芋头和葱味噌汤（放了蛋），银鱼，萝卜泥。

午　发糕（放了培根和洋葱），蔬菜汤。

晚　米饭，咸牛肉可乐壳，蔬菜沙拉。

阳光从午后变强。给露台扶手刷白油漆。

傍晚停水，到七点半。

晚上，一个人看名为《盟三五大切》[1]的电视节目。可怕的、特别生动的情节。结束的时候出现了八九个幽灵。

八月十八日

正在看高中棒球，傍晚，中央公论《海》的村松来了。来催稿。

拿出在管理处买的三得利红[2]（只有这个）。油浸熏制鲑鱼洋葱，红烧鸭，可乐壳，海苔饭团。

过了一会儿，大冈来了。天黑以后，大冈太太来接。

村松把访问中村星湖时拍了存证的照片带来了。虽然有些淡，但是照上了。我把前几天近藤忘在大冈家的照相机和员工名册交给他。

八点左右，下山送村松去富士豪景酒店。晚上已经是

1　四代目鹤屋南北创作的歌舞伎剧目，《忠臣藏外传》。不破数右卫门由于公款被盗成了浪人，改名为源五兵卫。他原来的主君浅野长矩在江户城与吉良义央发生争执，用刀伤了吉良，被下令剖腹自杀。源五兵卫与艺伎小万交好，小万的胳膊上有文身"五大力"，说是爱慕源五兵卫而文的，其实她有丈夫，名叫三五郎。三五郎因为父亲要用钱，让小万设计骗走源五兵卫的一百两金子。等源五兵卫追到小万的住处，见文身已改成"三五大切"。源五兵卫杀了五个人和小万及其孩子，等他试图自杀时，三五郎现身。最终三五郎发现，源五兵卫原来是父亲从前的主人，父亲也正是为其筹钱。

2　平价威士忌，其前身是1930年发售的三得利红标威士忌，后停售。1964年改名为三得利红（RED），重新上市。

秋天了。凉飕飕的，夜色浓重。富士山像一幅黑色剪贴画。唯独五合目有一盏孤零零的红灯，除此之外，不知为什么，今晚看不到山小屋的灯和登山者的灯。

在管理处。两瓶牛奶六十元，两个番茄七十元，两根黄瓜五十元，三得利红九百元。

明天早上回东京。

八月十九日（星期二）阴，有时晴

早上五点下山。阴沉沉的，像罩了一层霭。驶入中央道后，平时太阳总是从正前方的山间升起，刺眼得让人没法开车，今天早上的日出像线香烟火燃到最后窸窸窣窣的红色火星，仅仅是个沉甸甸的红得发黑的圆球。瘆人的日出，如同忧郁又没精打采的日落。这样的日子，好像白天反而会热。相模湖一带大雾。在谈合坂加油。一早到加油站，便有大飞蛾在地上啪嗒啪嗒地掀动翅膀。上次来的时候也有差不多五只大得不可思议的漂亮的飞蛾在轮胎附近啪嗒啪嗒地掀动翅膀。它们是因为汽油的气味变得虚弱吗?

赤坂公寓背后的神社的树林中，蝉叫了一整天。

今天从傍晚开始在文学座参加《阿Q外传》[1]座谈会。明天二十日，参加筑摩书房的《筑摩》杂志座谈会，所以回东京。

八月二十一日（星期四）阴转晴

早上五点半出东京。昨天深夜在青山的"你们的"[2]买了四百克牛肉，还有面包和蔬菜等。深夜的"你们的"，年轻男女袒露着胳膊腿在购物。他们有着苍白美丽的面孔，像梦游症患者一样把罐头和蔬菜放进购物筐。

让花子理好要借给大冈的反战民谣的唱片和磁带。还附了备忘录。花子把昨晚的深夜广播也录了磁带。也没忘记把录音机装上车。

河口湖终点收费站，七百元。到了这里，便凉凉的。出收费站往山上开，越来越凉。

去大冈家，大冈坐在车里。太太忘了假牙（大冈的），所以回家去取，他们正准备出门。

1　剧作家宫本研（1926—1988）的话剧，以鲁迅的《阿Q正传》等作品为背景的再创作。

2　Yours，1964年开设于北青山的高级进口食材超市。一开始凌晨一点关门，后来逐渐演变为24小时营业。

中山义秀[1]去世了，他们正要去镰仓的中山家。

大冈和太太说，他们有过一番古怪的经历，昨晚去了中山义秀住院的医院然后回来，夜里十二点出东京，到山上临近凌晨五点。关于具体经过，他们今天去镰仓，明天回，那之后再详细告诉我们。我原本要把东京带来的牛肉拿一半给他们，又直接带回家。

我在睡午觉，丈夫把我喊起来。有人来大门口的路上做排水沟工程，工人过来说，水泥搅拌车要开进来，把那辆停在路上的车停到停车位。我拿着钥匙上到大门口。天彻底放晴了。小溪对面的树林中那户小小的人家，电子乐队正在排练。他们翻来覆去地唱一首歌，non, non, non。

在管理处。三瓶牛奶九十元。河出书房的寺田博寄来明信片。

傍晚，下山买牛奶。

在酒水店。一箱啤酒一千五百元，一箱易拉罐啤酒二千零四十元，一瓶醋一百元，一袋茄子五十元。

在蔬果店。三块炸豆腐六十元，两串葡萄（巨峰）二百八十元，无籽葡萄一百元。

---

1 中山义秀（1900—1969），小说家。作品多为历史小说和剑侠小说，并把《平家物语》改写为白话文。

在河口湖大街的鞋店。雨鞋（丈夫）一千二百元，两双防寒赫本（我、花子）九百元，手甲[1]一百元。防寒赫本因为过季，收在里面，店家从里面拿出来给我。脚背上有金线和黑白条纹，款式过于华丽而卖剩下的，店家说："东西是最好的。原本要七百元。便宜给你们，四百五十。"这家今天像是有集会，町里的人们不断地进来，脱鞋上到里面的客厅。因此，店主显得匆匆忙忙的。

街上的商店静悄悄的，没亮灯，不知为什么，店里的人们来到街上站着，低声交谈。

八月二十二日（星期五）晴，午后有风

院子里的花。败酱，瞿麦，突节老鹳草，胡枝子，桔梗，地榆。每一种都是标志着夏日终结的花。

走路的时候看见日光黄萱[2]在开花。前几天来的中野孝次说："把日光黄萱连根挖出来种，撒上草木灰，它会长很高，开的花特别好。"大冈太太讶异地说："那个花不是叫夕萱[3]吗？日光黄萱的字怎么写？"

---

1 日本传统劳动服饰，防晒、防止干活时受伤等。有几种款式，类似护腕，或无指手套。

2 中文名北萱草，为了下文的对话，保留日文名。

3 中文名黄花菜。

邻居送了我们萝卜。

在上面的道路施工的男女坐在挨着路的石墙低矮的位置吃午饭。我做了许多水果果冻，所以拿去给他们。他们在路边燃起篝火，烧水泡茶。他们像是十分美味地动着筷子，大大地张开嘴，把米饭和菜放进嘴里，大声地说话和笑。女工们尤其开心地吃、喝、说话、笑。

午　米饭，萝卜泥（现摘的萝卜，好吃。吃了许多），海苔，海胆。

说是明天上午台风经过这一带，但今天仍然晴朗和炎热。

在台风来之前给遮光门窗刷上清漆。

晚　米饭，精进炸（混炸红薯丝樱花虾、茄子、青椒、牛蒡、胡萝卜）。

丈夫说红薯切得太大了，用手撕碎。他的牙少，而且剩下的牙在晃，所以嚼不动。随着他的牙变少，做菜的方法必须跟着变。我没有说"对不起"，看着他撕。长时间的夕照。

吃完饭，大冈夫妻来了。送给我们一瓶欧伯威士忌和竹荚鱼干。

此前大冈他们开车去虎之门医院探望中山义秀，但他在三十分钟前停止了呼吸，没赶上。其他人接下来回镰仓，于是大冈他们也一道去镰仓。太太说："我能开到镰仓。"

可是大冈反对：“不行，不行。”他们坐了中央公论的车。以为大冈家的车会有谁帮忙开过去，结果没人开。在镰仓待到晚上。他们折回虎之门医院去取扔在那里的车，夜里十二点左右往山里去。汽油不多了。大冈认为进到中央高速反而没法加油，无视太太的意见，让她往八王子开，结果每间加油站都已经睡了。他们找到一家出租车公司，把一名在车里睡觉的司机叫醒，司机说：“我的车是液化气的，没法给你们油。”肚子饿了，于是他们吃了拉面，继续开。以为在朝着八王子方向开，结果开到了川越街道。终于加了油，从八王子驶入中央道，到山上已经过了凌晨四点。大冈说：“我要把这事写下来。我哪怕摔一跤也不会白摔。”

把花子的磁带、录音机和唱片给他们。

我用管理处的电话给中山义秀夫人发了唁电。记得去年也是在夏天结束的时候，用管理处的电话给丸冈 [明] 和木山 [捷平] 发了唁电。

中山直到去世那天，都自己起身去厕所。据说他不疼，只是说浑身没力气。就算不疼，无限没力气的状态也很难受吧。

下午开始，风变大了，夜里越来越大。

八月二十三日（星期六）午后转晴

上午，风大雨大。雨从壁炉烟囱滴进来。说是九号台风上午经过东海和关东。大雨如注，午后雨停了，转晴。阳光像白炽灯。树的气味、草的气味、土的气味交织在一起，飘在院子里。

早　米饭，味噌汤，烤竹荚鱼干，萝卜泥，海胆，海苔。

午　面包，番茄洋葱汤，鲑鱼子，黄油炒牛肉，黄瓜卷心菜沙拉。

晚　酱油高汤焖饭（这个好像跟茶饭是一样的），海带须汤，罐头红鲑鱼，萝卜泥，整只烤茄子。

下午五点左右，中央公论《海》的近藤来了。他待了差不多半个小时，坐上等在外面的车回去了。我把煮好的玉米装在袋子里给他，这样能在大巴上吃。他说，二十五日的晚上，村松会来取稿子。

近藤回去后，因为明天大冈他们要去中山的葬礼，我把白包送去，请他们带去。雨后的马路黑乎乎的，就像掺杂了金线一样，熠熠生辉，路上只有我一个人在走。我的影子映得长极了，像巨人一样。每当公交车经过，公交车的影子也映得长长的。

家里没有白包袋，所以装在普通的信封里。太太给我白包袋，我重新装了，用毛笔写了名字。他们请我喝了一瓶啤酒。

大冈从早上就一直在放磁带。太太一脸愕然地说："刚才雨一停，马上下到吉田，买了民谣的唱片。"说是吉田的唱片店买一张唱片送一张券，规则是，那个券累积到五张还是十张就能免费拿一张唱片。好像他们的券马上就要积到能免费拿一张唱片的程度。大冈想要听磁带的 B 面，但他好像不知道怎么操作。我按花子教的来放——先快进，翻过来——然后正好开始放 B 面大冈想听的《脚癣之歌》[1]，于是我回家了。花子给我做了磁带操作的特训，要是不早点教给大冈，我就会忘记，这下彻底放心了，回家。

天完全黑了。我上坡的时候，外国家长和孩子，一家五个人正在上坡。他们用含糊的安静的声音说着话，往上走。

八月二十四日（星期日）晴

像涨潮声一样的风吹过。是秋天啊，今天真凉爽，正当我这么想，十点左右，风刷地停了，变成阳光一点点沁入万物的日照强烈的炎热日子。富士山只在正中央留着像句号形状的雪。

1　具有传奇色彩的乐队"民谣十字军"（The Folk Crusaders）的作品，于1968 年发行。

早　米饭，豆腐味噌汤，炒蛋，萝卜泥，海苔。

午　松饼，黄油炒土豆培根，洋葱汤。

晚　杂炖乌冬面。

十二点半下山，通往河口湖的路上，车排成队，一动不动。今天是星期天。也没法插入队列。我折回去，走老路下山。台风过后，老路像没有水的河床，全是石块。遇见一辆陷在岩石之间的轿车。那辆车如果不开走，我也过不去，所以我下车帮他垫石头开出去。那个男的愕然道："这条路真是糟透了。"

在酒水店。啤酒一千五百六十元，易拉罐啤酒二千零四十元，罐头类七百五十元，芝麻油三百元，一袋猪肉二百元，奶酪九十元。

在吉田Ｎ超市。味淋一百五十元，柑橘醋六十五元，海苔四十六元，两罐豌豆八十元，芝麻盐五十二元，调味秋刀鱼罐头四十五元，粉末寿司醋五十五元，一袋四季豆八十五元，三个茗荷三十元，牙膏九十元，一千克无籽葡萄二百七十元，点心二百五十元，"不求人"[1]六十五元。

丈夫几次托我买苍蝇拍，不知为什么，这家超市和途中停靠的杂货店都没有。我便买了"不求人"。

1　挠背器具。

三点，我把点心拿去给门口道路施工的人们。因为今天他们给排水沟刷混凝土的时候说："太太家门口要好好做。其他地方无所谓，这里一定要做到最好。"

今天去管理处的时候，我说："从昨天起，燃气罐的罐口那里有股燃气味儿。我感觉燃气味儿都堆积在屋檐下。"管理处的人说："果然是这样。上次去换气罐的时候，觉得螺丝有点松，果然是这样。"我让他们把螺丝的位置换新，管子也换成橡胶管。他们傍晚来换。好像管子最好两年换一次。顺便让他们换了浴缸加热口的橡胶管和厨房灶台的橡胶管。新式的经过树脂加工的银色橡胶管据说是"附带两千万保险的橡胶管"。是不是万一发生燃气泄漏事故就会赔付两千万元呢？

傍晚，腿有些凉。腿凉飕飕的，沉重。

夜晚，星空。

试着用"不求人"挠背。

八月二十五日（星期一）晴

我睡过了。传来从大门口嗖嗖跑下来的脚步声，然后是男人的说话声。我醒了，在被窝里听。大冈这么早就有事过来吗？跟丈夫说话的声音不是大冈的。他正在向丈夫解释："这个在这边叫'番茄'吧？"听起来丈夫送了肉罐头回礼。男人又往大门那边跑上去。我起来一看，餐桌上摆着装了番茄的绿盒子。原来是在上面的马路施工的男工拿来今天早上摘的番茄。

早　用那个番茄做放了培根和洋葱的番茄汤，面包，新摘的番茄切片。好吃。

上午，给浴缸烧水，丈夫泡澡。刮脸。

大冈太太昨天去青山火葬场回来，给我们带了手信，葛饼和脂眼鲱。"大冈在学吉他，说想要借用一下。"她边说边吃吃笑，带走了吉他。

立即吃了葛饼。凉凉的，好吃。

午　米饭，盐烤青花鱼，萝卜泥，蔬菜乱炖，佃煮。

晚上，我正在做晚饭的五目寿司，大冈带着河出书房的女记者来了。女人只问了两处《森林与湖的节日》[1]的校对问题，立即回去了，大冈一个人留下，玩到他太太来接。

大冈目前是每天从车站往《每日新闻》寄稿子的状态。喝一口啤酒便"唉"地叹一口气的状态。

傍晚，邻居家看家的爷爷隔着围篱给了我萝卜。爷爷在院子的低处种了萝卜。我正要把一根萝卜送去给大冈家，

1　武田泰淳以北海道为背景的小说，首版于1958年，同年改编为电影。1969年由河出书房新社再版。

迪迪晃悠到管理处附近，看见我，它开心极了。我对迪迪说："谢谢你看到我这么开心。"

我在大门口打量排水工程混凝土的状态，一位穿淡蓝色夏威夷衫的老绅士拄着拐杖走来，说："这附近的视野最好啊。可以从你们的大门口看一下景色吗？"我说："请。请进门看。""这里就行。"说着，他把脑袋搁在铁门上，喘着气看了一会儿，"谢谢，我很愉快"。说完便走了。那之后，我也像绅士刚才做的那样，把脑袋搁在铁门上看了看。

晚　五目寿司，蛋花汤，开了浓味煮栗子罐头。

听说，丈夫今天早上隔着围篱问邻居那边的爷爷："早上和傍晚，'叮'的一声响，那是哪一位？"爷爷说："是老师。她信仰龙神和辩才天，所以家里供奉辩才天，她在拜。"老师指的是 T 夫人，她经营好几家发廊。

丈夫说，最近一直在工作，啤酒和香烟摄入过多，累了。他早早睡了。我一个人醒着，等村松来。九点半左右，响起淅淅沥沥的雨声，下起了雨。

十点半左右，近藤来了。他和丈夫喝威士忌到凌晨两点。他说他是坐日之丸出租车从东京来的，让车等在外面，于是我去对司机说让他进屋休息，但司机客气，没下车。我把五目寿司和茶拿去车那边。夜里，外面降温了，冷。

雾缠绕流淌，雨在下。

在管理处。四串葡萄二百六十元。

八月二十六日（星期二）多云

早　粥，柴鱼花，萝卜泥，黄油，半熟蛋。丈夫喝酒喝多了，吃了粥，精神不佳。

午　米饭，中式炒茄子，味噌炖青花鱼。

晚　烤饭团（有的里面是梅干，有的是锦松梅）。

在管理处，五个蛋七十元，共同通信的原泽打来电话说"给一下旅行的照片"。

傍晚，大冈夫妻来了。商量谷崎奖的事。大冈今天又在吉田的唱片店买了一堆唱片。

夜里，淅淅沥沥地下雨。

明天早上回东京。丈夫像是在跟大冈聊天的时候有了精神。

报纸上登的事：

〇炸猪排盖饭和咖喱饭涨价。甲府的餐饮店，炸猪排盖饭涨了二十元，咖喱饭涨了十元。尽管如此，还是有不少人横眉竖眼地说："猪排比以前薄了。咖喱的肉也变少了。"原因是猪肉价格高。五月底每千克从五百三十元涨到五百五十元，没有降价的势头。县里的农户以前养一两头猪作为副业，最近增加到平均十头。县农务部从今年起开始对猪的品种进行改良。就是红肉多、脂肪少的上等猪肉。新品种的猪体格长，里脊肉丰富，腿肉也紧实。听着都流口水。完。（按照报道抄下来。）

○在山中湖。东京都中野区公司职员K（21岁）的轿车开到山中湖马游协会的马夫T（36岁）的马的面前，迎面相撞。坐在马上的东京都立川市公司职员N（35岁）与其二女儿S（4岁）从马背落下，头部等部位受伤，需住院十天。此外，马的两条前腿骨折。K没有驾照，把车开成之字形。完。

马如果前腿骨折，一定会被立即杀掉。

八月二十七日（星期三）

早上四点半下山。

八月二十八日（星期四）阴转晴

早上五点半出东京。中央道从八王子到相模湖，一直持续着晨霭和大雾。七点半到山上。把买的东西送到大冈家。大冈下山去寄稿子，只有秀子和迪迪在家。

早　米饭，红烧沙丁鱼，牛肉佃煮。红烧沙丁鱼有股腥味儿，于是把煮过的紫苏籽和茗荷丝放在上面吃。这是丈夫的主意。

午　面包，番茄汤（放了培根和洋葱）。

邻居爷爷给了刚摘的两根萝卜和卷心菜。

傍晚，丈夫坐在露台的椅子上眺望下方的高原，说："已经是秋天的颜色。"我自己默默地想着就算了，别人这么一说，更有种秋天突然到来的感觉，寂寥。

从春天到初夏，西边的太阳在往下落的同时缓缓地闪耀着，一直不肯落下去。然而今天的夕阳如同线香烟火最后嗞嗞直冒的红色火星，四分之一、一半、四分之三，转眼间就沉落到黑色的群山那边。

晚　米饭，寿喜烧。

冲了热可可。

晚上有雾，星星点点的灯光晕开一大片，歪歪扭扭的。明天的天气预报说是"早上多雾，有雨"。

八月二十九日（星期五）多云

早　拉面。

气温低。特别是早上凉飕飕的。丈夫说："早饭吃拉面！！"要吹着吃的拉面的热度才正好。我套上对襟毛衣，穿上束脚裤。

在管理处，两瓶牛奶一百二十元，五个番茄，两根黄瓜一百五十元。

仿佛变得虚弱的阳光照过来。被阳光一照，草帽里的头发出了汗，露在外面的胳膊还是灼灼地热。

午　番茄、土豆、鸡蛋、欧芹的沙拉。酱油高汤焖饭，梭鱼干，蛋花汤，萝卜泥。

三点，往面包抹了蛋黄酱吃。牛奶果冻。丈夫说："比黄油有滋味，而且唰唰地就涂上了，不麻烦，挺好。"

晚　米饭，整只烤茄子，剩下的沙拉，火腿，煮萝卜（往剩下的寿喜烧放了萝卜。把萝卜煮到起皱，无法形容的好吃）。

道路施工的女工拿了玉米给我们，说是种在院子里给自家孩子吃的。

在电视上看《富之谷国民学校》。校医用电影胶片留下的二十五年前学童疏散的记录，片子还拍了现在人到中年的学童们。映在有点模糊的胶片上的学童们、父兄和老师们都非常瘦。衣服粗劣。动作无力，表情也含糊。衣服与现在的中国女人相似，但体格和表情不一样。银幕上，纤细的学童们站在太阳旗后，伴随着皇后陛下御赐的疏散学童的和歌，在校园里挥手抬腿行进；一开始，学童们精神饱满地在前往疏散地的火车上，他们的衣服逐渐变得粗劣，人逐渐变得纤瘦。迷幻一词一度成为流行。即使没有特意用过 LSD，那时的日本人的表情、体格、动作和训练场景等，全都是迷幻的。

晚上，天阴，虫声频频。

八月三十日（星期六）晴

早上八点左右，道路施工的女工把黄瓜装在箱子里拿过来。说是黄瓜不是这个女人种的，是另一个女人种的，那人说不好意思自己送，所以让经常跟我说话的这个女人代她拿来。她说，种黄瓜带来的女人在坡上的大门那边。现摘的黄瓜有深深的纵沟，色泽浓郁，刺一点儿也没有变软，切成片，就像齿轮的形状。汁液"嗞"地渗出来。我蘸着味噌，站那儿立即生吃了。好吃。

早　米饭，西京味噌腌马鲛鱼，红烧萝卜，牛肉佃煮。

午　发糕（放了火腿和洋葱），丈夫嚼不动火腿，所以我用研钵研细了放进去。番茄汤，沙拉。

晚　米饭，豆腐味噌汤，油醋浸豆芽菜，红烧萝卜，海胆，海苔。

三点，下山买东西。

在酒水店。一箱啤酒一千五百元，豆腐三十元。

稻田变黄了。这附近好像已开始新学期。

在 N 超市。三袋拉面六十九元，一瓶味淋一百一十元，豆沙粉五十五元，豆芽二十元，色拉油一百三十二元，奶酪九十元，洗洁精二十七元，妈妈柠檬洗洁精九十元，信封便笺八十元。

在蔬果店。葡萄（巨峰）三百五十元，咖喱粉，五根葱，六个鸡蛋二百四十元。这个葡萄是盒装的，可是回到家拿出来一看，一粒粒扑簌簌滚落，不是新鲜的。

在药店。伊农（肠胃药）三百四十元，若末六百五十元，胶囊一百五十元。

在唱片店。笛子（用来配吉他）二百五十元。

在杂货店。三只苍蝇拍四十五元，棕刷一百元。

在 O 肉店。一百克培根一百二十元，一百克上等猪肉一百三十元，二百克混合肉糜一百六十元。

在杵屋点心店。两串酱油团子三十元，两个葛樱[1]三十元，两个水羊羹[2]三十元。

在酒水店（吉田的）。一升葡萄酒三百元。

在第三家酒水店，头一次有不甜的一升葡萄酒。第

1　用盐渍樱叶包裹的葛粉皮豆沙馅团子。

2　羊羹的原料是赤豆、糖和寒天。水羊羹的水分较多，寒天较少，因此口感更柔软，接近布丁。

三家店可以拿杯子试饮。"甜吗？甜的话我不要。""算是甜的吧。倒不是非常甜。你喝喝看？"我喝了，甜。我说"不行！！"店家说："如果你要赤玉波特酒，店里有。这也算是甜的？""我们常买叫作'本酿'的一升葡萄酒。""——哦，你说的不甜，是指涩的吧。涩的酒是这个。这个三百元。你喝喝看？"我喝了，不甜。买了这个。因为极其便宜，我问原因，店家说："甜的是人工。涩的是真的葡萄酒。"人工似乎指的是加了化学甜味剂。真的葡萄酒，是指把皮和果实全都放进去，自然地做成的真实的味道。店家说："真的葡萄酒会醉。很烈，会喝得很醉。"

今年夏天第一次去了月江寺那边，新开了唱片店、蛋糕店，洋货店陆续重新装修，变得洋气。

电影是《猛烈女人云云》（云云是我忘了片名，写成云云）。各处的电线杆上贴着"女子格斗到来！"的海报。九月七日上映。

八月三十一日（星期日）晴

早　咖喱饭。

午　炒蛋海苔拌饭，豆腐清汤，红烧萝卜，番茄。

晚　米饭，木须肉，炖炒萝卜叶。

富士山像映在空中的淡墨色影子。白天炎热。傍晚，我割了上面的院子的草。邻居给了番茄。

丈夫说："昨天买的三百元的葡萄酒好像很烈。喝了那个酒，我倒下就睡了。"睡意古怪地迅速降临。他打算喝一点然后工作，结果就那么倒下，沉沉地睡了。他说，这酒工作的时候不能喝。

九月一日（星期一）一整天晴朗无云

从早上起晴朗无云。盛夏的炎热回来了。大冈家前面的树林被砍倒了，变成了原野。那片原野只剩下一棵大白桦树，特别白，像刷了白油漆，显眼。

今天两点半下山买东西。星期一，河口湖的商店街是定休日。特产店和靠近车站的蔬果店开着。

四个长十郎梨一百元，四个番茄五十元。

我问："大叔，为什么只有你的店开着？"他说："因为我们不守规矩。"

去吉田买东西。在乐园前左转通往公民馆的大街静悄悄的，阳光灼灼地照下来，稻谷的气味浓郁地蒸腾而上。N超市今天休息。我把车停在月江寺街。我第一次知道，这条街叫"月江寺西银座通"。

在肉店。一百克鸡胸肉，两只鸡翅，猪油，共三百八十元。

在酒水店。两瓶一升装葡萄酒六百元。

因为热，色情电影院敞着门，掩着黑窗帘。检票的男人伸着腿坐着，他旁边有几个袒露着上半身、裹着腹卷[1]的男人，正聊得起劲。这条街的后巷是喝一杯的小酒馆或酒吧，白天在这条街上看见的女人似乎大多在傍晚开工，脑袋上卷着卷发筒，上面罩着网，卸了妆的脸没有眉毛，泛着青，有点浮肿，她们就那样晃晃悠悠地走着。有时有车（车基本都是小面包车、小卡车或摩托车）停下，车上的人径直与女人调笑，或让她上车，或跟她约时间。

在加油站。汽油一千零五十元。

我经过阿宣的猪圈跟前，于是去看了看。一个人都没有。猪圈入口摆着一堆卷心菜，破布堆得高高的，上面有只瘦瘦的虎斑小猫在睡觉。后面的猪圈跟前有只白猫摊得扁扁的在晒太阳，像在睡觉，像在伸懒腰，又像死了。我就瞅了一眼，不是很清楚，说不定不是白猫，是小猪死在那儿。

今天一整天很热，富士山像夏天一样，连岩石的褶皱都清晰可见。

早　米饭，西京味噌腌马鲛鱼，佃煮。

1　传统白色筒状紧身内衣，多在庆典时穿。男性穿着时上沿位于胃部，正如其名，仅遮挡腹部。女性则拉到腋下，类似无肩带背心。

午　米饭，汉堡肉饼，整只烤茄子，沙拉。

在 S 农园。一筐葡萄三百元（一千克二百五十元，筐五十元）。

说是明天就有从胜沼新采的葡萄来，但我们明天一早回东京，所以让店家把傍晚卖剩的装进筐里。

傍晚的某个时刻。夕阳一瞬间闪耀如白炽光，随即把高原上涌出的雾染成橙色。橙色雾气中，只有树林的影子淡淡地浮现，宛如飘在半空。不可思议的景色，如同做梦一般。丈夫来到我旁边，用女人的口吻说："傍晚，这里也像哥本哈根一样呢。"

晚上，七点吃饭。

"大冈今天一定会来。"丈夫说，把晚餐推迟等着。

米饭，木须肉，蛋黄酱拌虾，黄瓜印笼渍[1]，番茄，梨。

三日起，花子开始新学期。

夜晚有星星。

九月二日（星期二）晴

早上四点半，发动车引擎。东边的天空逐渐转亮。夜

1　印笼是室町、江户时代的人们的随身物件，放印章、药物等的多层小盒，也作为装饰。印笼渍是把黄瓜、菜瓜等去掉两头，挖掉瓜瓤，塞入紫苏、辣椒等，再加以腌制。中空的黄瓜段形似印笼，故得名。

晚的云变成粉色、橙色的云，凌晨的明星像淡蓝色的小石头，又大又亮。

九月四日（星期四）晴，有短暂阵雨

早上七点半到山上。把梭鱼和竹荚鱼的鱼干送到大冈家。小狗长大了，迪迪完全不管它们。

傍晚，大冈来了，八点过后回去。

蓝盆花在每年开花的位置开了。

九月五日（星期五）晴，傍晚阵雨

一斤面包四十元。

一千克葡萄二百二十元（在S农园）。

午　叉烧面。

晚　奶酪吐司，汤。

九月六日（星期六）晴

早　米饭，炒蛋，海胆，海苔，萝卜泥，味噌汤。

午　什锦烧（肉糜、樱花虾、海藻、葱），汤。

晚　米饭，炒杂碎。

十点左右，下山兜风。丈夫同车。越过笼坂峠，去须走的浅间神社。一个女人在用塑料熊手像舔一样打扫神社

的地界内。三四个孩子在她旁边玩。看起来以前养过马的像马圈的仓库，交错式的屋顶。后面有粗陋的民房，朝着马路的窗户敞着，屋里的榻榻米没有包边，一个中年男人在上面午睡。电视开着。我在社务所问："富士曼陀罗是在这间神社吗？"神主摇头。

傍晚，有阵雨。

九月七日（星期日）阴，有时晴

早　米饭，炒杂碎。

午　什锦烧。

晚　黄豆焖饭，海胆，海苔，鲑鱼罐头，萝卜泥。

星期天。去采葡萄的车的队列比盛夏还长，一动不动。

汽油九百四十元。

四个梨（长十郎）一百元，两个二十世纪梨八十元，五个茄子五十元，两串葡萄（亚历山大）一百九十元。

在酒水店。一袋冷冻鸡肉一百元，一罐甜玉米一百元，一袋杏子二百三十元。

傍晚开始下雨。

看来在举行河口湖町会议员的选举。电线杆、外墙、玻璃门上贴着候选人的宣传单，宣传车装着扩音器转来转去。宣传单上，姓名的右侧就像假名注音一样写着那个人的通称、职业、商号等。"梶原某""渡边某""外川某""某某""小佐田某"。

九月八日（星期一）晴

早　米饭，中式汤，沙拉。

午　拉面（丈夫），面包（百合子）。

晚　米饭，烧卖，饺子，关东煮，芝麻味噌拌黄瓜。

午后，晴朗的秋日，于是下山去本栖湖。

逆时针绕本栖湖一周。把车停在国际基督教露营地前的湖边。湖边搁着十五六根粗毛竹。是在夏天的时候用来把船拉到岸边和推到水里吧？深蓝色的水清澈无波。伸手入水，温温的，感觉还能游泳。一群小鱼在游泳。它们突然一齐改变方向，朝另一个方向游去。松林里的露营地到处有浅坑，燃过篝火之后的木条就那么扔在坑里。果汁罐和塑料袋皱巴巴地扔着。鸭跖草在开花。露营地登记处的小屋的纱门缺了一扇，能完整地看到空荡荡的里面。夏天的露营规则的告示松脱了，掉在地上。

前面的另一处湾口建了水上运动协会（？）的楼。木匠进到还没完成的部分，安静地工作。那个湾口浮着若干艘单人水上摩托艇，年轻的男人们戴着闪亮的红、白、蓝、黑色头盔，穿着白制服和白色救生衣，显得胖乎乎的，他们依次坐上摩托艇，在旗子之间加速兜圈子做训练。一个穿一身卡其色衣裤的男人对他们发号施令，他站在栈桥上，说大家的整理整顿有问题，开始歇斯底里地发怒。他们每个人上船的时候都带一个像铅锤的小小的手提包[1]，下船的时候把它排列在栈桥上。那人说摆放的方式"没样子！要摆成一条线！"。穿得胖乎乎像宇宙飞船船员的队员们慢吞吞地重新放置。卡其色衣服的男人吼道："这点事都要我喊你们做吗？"有些包哪怕只差了一寸，他都将其踢到一边。木匠们都不干活了，在看热闹。发号施令的方式像自卫队的训练，华丽的摩托艇、服装和头盔则像是赛艇选手的练习。

我们绕湖一周期间，随着方位、光线以及有没有波浪，湖水的色泽一会儿浓，一会儿淡，一会儿泛着绿色。

久违地在鸣泽的农协买东西。以前那个像金时姑娘[2]一样面色红润的姑娘已经不在了。

手套（冬天的劳动手套）一百五十元，牛鼻环（穿过牛的鼻子，把缰绳拴在上面）一百元，啤酒一千五百元，

1　水上赛艇比赛的选手体重如果低于最低体重，需要携带铅锤使重量到最低线。

2　小见山妙子，从14岁（1947年）起帮家人在海拔1213米的金时山顶打理山小屋，父亲在她18岁那年去世，此后她独自看店，被人们称作"金时姑娘"。金时山也是金太郎传说的地点。

两把扫帚，六个鸡蛋，两块素雁，两块方形炸鱼糕，一袋竹轮，两袋煮豆，酒（菊星牌）二合瓶，两盒"苍蝇消"二百四十元。

叫作"苍蝇消"的是一种药，说是用水打湿了放在盘子里，苍蝇就会停在上面死掉。我问"有效吗"，店里的姑娘说："哦，有效的吧。"

在转角的杂货店。两本笔记本一百元，冰激凌（金锷冰激凌[1]十元，普通的冰激凌二十元）。

在村政府缴了一年的村民税。四百元。因为写着"请随意取阅"，我把自卫队招兵宣传册和果树栽培报告拿回来。上面写着，在自卫队待五年能有一百五十万元存款。

在S农园。三串葡萄二百六十元，两根黄瓜十六元。

邻居爷爷给了我卷心菜和红紫苏。他小声告诉我："有熊出没，小心。"

傍晚，大冈夫妻和鞘绘还有迪迪来了。鞘绘七日从美国回来。她送了猫书签给花子作为手信。给我们带了昨天在羽田买的烧卖和饺子。

明天早上，我一个人去东京。给花子做了五目寿司。

---

1 日语"金锷"意为刀锷。有一种和果子以其为名，正方形小块，薄皮，豆沙馅。金锷冰激凌与该和果子相似，内有豆沙馅。

九月九日（星期二）

早上五点，去东京。相模湖大雾。东京多云，凉爽。车好像有点漏机油。

九月十日（星期三）晴

上午，我把车送去检修，让他们看看漏机油的问题。买了肉、比目鱼、油甘鱼等，下午一点半回山上。中央道的两侧，用来固土的草变黄了。还有些树叶变黄了。

在御胎内树林附近，一辆埼玉车牌的车向我招手，我停了车。"山中湖在哪儿？"我告诉对方彻底走错了，在地上画线，详细解释了前往山中湖的路。对方怎么也听不懂，说："这里不是山中湖附近吗？那么这里是哪里？这里也有名字，是个著名的地方吧？"我说："这一带叫鸣泽村字富士山，是富士山的一部分，但不是什么名胜，就是一片原野。"对方"咦"了一声，像是感到没劲。

我做个黑市贩子，把牛肉和鱼等送到大冈家。丈夫说他也要一起去，要看小狗。

小狗如同上发条的玩具一般，两只都系着粉色缎带，来到大门口遍地石头的路上，颤颤悠悠地走。

在大冈家喝了啤酒。大冈之前因为电话的事去管理处投诉。太太和秀子都感到对不住管理处，不好意思去拿邮件和报纸。说是瞅准了没人的时候去拿回来。

晚　米饭，照烧油甘鱼，萝卜泥，海带须清汤，芋头炖魔芋胡萝卜香菇。

九月十一日（星期四）晴

阳光照着就热。

叫作"苍蝇消"的药似乎是剧毒，但没几只苍蝇停在上面。

早　米饭，牛肉寿喜烧。

午　米饭，豆渣，银鱼，萝卜泥，四季豆土豆味噌汤。

三点左右，《群像》的中岛来了。给我们带了"夷布"[1]。

木须肉，盐腌鳕鱼干，维也纳香肠等，配啤酒。

去叫大冈。大冈夫妻、丈夫、我，愉快地聊天到临近九点。笑了许多次。

我送中岛去 S 乐园。有单人间的空房。说是 S 乐园的澡堂到九点三十分结束。

回到家，泡了热茶，吃放了银鱼的海苔饭团。

丈夫一个人翻来覆去地说："就是这样的，所谓的文人，就是这样的，呕——我可清楚了。"他一直醉着，睡

1　佃煮的一种，用北海道海带做的盐海带。

了。"就是这样的，××就是这样的，我可清楚了。"是今年夏天去俄罗斯旅行时的同伴、年过八十的钱高老人大阪口音的口头禅。辗转俄罗斯各地期间，钱高老人自言自语道："就是这样的，俄罗斯就是这样的，我可清楚了。""就是这样的，沙漠就是这样的，我可清楚了。""就是这样的，不管哪个国家的国王都是这样。皇室内部送别人宝物，夺取别人的宝物。我可清楚了。"丈夫和竹内曾一遍遍模仿他的口头禅讲话，闹着玩。

十二点左右，我睡了。静悄悄的，甚至让人以为自己在耳鸣。

夜里，管理处来人说，蓄水罐的部件有故障，因此说不定会停水四五天。他们会让水车四处兜一圈，但最好存一些水。

九月十二日（星期五）秋晴

从早上就十分晴朗。上午，大冈太太来了，问："今天几点出发？""一点左右。"

昨天，谈话的间隙，大冈太太从插在胸前的信封里抽出一张便笺给我看，说"有这么一件事"。那是手织布老师的来信，写的内容大致是："O村有个叫A的人养蚕纺纱，做唐线织。我想带学生们去参观，请你尽早先去踩个点。"我也想去看，于是约好明天去。我们聊道："说不定武田会说要一起去。""那么大冈肯定也说要一起去。"果然他们都要去。

上午，丈夫一会儿工作，一会儿修枝，一会儿喝啤酒，因此我们不吃午饭，做出门的准备。

一点过后，开两辆车下山。把车停在中村星湖家门口的路上，我去中村家问路。中村正坐在廊子靠近玻璃门的椅子上，望着院子。"我不知道那个人，我去卖布料的人家帮你问一声。"说着，他往脑袋上戴了黑色贝雷帽，大步穿过马路，进了一间布料批发店。年轻的老板娘说："我不知道那家的位置，不过那个人的名字是知道的。我还在娘家的时候，线来了或什么（我没听清）送过来的时候，我看到上面写着那个名字。"接着说："去O村的小学问一声就会立即知道。我想那人不住在湖畔，在峠上面。"我把车开进小学的校园，问一个女孩"办公室在哪里"，她便带我过去。里面有一个男老师和一个女老师，正在起劲地写着什么。我不好打扰他们，去了值班室。榻榻米房间里杂乱地摆着梳妆台和矮桌，一个穿黑毛衣和淡蓝色裙子的小个子大妈屁股朝这边坐着，正在看电视。我提起A的名字，她便说："就在这附近，我带你去。"她让电视开着，隔扇和门也都敞着，一起过去。她边走边说：

"A的家倒是在的。不过，那个人死了。到今天差不多十天吧。"又说："是死于交通事故。"我不太吃惊。因为我今天出门的时候，不知怎的就觉得，我们去拜访A，他会不会死了？大妈坐进车的后座。大冈家的车像是开过了学校，又问了其他人，在我右转的位置等着，说"已经问到了"。陡急的窄坡。两侧有农户、日用杂货店、点心店、食品店等。四处有妇女三五成群地扎堆，站着聊天。坐在后面的大妈说："今天是选举投票日。"在右手边有早稻田的地方右转，窄窄的路仅有车身宽，右边是稻田，左边是桑林。桑树叶唰唰地蹭过车身。尽头是A家。原来这条路是A家专用的路。我们打开车门，下到稻田的田埂上。

进入玄关，无论是宽敞的没铺地板的房间，还是敞开的榻榻米客厅，都铺满了席子，上面铺着桑叶，桑叶上堆着蚕，蚕贴着桑叶，不断地抬起头然后啃桑叶。沙沙沙沙的声响。进玄关后正对面的小房间有照片，装饰着吊唁的花。那间屋里端坐着一位缩得小小的阿婆，正在笑。说是她是去世的A的太太，八十六还是八十七岁。是一位有着浅桃色可爱面庞的阿婆。说是拉线纺纱的就是这位阿婆。家长和他儿子出来了。大冈太太讲了来访的缘由，对方十分热情："你们来吧。到时候蚕也上蔟了，这间客厅就能用了，你们可以多坐一会儿。"虽然大冈太太说"今天只是来看看你们家在哪里"，但对方劝道："进屋看看。"于是我们去看了养蚕的客厅隔壁的织机工房。儿子大声做了讲解。他开机器的时候说："别站在那里。往这边站。对，对。那地方会有火花。"是机械织布，织出又白又薄的像是衬里的绢布。说是只有他们家从养蚕做到织布。从工房出来，刚才的阿婆坐在养蚕的客厅里，正在挑选蚕放进纸盒。蚕只要变得透明，就已经开始做茧，所以要把它们挑出来。差不多有十条蚕装在薄薄的软绵绵的纸盒里，呈透明的浅灰色，不知是屁股还是脑袋的位置呈淡黄色。阿婆缩成一团坐在榻榻米上，把蚕放在手心说话。她说话的时候把小小的像是发育迟缓的蚕放在手心，手指一会儿张开一会儿合拢，仿佛是让蚕在手里玩。蚕的眼睛看不见吧？据说蚕的耳朵能听见。

　　主人带我们去二楼。有两间榻榻米房间和宽广的走廊，走廊上摆着一组法式床风格的折叠式沙发。大冈刚在沙发落座，折叠式的脚刷地收起来，沙发整个儿压扁了，他重新拉开坐下。从走廊可以望见河口湖。后面的院子里，竹丛中长着茗荷。儿子一直在不停地说话。他从走廊往下大声命令道："仓库里有什么什么和什么，拿过来！"于是儿子的年轻妻子抱了两三卷布上来。他就那些布料聊了一会儿，又起身到走廊命令道："把仓库里的什么什么拿来！"又拿了两卷布上来。一点点陆续拿出来。渐渐地拿出一些好东西。

说是，我们原本要拜访的Ａ，原本定好一家三代的夫妻一道去第一次走伊势神宫的新桥，他对那一天非常期待。他在去富士吉田的医院治疗神经痛的路上被轿车给撞了。据说他被"砰"地撞到半空，然后死了。我们问："叫作唐线织的是什么？"他说："从前，架设猿桥的时候，带了中国人来架桥。起初是那些中国人在这一带传播纺织的技术，取名为唐线织，但并不是什么特别的织法。"又说："要是爷爷（指的是Ａ）还活着，他好像知道具体的情况，他突然死了，之前很多事没来得及问。"

年轻妻子拿来两卷淡蓝地和藏青地（两款都有花纹）的布料，说是自己的，染过。不觉得有多好。她又拿来条纹的，对大冈太太说："这个适合大妈。"这款也不觉得有多好。是和服短外褂或和服棉袍的纹样。我们问："有没有捻线绸一类的？"于是儿子又站起来说："仓库里有什么什么，去拿来。"拿来白捻线绸。这款捻线绸也不觉得有多好。他过了一会儿又说："把仓库里的什么什么拿来。"这次拿来更好的白捻线绸。家长、儿子的父亲也来到二楼，坐在一起聊了起来。问他"卖不卖"，他说："我们家不是赚工钱的工房，所以能卖。赚工钱的工房是按订单织，数量是定好的，所以不能卖，我们可以随便卖。"他说了好几次："想象白面料要怎么染，然后染来穿，是多么开心的事。"他说，来买织好的面料的人们当中，眼力最好、最让人畏惧的，是一个服装店的掌柜，那人差不多十二岁就开始当伙计。又拿出丝线给我们看。他说，两只蛹在一只茧子里，从这样的茧子拉出来的丝，织了就是捻线绸。这样的茧子（叫作玉茧），晃一晃就会有喀啦喀啦的里面有两只的声响。我说："先让两条蚕挨在一起，是不是就会两只在一只茧里？"儿子仿佛轻蔑地教训我："怎么会！刻意那么做也是没用的。不知道是什么原因才会这样，这只有神才知道。"家长的太太（儿子的母亲）拿了用玉茧抽出来的丝织的兵儿带[1]给我们看。

年轻妻子泡了茶端来，她用筷子从点心钵夹起威化，分别递到我们的掌心，每人两块。大冈拒绝了，说他胃胀，不用了。我吃完了。她往全部客人的手心放完，往当家的爸爸的掌心放了两块，正打算往自己的丈夫那边也用筷子递两块，儿子正在比画着讲解织法，他瞪了年轻妻子一眼，不肯接威化，威严地说："喂，你到底知不知道我这会儿

1　男士和服腰带有两种，窄而硬的角带，宽而柔软的兵儿带。后者因柔软且容易系成各种形态，如今也有不少女性使用。

正在做什么？"当着我们，年轻妻子显得窘迫，慢悠悠地把威化放回点心钵里，她自己没吃，瞅着威化，低着头。

家长的太太把藠头放进小钵里，放了三把叉子，端出来。不知怎的，我正好想吃藠头，于是立即吃了。大冈似乎也喜欢藠头，吃了。

儿子继续讲话，突然朝着大冈说："有件东西你好像会喜欢。"他到下面去拿来一件满是灰尘的把木头挖空做成的像是烟灰缸的东西，给我们看。

大冈花三万元买了最好的捻线绸，又买了一万多的丝线。他的钱不够，说"喂，武田，你带钱了吗？"，用丈夫的钱凑足买了。年轻妻子似乎对捻线绸三万元的价格感到不满，但价格在她离席期间敲定了。

或许因为今天是选举日，玄关有人进进出出，找这家的女人们。

回程，我们在名叫晴日（Sunny day）的湖畔休息站停靠。喝啤酒，点了咖喱饭（丈夫）、三明治（我）、炸西太公鱼（大冈）、咖啡（大冈太太）。四个人疲惫地坐着，异口同声地说："不知怎么搞的，好累啊。"大冈太太像是不舒服："会不会梦到蚕啊？"而且她说头有点痛，只要了咖啡。大冈仔仔细细地看菜单，花了最长的时间选，要了炸西太公鱼。等到大家点的东西都来了，大冈的一直没来。

炸西太公鱼终于上来了，他一吃，就愤慨道："真难吃啊。"

把 A 家送的黄瓜、茗荷、玉米在晴日的停车场分了。

兜到酒水店，买了一千五百元啤酒回家。

晚上停水。

决定明天回东京。

九月十三日

早上，我正在把行李装上车，大冈太太来还钱。丈夫在大门口，她跟他讲了几句话，立即回去了。说是因为总是停水，所以下山去买装水的大容器，刚买完回来。

九月二十二日（星期一）阴，夜里有雨

五点出发，七点过后到山上。御胎内的落叶松林变黄了。

（做个黑市贩子）把牛肉送去大冈家。给邻居爷爷竹荚鱼干。

地榆开始泛起茶色，花期结束。蓝盆花变成透明的亮蓝色，还在开花。像是下过雨。日本海棠的果实变黄了。有一朵开错季节的日本海棠花。

《群像》的德岛寄来快信。

午　米饭，寿喜烧（把昨天东京吃剩的带来了）。

晚　做了萝卜泥年糕（给邻居竹荚鱼干，他给了刚挖

的萝卜）。用那个萝卜做了一大堆萝卜泥。芝麻拌胡萝卜叶和胡萝卜。

上午，又暂时停水。两个像是工地工人的男人来管理处买鸡蛋、茶和蛋黄酱。其中一个像是最近一直没看报。"有什么新闻吗？我最近一直没看。"另一个男人答道："京大（？）的学长还是校长[1]死了。是自杀。四五天前的报纸上登了。""为什么那样的大人物会自杀呀？""好像学生做了相当糟糕的事。好像就是那样。学生太过分了。就是说。"那人静静地说。

邻居爷爷拿来卷心菜、萝卜、胡萝卜、四季豆。两颗卷心菜。他对我说，先吃这颗卷心菜，这颗用报纸包起来。傍晚，他又来了。下雨了，他在雨里拿来装在碗里的小菜。看来他仔细地留下了葡萄柚的包装纸，碗口盖着淡黄色的薄纸。碗里是用芝麻拌的切得细细的胡萝卜叶和胡萝卜。他说，想着都用这里种的菜来做，一吃，没想到很不错。又说，这里的菜地火山灰多，胡萝卜也长不大，小的反而甜，有滋味。他说，胡萝卜对身体好，也给老师吃吧。

晚上，我们认真地吃了。第一次吃胡萝卜叶做的菜。

1　日本的中小学校长称作校长，大学校长称作学长，这句话本身有语病。另外，1969年的确有教授因大学纷争自杀，但其中并无京都大学校长。

这味道放在饭店里卖都是可以的。

河口湖终点收费站七百元。在谈合坂餐厅，咖喱饭一百五十元，花式三明治二百五十元。

电视上。盐山市的工厂恶臭严重，被报道为公害问题，说是"毙兽处理工厂"。我不清楚是怎样的工厂，附近的居民声称："如果只是恶臭，还可以忍，但那个气味闻了想吐。"

雨一直不停，夜里还在下。雨量小，屋顶上有滴滴答答的声响。有时听起来像有人踩着院子的碎石往下走的脚步声。我忽然想，会不会是山下村子的邮局来送通知谁死了的电报？

九月二十三日（星期二）阴转雨

早　米饭，炒蛋，红烧刺鲳，佃煮。

午　双青豆汤，面包，红茶，水果果冻。

今天是彼岸中日。电视上在播放中尊寺[1]的彼岸法会。今东光[2]念了经。

上午，把双青豆炖了做成汤，不太好吃。

1　位于岩手县平泉町，天台宗东北大本山。寺内的金色堂是平安时代的艺术结晶。

2　今东光（1898—1977），小说家，中尊寺住持，参议院议员。

去管理处，给昨天约关于毛泽东的稿子的 K 通讯社打电话，回绝掉。管理处的男人向我搭话："毛泽东病危好像是假消息。"电话费二百元。

下午，邻居爷爷帮我们把院子的空地整成菜地。下雨了，于是爷爷停工回去了。一直下着毛毛细雨，天黑了。

晚　米饭，木须肉，吹澡萝卜[1]，佃煮。

丈夫说，今天大冈会来吧，但没来。

晚上八点半左右，中央公论《海》的村松从院子跑下来。村松开车的朋友也一道，喝啤酒，吃木须肉和鸭肉等，愉快地聊到十点多。他们说，因为是借来的车，不知道怎么关暖气，来的路上一直开着暖气。进屋后，他俩显得冷。我们燃起暖炉。村松的朋友刚从美国回来，讲了葡萄柚是怎么生长的。据说葡萄柚在那边非常便宜，大学生也能吃一大堆。

定下二十五日早上在赤坂交稿。

说是村松借了朋友的车，不过开车过来的是另一个朋友。回去的时候，举着灯送他们，丈夫和我都来到大门口，看那辆车。是英国制造的老式跑车，老旧的车牌，印

1　萝卜切成段，炖软后浇上味噌，趁热吃。吃的时候要吹气让它冷却，和从前的人蒸澡以后吹身体相似，故得名。

着"5·す·1852"。大雾。

九月二十四日（星期三）一整天小雨

　　早　双青豆汤，红焖鸭肉，米饭。

　　午　松饼，一人吃了一片什锦烧。蔬菜汤。

　　晚　咸牛肉茶泡饭，白味噌拌菜。

　　十一点半。下山。

　　在酒水店。一箱啤酒一千五百元，一块豆腐三十五元，一块魔芋二十元，四个梨（二十世纪）二百元，一袋干香菇一百元。

　　在杂货店。擦油布一百三十元，研钵和杵五百元，晾衣绳七十元。

　　在蔬果店。一把菜四十元，四串葡萄二百三十元，四个苹果二百四十元。

　　在吉田的酒水店。二升葡萄酒六百元。

　　在杵屋点心店。团子二百元，铜锣烧二百元。

　　在加油站。汽油一千一百二十元，白煤油三百八十元，两根雨刮八百二十元，三瓶蒸馏水六十元。

　　穿过吉田通往公民馆的路边的荞麦田。荞麦花正在盛开，茎红通通的，看起来像赛璐珞一样透明。

　　把团子和铜锣烧分一半给邻居爷爷。

四点半左右，大冈在雨中来了。说是太太把他送到大门口，立即回去了。他没有把伞收起来，就那么搭在露台的斜坡上，进了屋。七点以前，太太来了。他们九点稍过回去。

大冈来了之后不久，管理处来了人，说："到武田家的转角那里因为在修水管，挖了洞，之前有车陷进去开不出来，你们进出的时候请小心。"大冈拜托那人："之后老婆来接我，要是陷进去就糟了，你从管理处给她打个电话。"太太来接的时候说："我的车在电话打来之前就陷进去了。把大冈送到这里回家的路上，就已经陷进去了。"

明天早上回东京。

九月二十八日（星期日）晴，有时阴

昨晚是"后天会"的聚会，丈夫一点半到家。我两点半才睡，所以今天早上困。早上五点半出发。花子的考试还有两天考完。

七点过后抵达。打开遮光门窗的时候，一只黑色翅膀、淡蓝色鳞粉花纹、闪着光的大飞蛾"啪"地落下来。好像产了卵。

把油甘鱼、鲑鱼、鳕鱼子送去大冈家。秀子和迪迪走出来。

早　面包，奶油汤，汉堡肉饼。

午　米饭，照烧油甘鱼，萝卜泥，海带须清汤。

院子里的草丛变成了菜地。我们不在家的时候，邻居爷爷帮忙种的。我睡午觉。

所有的遮光门窗上都趴着蛾子。有的死了，有的快要死了，有的好像还在产卵的过程中，颤动着翅膀，身子一动不动。窗户上趴着蜘蛛，有着水黾一样又黑又长的脚，米粒大的橙色身体。它们都显得寒冷。

傍晚，西晒一直照进工作间的深处。这时，大冈夫妻走下院子来了。他们带着吉他和课本。迪迪也来了。他们说，迪迪的脖子上长了个包，所以明天带它去看东京的兽医。

在管理处。三瓶牛奶九十元，鸡蛋一百元，香烟一千二百五十元。放着许多八月炸，所以我要了一些。

○今年是山货的大年，不知为什么，长出来一大堆蘑菇和八月炸。只要进到高尔夫球场对面的灌木丛，八月炸要多少有多少——管理处的人说。

二十六日是中秋月，今天好像也挂着一轮大月亮。云很厚，看不到月亮，但金色的光透过东面厚厚的黑云漏出来。

一整天燃着暖炉。

九月二十九日（星期一）晴转阴，夜有小雨

早　米饭，油浸沙丁鱼，汤，酒粕腌山葵，洋葱沙拉。

临近中午，前往本栖湖。丈夫同车。

在红叶台附近驶入自卫队的卡车与吉普车的队列，跟在满载自卫队队员的卡车后行驶。有个戴黑框眼镜、身材纤瘦的男队员，比其他队员装腔作势得多。坐姿也装腔作势，在嚼口香糖。卡车盖着车篷，里面有些昏暗，但仍能清晰地看出，自卫队员只要有一个开始吸烟，就一同拿着又细又白的烟吸了起来。只有那个坐在边上的装腔作势的队员总是独自在做不一样的举动。

绕本栖湖一周，驶过朝雾高原折回。

在胜山的酒水店。啤酒一千五百元，易拉罐啤酒二千零四十元，四个苹果二百四十元，柠檬五十元，零食一百元，两串葡萄一百八十元，两块方形炸鱼糕二十元，白吐司四十元，柴鱼花二百四十元，鲷鱼味噌八十元，腌墨鱼肠一百元，奶酪一百七十元，仙贝九十元，威化五十元。

在河口湖站买报纸，二十元。

午　酱油高汤焖饭，竹荚鱼干，中式炒茄子。

晚　什锦烧，汤（鸡），手掌比目鱼[1]，葡萄沙拉。

夜里，无声的雨。不到外面不知道下雨。天空是淡紫红色。

山斑鸠现在两只一起来。来吃喂松鼠的玉米。其中一只窸窸窣窣地分开草丛，慢悠悠地走来，像是很美味地吃了，然后去饮水处慢慢地喝水。接着，它终于沉重地张开翅膀，发出巨大的振翅声，飞上松树枝。另一只等在草丛中，既不吃也不喝，这时跟着它起飞，一起停在松枝上。它们胖乎乎的，羽毛的颜色像色留袖[2]一样美。

九月三十日（星期二）阴

早　米饭，中式炒蛋，汤，佃煮，炖羊栖菜。

松鼠在露台上跑来跑去。

整理壁橱里面，烧垃圾。

午　拉面（丈夫），牛奶（我）。

下午，我刚织完围巾，大冈太太拿来前天的鱼钱、炸鱼糕、生利节和甘酒麹腌萝卜。她说，昨天，他们把迪迪

1　濑户内海的一种手掌大小的比目鱼晒成的干。

2　留袖是日本女性的和服礼服，袖子比振袖短，多在婚礼等正式场合穿着。已婚女子穿黑留袖，色留袖则不分已婚和未婚。色留袖的下半身有绵延的花纹。

带去东京的医生那里，没什么问题，所以不能把它放在医院。一整天用车载着迪迪在东京转来转去，大冈和太太都累坏了。迪迪脖子上的包像是虻咬的。

我去高尔夫球场旁边的灌木丛（管理处的人讲的）采八月炸。丈夫也一起出门。地上落着吃完的皮。浅紫色的果实。有的果实熟透了变成紫红色，绽着口子，里面的果肉掉下来。我吃了三个，又凉又甜。丈夫摇头，没有吃。他仿佛不适应地看着我。

兜到大冈家，分了一半八月炸给他们。秀子不停地问："长在哪里呢？"我告诉了她。

晚　做萝卜泥年糕。萝卜泥，黄豆粉。我在那之后吃了两大块炸鱼糕，吃了鳕鱼干，吃了苹果。丈夫往牛奶里放了大量的蜂蜜，热了喝。

二日有每日出版文化奖[1]的评委会，因此明早回东京。

晚上八点左右，雨带着声响下了起来。

因为吃了鳕鱼干，所以一个劲儿地喝水。

报纸上。

1　创立于 1947 年，由每日新闻社主办，颁奖对象是优秀的出版物。分为四个奖项：文学艺术，人文社会，自然科学，策划。武田泰淳从 1954 年起每年担任评委。

○富士山有巨型松茸。流行摘松茸的富士山，在富士山的富士昴公路三合目精进登山道附近的铁杉林，最近，富士吉田市上吉田的公务员S·T（十九岁）摘到一朵巨型松茸。伞尚未张开，伞长二十七厘米，菌柄直径十二厘米，重达四百四十五克。

十月三日（星期五）阴，有时小雨

早　在中央道谈合坂餐厅，咖喱饭两人份三百元。

午　拉面，猪肉豌豆罐头。

晚　油豆腐胡萝卜焖饭，芋头裙带菜味噌汤（放了蛋），腌墨鱼肠。

五点半出东京。在谈合坂加油。

在下毛毛雨。餐厅有三桌客人。今天我也要了咖喱饭。咖喱饭里的料，之前是虾，今天是鸡肉。咖喱饭好吃。薤头、福神渍和红姜，都给了很多。装在另外的容器里，放在外面，让人随便取。另外三桌的客人大抵也都点了咖喱饭。因为是大清早，人人都呆呆地望着玻璃窗外。我还要了咖啡。我也慢悠悠地边看窗外边喝咖啡。

"有钱可真好啊。"我沉醉地说，丈夫缩着脖子，用女人的口吻小声说："多亏了自民党。"然后，我俩都大笑起来。

一辆像是首班车的大巴摇摇晃晃地从半山腰慢悠悠地

向上驶去，忽隐忽现。

S 乐园往上有大雾。我家门口也是大雾。

把买的东西送去大冈家，面包、萝卜、鱼和肉等。太太说，昨天家里突然来了许多客人，成了"钵之木"[1]，把所有的食材都拿出来用完了，所以正好。我急忙做个黑市贩子，把保冷箱放在玄关，拿出东西，开始说"这个多少钱，这个多少钱"。

送给邻居爷爷五条鱼干。

下午五点左右，早晚饭。

给牧田［牧田谛亮。武田的朋友，近江念佛寺住持］写信，商量花子的寒假。问他有没有哪间寺院可以让花子寄住。

今天多地震。

电视上。晚上，我一个人看电视，看到自卫队在北富士演习的新闻。假想敌设定为入侵东京都中心大楼的暴徒。对暴徒的镇压出动了装甲车、战车、直升机。人顺着绳子从直升机一个个地落到屋顶的演习。假想敌（暴徒）由自

---

1 关于镰仓幕府第五代执权北条时赖的传说。时赖扮作僧人四处查访，为躲避风雪，住进一户人家。主人贫穷，连柴火也不足，拿出从前心爱的盆栽当柴，并告诉时赖，自己是没落的镰仓武士，仍留着武器和马，万一被征召，可随时响应。后来主人接到命令，骑瘦马前往，时赖向他道明身份，给予赏赐。

卫队的部分队员担任。他们拿着用布包棉花裹住一头的木枪，代替方木棍和铁管，用手巾遮住口鼻，戴着安全帽。他们跳进大楼（把木箱高高地垒成路障，假定为大楼）内，扔出烟筒，挥舞木枪（暴力棍），举动跟大学生一模一样，比大学生熟练。自卫队方面装备了与武警相同的盾牌和头盔，同战车一起"咚喀咚喀咚喀咚喀"地行进。可怕。防卫厅尚未建起围墙的时候，走在六本木的后街，看到他们在势头十足地练习刺刀术。我讨厌他们发出的喊声。当时我也感到恐怖。看到今天的演习，清晰地展现出假想敌是日本的暴徒，而暴徒是学生，所以有些恐怖。

十月四日（星期六）阴，有时小雨

六点半起床。从东京来的木匠高桥预定今天早上七点多抵达，所以我早早做了早饭，等着。

早　米饭，蒸比目鱼，裙带菜土豆味噌汤，佃煮。

从早上就笼罩着雾。

午　面包，西式炖牛肉，红茶。

高桥没来。告诉他怎么到山上的时候，他说，中央高速公路很恐怖吧[1]。他不会出车祸了吧。

1　开通之初，中央高速公路（现在的中央自动车道）两个方向之间未设隔离带，且允许超车，因此交通事故频发。

邻居爷爷去管理处，顺便拿来我们家的两封快信。

"菜地这么大够吗？""足够了。谢谢。现在开始播种，什么合适？""没有现在播种的菜，而且寒冷来得早，就算播下去也长不好。最好当成是明年的盼头。""种大蒜和韭菜呢？""如果是大蒜韭菜，也许能过冬。大蒜种到郁金香球根的深度就行吧。"今天似乎 T 老师在家，他早早回去了。

傍晚，下山买东西。大雾。卡车开着除雾灯，慢吞吞像爬一样开上米。

在酒水店。易拉罐啤酒二千零四十元，六个苹果三百元，五个梨二百五十元，一块豆腐四十元，一袋细豆沙五十元，味淋一百三十元，三得利角瓶一千四百五十元。

在车站买报纸二十元。

在加油站，让他们给轮胎打气。两罐煤油七百元。

两辆满员的旅游大巴停过来。给大巴侧面加油的时候，加油站打工的女孩们抱着四五瓶葡萄液（不是葡萄酒），试图从底下越过窗户贩卖。也有客人买。通往昂公路的路上的店，现在都摆着大量上市的甲州葡萄（大颗，浅紫色）、梨、萝卜、山药。

晚　米饭，山药鱼糕，木须肉，芡汁豆腐，苹果汁。

邻居家来了园丁，在雾中往院子各处种下大株的黄花杜鹃，直到傍晚变得昏暗。

夜里下雨。

十月五日（星期日）阴

我想着木匠高桥今天说不定会来，早早起来。

早　米饭，西式炖牛肉，佃煮。

午　米饭，山药鱼糕，萝卜泥，炖羊栖菜，清汤。

晚　面包，奶油浓汤，维也纳香肠，沙拉，红茶。

露台前的院子，拔草。楼斗菜的小株长得太多，拔掉。夏天播种的欧芹长出来了。堇菜结了白色坚硬的种子。

给车做清洁，顺便发动引擎，发动不了。天色微暗的时候，管理处的人送快信来，请他帮忙查看。怎么都发动不了。让丈夫和那个人把车推到坡上的公交车站，顺坡下来的同时试着发动，可是不行。让那人用吉普车把车拖上坡，回到大门口。天黑以后待在外面，像冬天一样冷。管理处的 S 和丈夫一会儿推车一会儿上坡，呼呼直喘。

高桥今天也没来。

十月六日（星期一）晴朗无云

醒来后，我仍迷迷糊糊地待在被窝里，这时传来说话声。似乎是高桥来了。八点。我正在洗脸，又有另一个声音，管理处的 S 开着吉普车来了，帮我们拖车。我让丈夫等会儿再吃早饭，先送车去修车厂。让 S 用绳子拖着车，下到修车厂。位于松林和芒草中的宽广的修车厂。边上有两室的简易住宅，他们正在家里吃早饭。出来一个中年男人，说是电池弱化所以打不着火。充电就能修好，可是即便充电，以山上接下来的寒冷，一早或傍晚出门的时候，引擎发动都会有问题。他教我，为了以防万一，今后把车停在坡上，那样清早或晚上即便没有男的帮忙推车，也能开出来。他说："电池只要有一次没水了，电池的力道就会明显变弱。在山上开的车尤其这样。"之前有过电池的水耗干的情况，就是因为那个。在这里买电池六千元，于是我让他换电池。电池下午来，我不可能等到那个时候，决定回头再来。

回家准备早饭。

早　米饭，银鱼，萝卜泥，黄油烤新鲜鲑鱼，沙拉，味噌汤。

高桥也一起吃。我下山的时候，邻居送来两块新鲜鲑鱼和大福。我不在家的时候，丈夫和高桥两个人吃了昨天剩下的西式炖牛肉和大福。高桥量了餐厅天窗的尺寸，中午回去（为了把天窗改成双层玻璃，请他来量尺寸。丈夫的想法是做成彩色玻璃，每一格想要用不同的颜色。高桥说，比起玻璃，透明塑胶板的颜色更丰富。按高桥的意见）。

久违的晴朗无云，把被子和毯子全晒了。

三点，去管理处，罐装燃气一千六百元，七月底为止的电费、铁门栅栏工程费一万九千四百十六元，共支付二万一千十六元。

下山去修车厂换电池。这条路两边的稻田正在收割的高峰。芒草的穗子在阳光下闪闪发光。

电池费六千元，检修费五百元，给这家修理厂的中年男人（○）谢礼五百元。

在酒水店。六团手擀乌冬面九十元，六个苹果一百八十元，两块油豆腐三十元，二十串团子三百元。

在蔬果店。葱一百元，四串甲州葡萄二百八十元，一篮三百元，一袋虾仙贝一百元。

把团子放在管理处，作为吉普车帮忙的谢礼。

大冈来了。大冈家将于这个月十五日搬到成城[1]盖好的新居。太太来接他，六点半左右回。

夜里晴朗，没有雾，天像墨一样黑。空气冰凉凉的。明早回东京。

1　大冈升平住在成城期间的日记从 1980 年 1 月号起在《文学界》连载，标题为《成城来信》，之后由文艺春秋出版三卷本（1981—1986）。其中也记述了他晚年与武田百合子的往来。

十月十七日（星期五）晴朗无云

　　早上四点被喊醒，但我的脊椎骨痛，想吐，所以一动不动地待到六点。感觉好了，于是起床出发。开到乃木坂，想起忘了拿装着山上家里钥匙的手提包，折返。

　　中央道旁，矮山上的树林和山上的树的叶子变黄了。上野原一带路边的崖壁整个是红色，我感到不可思议，仔细一看，是长鬃蓼的花和茎的红色。富士山十二日初雪，上面是白的。

　　在谈合坂餐厅，咖喱饭（丈夫）一百五十元，花式三明治（我）三百元。时间比平时晚得多，因此店里有女招待，客人也多。在这个时间段，菜单上还有叫作"家乡定食"的套餐，附一份装在小铁锅里的味噌汤。两瓶牛奶六十元。

　　院子里的树和草变黄了。给邻居送了苹果、年糕和肉，只送了爷爷阿婆的份。我们的车一到山上，看家的爷爷阿婆两口子就隔着树篱来迎接，向我们打招呼："你们回来了。"爷爷说："入秋后，一个人都没了。变得寂寞。"他们送了两枝缀着红叶的卫矛。我坐在邻居家的廊子，仔细打量邻居的院子。院子正南方种着一大株杜鹃，据说是从二合目弄来的。他们小心地让二合目的杜鹃仍挂着松萝。还添了大株的卫矛。像舞台一样的院子。我问："现在的季节，把这么多各种各样的树移栽过来，好吗？"爷爷答道："树接下来就休眠了，也许反倒是好的。""每当武田家去了东京，我们可沮丧了。老头子和我之前都在北海道生活，所以冷是一点问题都没有，可是到了秋天，一个人都没有，真寂寞。去管理处倒是能见到一两个人，可是也有些日子，一整天都听不到人声。太太，请你们尽量回山上。你们冬天也在这里过，是吧？"阿婆是个说话麻利又恭敬的人，听说她年轻的时候在大宅工作过，坐和站都仪态端正。爷爷一个人干菜地的活儿，她在家里缝纫，或是用碎毛线织东西。看来她更喜欢在城里生活。

　　午　松饼，汤。

　　晚　米饭，海胆，海苔，腌墨鱼肠，萝卜味噌汤。

　　午后，我一直在睡。醒来时，已是暗沉沉的傍晚的暮色。做了好几个满是恶意的梦。出了一身汗。背痛好了。

　　从傍晚到夜里，奇异地暖和。明天要下雨吗？

十月十八日（星期六）阴

　　早　米饭，味噌汤（土豆、葱、鸡蛋），海胆，腌墨鱼肠，海苔，萝卜泥。

　　午　放了肉糜的黄油炒乌冬面，苹果、柿子和橘子沙拉。

　　晚　米饭，麻婆豆腐，高汤浸四季豆，醪味噌腌蔬菜。

在酒水店。易拉罐啤酒二千零四十元，一千克柿子一百五十元（用酒去涩的柿子），三个苹果七十五元，一千克橘子一百七十元，十团乌冬面一百五十元，两袋零食九十元。

在加油站。两罐白煤油七百元，十二点三升汽油七百元。

中午以前下山。去给修理厂的O付七百五十元。报价单是六千九百元，我以为条目的六千一百五十元是合计金额，发现自己少付了七百五十元。我带了零食给之前在他家的小女孩。围绕着工厂的芒草彻底变成枯萎的颜色，穗子成了毛絮，乱糟糟的。水稻收割彻底结束了。O正在修大巴，我付了钱，把零食放在O的家里。太太在厨房炸吃的，像是为午餐准备的。家里只有两个房间，里面一间客厅的墙上挂着纪念照，三个人穿着孟买风格的服装，相互鞠躬。照片泛黄。两个房间都乱七八糟地扔着积木、过家家的玩具、报纸、被炉毛毯等。芒草当中搁着一辆消防车，像是送来修的。

傍晚，邻居爷爷送来五条卷着鲱鱼的海带卷和两块豆腐，说"我做着玩儿的"。他说——豆腐是T老师今天从东京拿来的，有许多。海带卷用白色棉线扎着，非常好吃。

十月十九日（星期日）阴，夜里有雨

早　麻婆豆腐，汤，米饭。

午　炒乌冬面。今天试着用番茄酱调味。

晚　年糕汤。

忘了给鸟的洗澡钵放水，鸟进到空钵里，不可思议地看看自己的脚，又环顾四周，惊呆了。

在菜地左侧边缘种了一排蒜。山椒的果实裂开了，露出黑色有光泽像昆虫眼睛的种子。不过我们院子里这棵山椒不能吃。叫作犬山椒 [1]。记得深泽曾经讲过，他将以《妖木犬山椒》[2] 的标题，写一个非常好色的主公的故事，并把梗概讲给我听。

移栽玉蝉花。按深泽的说法，如果不移栽，花会越来越小，所以最好每年移栽。割了门柱上的草。上到门柱顶上环顾院子，只见院子诡异地泛黄，就像得了黄疸。

和丈夫散步到大冈家那边。大冈家关着遮光门窗。莫名有点怀念，绕屋子一周。不住人的屋子，院子、遮光门窗、露台，仿佛都飘荡着那家人的气息和举止，反而有种

---

[1] 青花椒的一种。因气味强烈，不能像山椒那样食用嫩叶。日本也没有用青花椒种子做菜的习惯。

[2] 刊于《文艺》1975 年 1 月号（河出书房新社）。1978 年，同名小说集由中央公论社出版文库本。意味着小说腹稿诞生于至少六年前。

人味儿，有种活生生的感觉，是为什么呢？脱在露台淋雨的人字拖，装满洗干净的空瓶的纸箱，接在户外的水龙头上忘记取掉的蓝色塑胶管。为了不碰到头发，后院的松树垂下的枝条用包装绳拴起来。用白桦树枝做的椅子，感觉一坐就会立即坏掉。狗的粪便。这是迪迪的。

也试着走到别人家的房前院落。一直吊在屋檐下的风铃，落在露台上的梳子和镜子，插着吸管的可口可乐空瓶，架高的地板底下被风吹着飞的草帽。

我们家的门锁着的时候，如果有谁进到院子，也会这样想吧。

傍晚开始起雾，下起小雨。明天早上回。

丈夫从昨天起有点感冒。吃了之前买了放在柜子里的中成药。

十月二十五日（星期六）雨

早上六点，在雨中出门。带来一箱东西，蛋、面包、蔬菜、年糕、罐头、肉、鱼干等。

在谈合坂吃早饭。咖喱饭（丈夫）一百五十元，家乡定食（百合子）三百元。

装在铁锅里的猪肉汤的材料是魔芋、胡萝卜、芋头、炸豆腐、葱、牛蒡、猪肉，每样放了一块。

有两桌人，每桌由年长的师傅带着四五个年轻的工匠模样的人。年轻人们穿着西装，师傅穿的是干活的衣服，毛衣配夹克衫。看着像团建。他们全都点了家乡定食。从相模湖到河口湖终点一路大雾。上山路上没有雾，只有雨。

去管理处，支付一瓶二十千克的燃气一千六百元，调整工具和其他安装费三千三百元。把竹荚鱼干放下给他们。

回程从大冈家门口过，他们有条盖膝盖的毛毯忘在车引擎盖上，淋湿了。遮光门窗紧闭。看起来，他们因为搬家的疲倦还在睡。我无声地倒车，回家。

午　年糕汤。

晚　米饭，梭鱼干，蛋花汤，萝卜泥，土豆炖鸡肉。

入夜，雨变大了。之前工程车往上面路上塌陷的位置加了泥。那地方变得泥泞，好像有辆车陷进去出不来，发出"咕——咕——"的声响，在空转。那声响长时间地传来。

十月二十六日（日）晴朗无云

秋天的晴朗。南阿尔卑斯上有雪。雪亮晶晶亮晶晶地闪着光。白云像拉长的棉花，缓缓移动。

八点半，出门去看红叶。丈夫同车。在大冈家门口停车张望。大冈家今天关掉这座山中别墅。行李堆在门口。迪迪飞奔出来。大冈搭乘来帮忙搬家的人的车，去青木原的树海看红叶，我和太太在门口说话。

富士山一直到五合目有雪，泛着光泽。五合目往下，树叶全都变红和变黄了。

树海的红叶按现在的情形，感觉能持续到十一月初。今年红得格外美，因此，我一向记着作为标记的位于半山腰的一棵树以及树海中的藤蔓，今年也好端端地在老位置。莫名地安心。

下到本栖湖的湖畔玩，然后回家。湖水的颜色转为钢灰色，闪着光。

在鸣泽的加油站。油费八百四十元。加完油等找零的时候，我开着驾驶座的门，把右腿垂在外面，丈夫一边等，一边在那附近闲晃，他走过来，忽然从外面用力关门。我的腿被夹住，感觉膝盖骨隔着束脚裤都要碎成渣了。

午　米饭，洋葱番茄汤，不加料的西式蛋饼，苹果沙拉。

去让邻居还我们之前借给他们的梯子。

晚　酱油高汤焖饭，梭鱼干，中式白菜炒肉，味噌汤。

二十八日要为岩波演讲会去京都，所以明天早上回。

十一月五日（星期三）阴，大风

昨晚，我喝多了日本酒。喝完睡得沉，挺好的，然而凌晨一点半左右，一下子醒了，大睁着眼，之后一直到临近四点，在被窝里一动不动地睁着眼。六点过后，出东京。

在谈合坂餐厅吃早饭。咖喱饭（丈夫）一百五十元，火腿三明治（我）三百元，一袋橘子二百元，三瓶牛奶九十元。

从御胎内过去的落叶松林的树叶变成了橙色。

喝茶，吃梅干，然后睡到中午。出了一身汗，做了梦。

我和丈夫两个人在海外旅行。大巴来到一座城镇，人们往街上洒了像是淡蓝色又像是绿色的水。导游是个上了年纪的大个子男人，告诉我们："愿意的人可以看脱衣舞。"我俩去表演脱衣舞的地方。上了窄窄的台阶，进到一间有种动物小屋臭味的房间。一个女人躺在像大水槽的玻璃棺材里。她的下半身瘦得像骸骨，只有乳房鼓鼓的。她的皮肤颜色斑驳，紫色、灰色和桃色，身体像蜡像般一动不动。她旁边的棺材里横躺着一个胖乎乎的东西，像小海豚。我注视着，心想，这个国家的脱衣舞是这样的吗？

午　咸粥（放了鸡蛋）。

晚　酱油高汤焖饭，咸牛肉，味噌汤，辣椒酱油拌小松菜。

我残留着宿醉，不太有食欲。但我没讲。假装吃得香。

在酒水店。易拉罐啤酒二千零四十元，葡萄酒三百元，年糕一百八十元，面包四十元，奶酪九十元，两块素雁三十元，鸡蛋七十三元。

十升汽油六百元。

急剧降温。第一次放了品川暖包。星星仿佛要落下。风大。

十一月六日（星期四）晴朗无云

上午六点下山，我一个人去下田。把丈夫的早、中、晚饭弄好了。午饭三明治，晚饭关东煮。

"孩子他爸，你也去吧？去看一次。要是用宝石比喻，那地方像祖母绿。"我说道。可他一脸抗拒，拼命摇头。

他上到大门口送别，提了难办的要求："早点回。别开快。"

乙女峠一百五十元，穿过仙石原，从十国峠走伊豆天空高速，越过天城高原，下到仙人掌公园的位置，来到下田。

天空高速七百元，远笠山道路一百五十元，东伊豆道路一百元、七十元、一百三十元。到下田要花这么多钱。回程也要花这么多钱（回程有几处收费站没人，从那里过不要钱）。

我请当地人帮忙确认山上的土地埋着的界石。藏青色的海辽阔得让人恍惚，波浪的泡沫如同苏打水，碎裂在绝壁之下。那人在海上吹来的风中歇了一会儿，一脸愕然地说："你怎么在这种地方买地啊？这地方再过个十年还是这样。绝不会有发展。完全没有价值。车也上不来，而且没水没电。"我望着海，沉默着。四点半准备回去。买了竹荚鱼干和生墨鱼干。越过天城的时候，一片漆黑。城镇的灯光散落在遥远的下方。满天星斗，就像进了天文馆。在行驶的只有我的车。天空、海、山和平地的颜色都是同样的一片漆黑，城镇的灯光和星星相连。在只有芒草的高原上开啊开，仿佛将要开到天上去，我开始感到心里没底。加油站和休息站都关了，熄了灯。一直下到仙石，一辆车都没遇到。有些收费站也没人。间或有动物的影子横穿道路，兔子，还有比兔子更大的，像是狸猫或狐狸。我有种从梦中醒来的感觉，咦，我为什么在这样的地方拼命开车呢？

九点，回到山上。我们家开着所有的灯，像一盏盂兰盆节灯笼浮在谷底，我朝着家奔下院子。我烤了室鲹干，吃了冷饭。丈夫烤了生墨鱼干，只吃了墨鱼干。我一边吃，一边不停地讲今天看到的事和发生的事。有一个让我回来的家，真高兴。这个家里有个男的听我说话，真高兴。

十一月七日（星期五）阴

早　面包，牛奶，火腿，盐揉卷心菜。

午　米饭，西式蛋饼。

晚　米饭，竹荚鱼干，咸牛肉卷心菜。

今天早上的霜是纯白色。放在外面的大盆结了冰。

上午，去山中湖。昨天一天丈夫看家，所以今天同车。

出门的时候，邻居爷爷隔着树篱喊我们过去，在房前的院子里请我们吃团子喝茶。

下午，带了竹荚鱼干去管理处。他们告诉我，已经可以加一点防冻液，今天早上，管理处的车引擎冻住了，动不了。

经过大冈家门前，停着一辆车。有个长得像贝多芬的男人，于是我向他打招呼，他说大冈夫妻今天没来。

晚上，打开引擎盖，把旧毛毯盖在里面。风变大了。明早回东京。

十一月十一日（星期二）晴朗无云

今天下午出东京。早上起床前，脊椎骨痛。晚些出门，好了。

昨晚，我给木匠高桥打电话，他说"明天（十二日）去镶彩色玻璃"。我买了工人三人份的食材，装在车上。

就要出门的时候，《新潮》编辑部的前田来了。

今天的报纸上写着，中央道各处有裂缝，正在修，所以有许多路段交替通行，不过不怎么堵。在石川吃两碗天妇罗荞麦面一百四十元。有四五个男人边吃天妇罗荞麦面，边吃薄木盒装的便当。

困意袭来，于是我把车停在昂公路入口像公园的地方，睡了五分钟左右。开跑车来的外国人，一男二女，在草坪上铺了布，坐在上面伸着腿，分派纸盘子，飞快地分了咸牛肉、豌豆炖肉、面包，他们大声地笑，讲外语，相互拍照。那些人吃喝的速度迅猛，精彩的食欲。

到家，西斜的阳光沉静地照耀着我们的家。

早晚饭 面包，奶酪，牛奶，汤，苹果。

丈夫从深夜到今天早上一直在工作，因此六点倒下睡了。我放了暖包。

外面是星空。

十一月十二日（星期三）晴，傍晚转阴

朝阳静静地照在枯草上。

九点，高桥带着两名工人来。他们喝了红茶，然后立即把做好的木框镶上，边量尺寸边开工。调整木框的尺寸到中午。

午 汉堡肉饼，萝卜味噌汤，沙拉，苹果（木匠们带了赤豆糯米饭的饭团）。

下午开始对颜色，同时把彩色玻璃一块块切出来，嵌进木框。对颜色，指的是装上一块玻璃，问坐在餐厅观望的丈夫："下一块（旁边）放什么颜色？"丈夫说："是啊，红色的旁边的话……绿色。"他们便切了绿玻璃装上。又问丈夫。像这样，彩色玻璃的排列方式，是根据镶嵌之后的情形问丈夫，按他的话做。所以真的是慢悠悠耗工夫的工作。丈夫坐在餐厅椅子上，小口喝着易拉罐啤酒，看上去相当愉快地让他们切玻璃和镶嵌，按自己喜欢的色调排列到最后一块。三点开始转多云，木匠们穿上带来的毛衣，继续工作。

彩色玻璃全部装完后，西面的天空转晴，即将下山的太阳忽然照射过来。餐厅里，红、绿、黄、钴蓝等色泽的光照在墙壁、壁炉、餐桌、人的脸和手脚上。丈夫开心。丈夫像孩子一样开心，因此高桥也开心。户祭（其中一名木匠）笑眯眯地说："像咖啡馆一样呢。"木匠们还帮忙修了变得不好开合的餐厅玻璃门的合页。

晚　米饭，蟹肉炒蛋，海带须鸭儿芹清汤，竹荚鱼干，牛蒡炒胡萝卜丝。

和木匠们一起吃。

给了三万订金。

"真静啊。感觉就像耳朵出问题了。""这么暗。东京的话，夜里不像这样一片漆黑。"木匠们说着，走上院子回去了。

是因为心理作用吗？或许因为天窗变成双层玻璃，入夜后也不冷。

丈夫一直没睡，几次出门到院子，眺望从餐厅的彩色玻璃曳出的灯光。

"想早点给大冈看。大冈只要看到了，就会问：'我家也想装。多少钱？'"

十一月十三日（星期四）晴朗无云

我昨晚好像感冒了。头疼，胸口也疼。阳光照在昨天装好的彩色玻璃上。

阳光红红地照在壁炉上。装着柴火的大筐则照着绿色的阳光。我照在镜子里的脸是钴蓝色。院子里的土也照着红、蓝、绿色的阳光。感觉像变成了色盲。

把烧篝火的灰撒进菜地。烧掉木匠们留下的垃圾。绕着梅树一棵棵地给根部施肥。今天暖和。

邻居送来香蕉、胡萝卜和萝卜。

午　面包，汤，汉堡肉饼，沙拉。

陪丈夫散步，去了大冈家那边。

我做完晚饭的准备工作，上到大门口，西面的天空像着火了一样红，西面的群山如同黑色剪纸。富士山大泽崩一带还没完全黑，呈玫瑰色。浮着镰刀般的下弦月。

俄罗斯旅行的时候，在中亚的某个城，在旅馆用过晚饭后，大伙儿没事干，一道出门散步。记得在一个像水坑的池塘边，路没了，大伙儿不知所措，站在像水坑的池塘跟前。那时浮着同现在一样的月亮。"琵琶湖的北边，是叫作湖北吧？像不像那里？"于是大家各自开始讲自己去湖北时的经历。完全不管自己置身于中亚，也不管这个城的景色。

晚　盐腌鲑鱼茶泡饭（丈夫），牛奶和海苔裹年糕（百合子）。

吃完晚饭，邻居阿婆拿来醋青花鱼。又单吃了醋青花鱼。好吃。邻居爷爷阿婆常常把他们自己做的吃的随意拿来。邻居爷爷拿来菜地的萝卜胡萝卜之类，还有他自己做的佃煮风格的食物。阿婆拿来她自己做的醋青花鱼或寿司。看来他们就是随意送，所以有时候一天会连续收到三次各种各样的。

今晚也暖和。

在电视上看踢拳。福岛三四郎对皮曼梅克的比赛。喋喋不休讲话的解说员和主持人很吵。

丈夫看完踢拳后睡。睡前忽然说："说是明天天气会变糟，明天一早回。"

收拾剩下的食物。

十一月二十日（星期四）阴，夜里有雨

中午出东京。我好像得了流感。差不多从三天前，我每到夜里睡下就咳嗽，一直胸口痛、头痛和腹泻。起来就觉得好些，可以一整天干活不躺下，但只要夜里睡下，又开始胸口痛和咳嗽。今天早上咳得太厉害，吐了。把花子送到学校后，我又睡了一觉，九点左右好些了，于是收拾出门。早上不慎吃了感冒药，因此在开车的过程中困得昏昏沉沉的。我不时提速，试着驱赶睡意，但药物带来的睡意与平时的睡意不一样。我感到发冷，想吐，一心只想早点到山上。

在吉田附近开始下雨。到山上的时候，接近暴风雨。

晚　放了鸡蛋的咸粥，伊达卷，煮豆，炸猪排（丈夫一个人吃）。

吃完晚饭的时候，药物带来的睡意没了。

感觉伴随着风的雨会变成雪。洗了碗筷，我上去给车引擎盖旧毛毯。风雨卷着旋涡吹上来，又吹过昏暗的高原。

电视上。富士山五合目积雪十厘米，山顶到四合目开

始下雪。积雪比往年早十五天。

十一月二十一日（星期五）晴

我在睡的时候，邻居爷爷送来炖羊栖菜、欧芹、两个红芽芋、一束菊花。听说他特意向丈夫解释炖羊栖菜："是我做着玩儿的。不是老太婆做的。"

午后，下山去本栖湖。树海之前变红的叶子全落了，反而显得沉静又温暖。

丈夫似乎想在本栖湖坐船。我们在租船的湖滨下车，船全都收到了岸上，底朝上摆着。只有一艘浮在水上。我们去另一处湖滨看看，想着是不是哪里有租船的。有四五艘船，浸了水，没有工作人员。岸上全是空易拉罐。又去了另一处。停着一辆车。丈夫放弃租船，下车蹒跚地走到水边。我仍然身上发寒，所以从车里望着。丈夫望着湖水，慢慢地走着，不时捡起小块的熔岩，往车这边走回来的途中，他突然加快脚步，飞快地开门坐进副驾驶。好像把熔岩给扔了。我想，他是碰见蛇了吗？

"车里的家伙在做黏糊林肯 [1]。恶心。我没细看，赶紧

1　一个无意义的词，最早出现于喜剧演员托尼谷（1917—1987）的发言，后来成为流行词，甚至用作电影角色的名字（《家庭的缘故·黏糊林肯之卷》，东宝，1954）。也有一些色情电影用这个词指代性。武田家用的含义是后者。

回来了。"

"自己黏糊林肯的时候看不到所以没什么，别人的黏糊林肯就觉得怪怪的。在神宫外苑看到有人搂抱在一起走，感觉一点都不好。看色情片的时候没什么，为什么看到真的就会不舒服呢？"

"因为别人的热情看起来滑稽。"

在通往下部的隧道前左转，开下去看看。底下的湖滨停着一辆巴士。走到跟前，那是一辆只有车身的废车，侧面写着租船店的名字，租船店只在夏天把它当遮阳棚用。这处湖滨长着一丛丛富士蓟。紫红色的生机勃勃的大朵的蓟花无力地垂下脑袋，正在立着枯萎。

在胜山的酒水店。煮豆，两块山药鱼糕（调味烤过的厚块），两袋纳豆，啤酒，易拉罐啤酒，共三千九百元。

老板娘给了我一些腌白菜和腌鸣泽菜。丈夫指着调味烤过的，说要"半片"[1]，"半片在这里"，老板娘说着，拿起炸鱼糕给他看。在这一带，"半片"似乎指的是炸鱼糕。

午　烤吐司，汤，汉堡肉饼。

晚　米饭，银鱼，萝卜泥，比目鱼松，炖红芽芋，腌白菜，味噌汤。

1　三角形的"半片"指的是山药鱼糕。

今天在本栖湖，一辆小面包车猛地扎进湖滨停下。"这里好！"一个小伙子叫着，从副驾驶跳下来，奔上岩石。他对着湖坐下，有些焦急地快速解开包袱布，打开扁扁的方饭盒的盖子。白米饭塞得又密又紧，像白石灰墙一样，上面搁着切碎的海带佃煮。他嗖嗖拧开像是鱼罐头的东西，放在岩石上，夹一筷子罐头，吃一口盖着海带的饭盒的饭。他斜举着饭盒吃，角度像读书一样，所以我这边看得一清二楚。他摇头晃脑地咀嚼，眺望远方的湖水。吃得真香！！小面包车驾驶座上，一个上了年纪的男人在吃便当。那个男的似乎是因为风大，不想下车。小面包车上载着测量工具和水泥袋。

十一月二十二日（星期六）阴，有时毛毛雨

早　米饭，洋葱纳豆加鸡蛋的味噌汤，比目鱼松，海苔，萝卜泥，腌白菜。

南阿尔卑斯上又有新的积雪。松鼠不来的日子，黄鼠狼来。黄鼠狼叼着面包起身离去，然后又来。还从露台横穿过去。它来到玻璃门前，刷地站起来，往里看。和我们对上视线，它依旧镇定。它把面包都吃光了，接下来吃米饭。

午　什锦烧，汤，海苔裹年糕。

给花子打电话。让她给杉全直打电话，问他明天的安

排。花子回电说，杉全直回复，明天很忙，所以没法去大辻[1]那里。

从傍晚开始下毛毛雨。邻居爷爷在天黑之后还在淋着雨帮我们堆柴火。

晚　放了味噌的高汤泡饭，腌白菜炒樱花虾。

去管理处打电话的时候，从里屋传来一个声音："真冷啊。今晚会下雪吧。"深夜，雨停了，雾散了，寒意更重。

明早回。

十二月一日（星期一）晴朗无云

刮大风之后的蓝天。东京没有烟雾，晴朗无云。花子就读摄影学校的手续和杂事都办完了。丈夫写完了要给岩波《图书》[2]的浅见和《东京新闻》的赖尊的稿子，中午过后突然说要去山上。把稿子寄放在管理处，一点过后出赤坂。

在谈合坂，咖喱饭（丈夫）一百五十元，番茄酱鸡肉炒饭（百合子）一百五十元，一袋橘子二百元。

富士山一直到五合目都是白色，雪像雪崩一样滑落到

1　人名，日文汉字。

2　岩波书店的宣传月刊，面向爱阅读的人。1936 年 2 月创刊时名为《岩波书店新刊》，1938 年 8 月号改名为《图书》，至今仍在发行。

一合目。河口湖终点收费站七百元。在 M 加油站。汽油六百元，一罐防冻液一千六百元。

我去还邻居笊篱，顺便送了手信，竹轮、盐腌鲑鱼和酒粕腌鲱鱼。阿婆开心地说："你们这回去东京待了很久呢。真寂寞啊。我每天跟老头子说，你们会不会就这样整个冬天不从东京回来了。"又说："昨天早上下雪了，所以格外寂寞。"

晚　放了味噌的高汤泡饭，玉子烧，银鱼，萝卜泥，佃煮。

有夕照。篝火的气味飘荡在高原上。夜里有星星。严寒。今晚开始把总阀关掉。往引擎上盖旧毛毯，给车也盖了车罩。

十二月二日（星期二）晴，强风

早　米饭，可乐壳，芋头裙带菜味噌汤，酒粕腌鲱鱼。
午　黄油炒乌冬面（放了咸牛肉和洋葱），红烧豆渣。
晚　年糕汤，烤了多春鱼。

来到这里能睡懒觉，开心。阳光照耀，风吹拂。我像梦游症患者一样醒来，脚步蹒跚地来到院子，吹着风刷牙。这也开心。

邻居爷爷来到厨房，带来他出嫁的女儿寄来的多春鱼干，以及冒着热气、装在大碗里的豆渣，他说是园丁给的，试着煮了。豆渣里有羊栖菜、胡萝卜、竹轮和葱。

中午过后，因为车尾灯坏了，我下山去换。告诉加油站要什么零部件，然后去酒水店。

在酒水店。一升葡萄酒三百元，砂糖一百三十元，糯米粉五十元，焙茶一百元，八团手擀乌冬面一百二十元，一块豆腐四十元，面包四十元，森永太妃糖二十元。

去管理处的总公司事务所，就地租上涨讲了我们的意见。顺便讲了："明明是禁猎区，（我觉得是）当地人拿着枪进出，旁若无人地在我们房前院子里跑来跑去还开枪，你们如果不禁止这种情况，我们很为难。如果你们不好好管理和监督，我们要把地租下调。"

在加油站。尾灯六百元，两罐煤油七百元。一个男的在店里的暖炉前烤火，他仿佛得了便宜（搞不懂为什么这个男的仿佛得了便宜），用几乎是口沫横飞的势头说："在这边高处的地，盖了W（著名政治家）的情人的家。那栋房子八千万。"他就像是自己拥有一样，仿佛得了便宜般说："I和S都有小老婆。没有小老婆的人，做事的格局也小。"大伙儿都沉默地听着，看来都觉得无趣。

在S农园。一千克山药（有四个）二百五十元。送了我两根萝卜。

在坡上公交车站的位置遇到警车。我以为是警车，结果开车的人是管理处的。喷漆和警车一模一样。他说，最近干坏事的人变多了，所以备了和警车一模一样的有无线电的车，专门用作警卫。

管理处开一辆仿警车的人站那儿说，差不多二十天前，这附近有过一起事件，有人打坏玻璃进屋，喝酒，偷东西。没留下指纹，所以没抓到。前天夜里，T家打电话来说："有响动，像是有人在咚咚地敲武田家的门。难道是……"于是我用车上的无线电向各处报告，执行警戒，我开着这辆像警车的车过来一看，没人。仔细一查，原来那天夜里是T乐园的庆典，是放烟火的声响。我们对T家说："吵到你们了，对不起。"

风从傍晚变大了，黑云变多。夜里，风里混了几滴雨。比昨晚暖和。昨晚冷得脚尖疼。

今晚不关总阀，试着拧开厨房和浴室的水龙头，让水一直开着一点点流淌。好像这样不容易冻上。

十二月三日（星期三）晴朗无云，强风

风吹过底下的原野的声响。我醒来打开小窗，只抬起脑袋看外面。阳光照在枯草上。今天也是个好天气。阿尔卑斯上有雪。

早　米饭，萝卜味噌汤，酒粕腌鲱鱼，生鸡蛋，海苔。

邻居爷爷做了弹丸（这个是爷爷这么说）拿来给我。我昨天看到他在邻居的院子里把小树枝、碎板材和垃圾塞在里面烧，于是隔着篱笆说"我想要一个这东西"，他这就做好送来了。用白煤油的空罐做的。他说，底下怎么都会有一些剩的油，刚开始烧的时候，最好不要把脸凑近。有了这个，刮风的日子也可以烧垃圾和枯枝。

"昨天的风是季风，因为季风吹拂，所以四国松山也下雪，青森有暴风雪，海上有风浪。"上午电视里说道。

厨房大扫除。从鞋柜里出来两个十元硬币和一个百元硬币。一堆死蟑螂。

午　年糕汤（鸡肉、鸭儿芹、鱼糕）。

下午，给车做清洁。阳光还在照耀，但是有风，所以在我擦车顶的同时，水分就结成了冰。

去管理处扔垃圾，跟他们说明天回。他们说："今年水管已经冻上了，连续出故障。有些房子看起来到明年四月之前都没法化冻，你们回去的时候别忘了关总阀，从水龙头吹空气进去，去掉水分。"

太阳早早地沉在大室山一带，那之后，漆黑的群山周围的天空红彤彤的，逐渐变为橙色、黄铜色，夕照久久地持续着。山仿佛是用铁或别的什么做成的。天空像陶板。

天空和山都是硬邦邦的景色。从露台眺望的丈夫说："这景色就像百合子在生气。"某个地方仍有木匠干活的声响。

晚　米饭，西式蛋饼，酱汁烤竹轮，腌菜（鸣泽菜）。这是邻居爷爷给的。

夜里，起了厚厚的霜柱。严寒更甚。

电视上。山梨台地方新闻全是受贿的新闻。今天是拿了两万元的市政府工作人员的新闻。竟然受贿两万元。既然收了，就该收更大的金额。

十二月二十六日（星期五）阴

花子从二十五日起去近江念佛寺的五重行会。据说举行到八日。念佛寺五十年一次的五重行会正好从年底一直举行到明年过年。牧田［谛亮］会来米原站接她，我跟那边讲了她穿什么衣服，她一个人去。

东京是阴天，有点冷。给管理处打电话，那边说："没下雪，不过天阴，风大。早上和傍晚道路结冰，所以你们最好在白天冰化了的时候来。"丈夫感到踌躇，天气不好，加上没法做日光浴，要不要往后延个一两天，但即便延一天，年底的客人来了，他就会喝多，很累，所以还是出门。十一点半出东京。昨天把车送去保养，所以车况不错。在纪之国屋停靠，补充食材。年底的甲州街道，车排着队，拥堵，一直到驶入中央高速。每个路口都有白摩托和交警。在石川休息站，两个肉包六十元（两个都是丈夫吃了）。

三点前抵达。风在吹，冷。院子里竖着高高的霜柱。

午饭和晚饭并一顿　米饭，烧卖，羊栖菜炖黄豆，肉佃煮，辣椒酱油拌小松菜，蛋花汤。

把关东煮材料分给邻居。阿婆边卷碎毛线边说："明明一直到昨天的天气都很好，很暖和来着。"

夜里有星星。

我把龙头的水开着，点燃暖炉放在浴室和厕所。深夜，丈夫去了好几次厕所。

预先做了关东煮和西式炖牛肉。

十二月二十七日　阴，下小雪

一直到十点，我睡睡醒醒，睡睡醒醒，放心地继续睡，然后起来。锅里有西式炖牛肉，所以放心。外面是阴天，地上薄薄地铺了一层白东西，像霰，又像霜。

电视上从早上就在吵吵嚷嚷地说选举，说投票。

丈夫早早起来了，吃了西式炖牛肉和面包。

早（丈夫是第二顿早饭）米饭（炒蛋和海苔便当的米饭），煮豆，佃煮，芋头味噌汤。

午　关东煮，米饭，味噌腌油甘鱼，萝卜泥。

晚　拉面（上面盖了腌菜炒肉）。

从早上起来一直到傍晚，一直漂浮着细小的白白的、像雪又像雾的东西，像在飞舞，又像在落下，不细看就看不到。过了一段时间（大概半天），地面变成一片白，于是知道那是雪。

哪儿都没有声响。也没有车声。丈夫在雾一样的雪中出门散步。他回来说："我站在石山眺望景色。一个外国人来了，也像我一样眺望。"

傍晚，篝火的烟从邻居的菜地笔直地升起。

今天的雪似下非下，不知何时就积了起来，我似看非看地过了一天。什么都没做。脑海中的眼睛仿佛在望着远方。

十二月二十八日 晴朗无云，强风

厨房的水管一直开着，却差点冻住了。阿尔卑斯更白了。

早　米饭，西式炖牛肉（丈夫），关东煮（我）。

午　黄油炒乌冬面（培根、洋葱、樱花虾、海藻）。

晚　米饭，放了纳豆的洋葱味噌汤，佃煮，鲑鱼炒蛋（代替蟹肉炒蛋）。

十一点下山买东西。驶过山路的车发出"恰恰恰恰"的链条声。是不是必须装雪链啊，我想着，把车开出去。

我不踩刹车，也尽量不变速，没装雪链也顺利上下山。

　　在加油站。两罐白煤油七百元。

　　在酒水店。一箱易拉罐啤酒二千零四十元，年糕一百八十元，一块豆腐四十元，一千克橘子一百五十元，四个苹果二百四十元，四团乌冬面六十元，朝鲜豆芽泡菜五十五元，一袋零食四十五元，芝麻油二百元，酱油一百二十元。

　　"有人来电话，说给公明党的某某送一升，是哪家呀？"酒水店的儿子问母亲。"你呀，那是团子店。""什么嘛。是团子店吗？团子店那家姓某某吗？我都不知道。"今天是选举后，似乎酒水的订购配送很忙。他们送了我年历和塑料篓。

　　在车站小卖部，报纸四十元。

　　像是来溜冰的年轻男女在火车站前等公交车。到本栖湖的车来了，他们几乎全上去了，站前没人了。

　　西面的太阳转过来，屋顶的冰柱融化落下，在底下又冻住了。如果不小心走在屋檐下，就会打滑。

　　今天也有长长的夕照。

　　深夜，我去外面扔垃圾，身上的衣服刷地变冷了。真快。

昭和四十五年
1970 年

一月二日 多云

花子去了念佛寺的五重行会。

丈夫和我从年底过到正月。一日在东京，二日吃了年糕汤作为庆祝，然后出发。十点。赤坂的街道静悄悄。驶入甲州街道，路上全是私家车。中央道也全是私家车。

在谈合坂加油。九百一十元。

餐厅坐满了，店里有穿着过年和服的姑娘和主妇。带孩子的人也多。

咖喱饭（丈夫），番茄酱鸡肉炒饭（我）。

买了肚脐包子。一百五十元。

在牛奶站，我往白牛奶那边投了三十元，出来的却是咖啡牛奶。

许多孩子在 S 乐园的溜冰场溜冰。

院子里有雪。

进到家里，立即蒸了肚脐包子，泡了茶，吃包子。

晚　米饭，炸猪排，卷心菜，卷纤汤。

一月三日 多云，有时晴

昨天的天气预报说要下雪，结果多云。

早　米饭，卷纤汤，玉子烧，海苔，酒粕腌山葵。

十点左右，下山去新年参拜。

富士吉田浅间神社。请了富士祝词、护身符、交通安全护身符。

丈夫问："这间神社有没有富士曼陀罗？"神主心不在焉地回道："富士曼陀罗？没那种东西。"

绕山中湖一周。只有北侧靠里的位置冻住了，有孩子在溜冰。

绕河口湖一周。在大文字学园[1]宿舍前停车，在车里吃带来的芝士蛋糕，喝红茶。太阳照过来，暖和。

往西湖。在露营地停车，试着下到湖岸。有三辆车停着。我们下车走到水边，稍微看了看水，匆忙上车出发。有风，冷。

1　作者笔误，应为十文字学园，位于埼玉。有些大学在河口湖设宿舍，供学生集训。

加油，买了一罐白煤油。在鸣泽的加油站。

午　米饭，味噌腌油甘鱼，酱汁烤茄子，萝卜泥。

晚　米饭，红鲑鱼罐头，海苔，土豆炖肉。

四月二十二日（星期三）阴

早上九点过后出发。东京的樱花开始凋零，长出一些浅绿的叶子，从相模湖到大月的樱花开得正好。

在藤野的小卖部停车。一人吃了一根炸香肠，上面抹了番茄酱和芥末。两根一百四十元。

大月隧道上面的山，樱花盛开。只见有许多孩子在樱树间走动。似乎是小学来赏花。发电厂的樱花也在盛开。散落各处的桃树林的桃花也在盛开。油菜花也在盛开。今年冷，所以樱花桃花油菜花一道开了。今年又看了与之前相同的景色。丈夫说，上山前先看看河口湖的樱花吧。绕河口湖一周。大石的樱花刚开，到盛开还有大概一星期。

在晴日吃饭。咖喱饭（丈夫），烤吐司和咖啡（我），五百一十元。晴日只有我们。我们正在从窗户眺望完全没开花的樱树，吃着饭，晴日的男服务生说："这棵樱树开花比往年晚十天。今天就开了一朵。"真的只开着一朵。

在加油站加油八百五十五元。

进山，有雾。在雾中与一辆卡车错车，车上满载着戴草帽、脸用手巾挡住一半的女工。卡车慢悠悠地开着，四五个车上坐不下的女工走在后面。女工们都戴着手甲。是她们午休结束返工的时候。

邻居叫了园丁，正在往他家与我们家的分界线砌石墙。园丁向我们问好："你们回来了。"

菜地的大蒜出了两个芽。还有，还有，梅树缀着花蕾！！今年有十六、十一、十三、五、十朵。胭脂色花蕾膨胀起来，感觉上，只要阳光再照一天，就会忽然开花。得告诉深泽。

我打开一把带着根的鸭儿芹，只把根种在狗的墓上。玉蝉花的芽、耧斗菜的芽、虾夷龙胆的芽长出来了。

打开门，进到家里，之前邻居爷爷送的富士樱的大树枝在壁炉上的水瓶中，全开了，一朵都没有凋谢。或许因为花蕾是在没有阳光的地方发育的，花萼呈淡绿色，花白得透明。在昏暗的家里盛开。

在邻居那边的园丁来了，说："既然你先生来了，想请他见证一下砌石头的地界。"丈夫不肯去，说："把石头砌在我们打下的木桩的那边就行。只要不在这边就行。"

两点半左右，米饭，熏制鲑鱼，洋葱沙拉，高汤浸鸭儿芹。这一顿丈夫一个人吃。

傍晚，西方的云朵间露出淡橙色的夕阳，阳光照过来。

于是彩色玻璃的影子像万花筒一样，映照在工作间的白色纸门上、我们的脸上、壁炉上的白樱花上。丈夫感到开心，得意起来。

我去了管理处，没人。经过大冈家门口，遮光门窗关着。

邻居的菜地升起篝火的烟，于是我过去看看。爷爷把菜地的土踩实了。"这边的菜地好像是这么做的。"说着，他又踩得更结实，给我看。说是园丁教他的，不这么做，冻土就会浮起来，不好。菜地的角落长出了郁金香和水仙的芽。

晚　酱汁烤年糕，猪肉汤。

爷爷在傍晚送来他自己做的腌萝卜（今天也讲了，不是阿婆做的）最后剩的一根。他说收拢了播种剩下的种子，又给了我装着种子的袋子，芜菁、萝卜、莺菜[1]、红芜菁、欧芹。

种子袋上写着的定价。

莺菜二十元，红芜菁（二十日萝卜[2]）四十元，芜菁四十元，萝卜四十元，欧芹五十元。

四月二十三日（星期四）阴，有时晴

八点，醒了。丈夫像是在看电视。传来电视里的笑声。

1　芜菁的一种。味清香。根部很小，通常和叶子一起食用。
2　原产欧洲的红皮圆萝卜，并非芜菁。

阳光照耀。

早　米饭，鸡蛋和鲑鱼（蟹肉炒蛋风格），味噌汤，腌萝卜。

把昨天收到的种子播在菜地。邻居家来了两三个园丁，隔着树篱眺望我在菜地干活。他们不时发出像是震惊的声音："啊，竟然那么做。"又悄悄地互相说："种在溪边呢。没见过这种做法。"我是不是做错了？不管了。我若无其事地播种。

午　松饼，玉米浓汤，水果果冻。

傍晚，下山买东西。

酒水店。易拉罐啤酒二千零四十元，一升葡萄酒五百五十元，芝麻油二百元，沙拉油一百元，两瓶牛奶六十元。

在蔬果店。一袋夏橙二百元，两个甘夏[1]一百四十元。

在五金店。带盖搪瓷容器一千一百五十元。

在五金店。喊了好几声都没人出来。去看里面的起居室，只见平时在店里的和善的阿婆在被炉里。她旁边坐着个年纪老一大截、缩得小小的阿婆，她正在喂那个阿婆吃东西。我吃了一惊。老板娘七十五六岁的婆婆还有个婆婆，

---

1 夏橙的改良品种，酸味淡一些。有点像胡柚。

婆婆一个劲儿地温柔地对上一代婆婆讲话，把筷子送到她嘴边喂她。

阿婆终于出来了，用抹布仔细地擦了搪瓷容器，说："这是很久以前进的货，所以便宜，现在进的话可贵了。你买得划算。"这家店最会待客的就是这位阿婆。比儿媳（说是儿媳，其实也有四十七八岁）亲切，做生意也清楚。顾客们也喜欢她，来买钉子的工匠打招呼道："阿婆在吗？"跟这位阿婆聊了许多话。

去管理处，付了电费（昭和四十四年下半年）、装燃气罐的锁链、大门口的锁链费，共一万一千三百八十八元。

晚　米饭，可乐壳，味噌汤，裙带菜沙拉。

做了夏橙果冻吃。

今天暖和，所以梅花蕾差不多都绽开了。据说河口湖畔的樱花在二十九日最好。

明天回家。回去不关总阀。

四月二十九日　阴，傍晚有雨

六点过一点出东京。因为是天长节[1]，我以为会堵车，

1　现任天皇生日。1873 年确立该节日，根据 1948 年 7 月 20 日颁布的法律，此后（1949 年起）改名为天皇诞生日。此处仍用了旧称。

124

结果甲州街道和中央道都通畅。车身写着"全日警"的小面包车满载着年轻男人驶过，他们的服装与白摩托巡警一模一样。

在谈合坂餐厅。吃早饭，咖喱饭（丈夫），三明治（百合子）。樱花剩下几朵，长了叶子。

在河口湖终点附近，和刚才的全日警的车错车。看来因为是连休，正在将维持秩序的人派到各处。

丈夫说，天晴了，我们上山前去河口湖看樱花吧。

河口湖缆车乘车口的樱花盛开。把车停在晴日餐厅，看着湖岸的樱花走路。富士山的雪在闪耀，直到四合目。有人停了车，竖起三脚架，摆上相机，煞费苦心地想要用自动快门把富士山、樱花、湖和自己拍进去。

丈夫走在水边，回来说："有一堆像鲤鱼又像鲫鱼的鱼死在那里，很臭。"

湖水比平时清。被水推到岸边的死鱼差不多隔个半米就有一条，在视线可及的湖畔绵延着。阳光照着它们翻过来胀鼓鼓的白肚子和银灰色的鳞。臭。这时我发现，浅水里漂着一群尚未被推到湖边的鱼的尸体，有的漂着，有的稍微下沉。绕湖一周期间，盛开的樱花树下，露着白肚子、闪着钝重光泽的鱼的尸体密密麻麻，绵延不绝。好像也没人收拾。在卖烟的杂货店停靠的时候，我问："死了许多鱼，是为什么？"看店的三角眼爷爷深深看了我一眼，说："不知道。我们什么都不知道。"来买面包的妇人像训斥我一样低声说："我都装作没看到，装作没看到。"

在往西湖的岔路的加油站加油。我又问了一次："为什么鱼死了？"加油站的年轻人说："是水温的关系吧。现在正在修河口湖大桥，也有人说是因为施工的缘故。"接着，年轻人用低而轻微的声音说："不知道是因为水温低还是水温高，总之水温好像变得异常。死掉的鱼基本都是白鲥。也许混着鲤鱼和鲫鱼。之前还特意放了许多鱼苗。大的全死了。像那样到岸边的还是少数。透过湖水一看，水底密密麻麻地沉着死鱼，看不到真正的湖底。颜色让人恶心。钓鱼的旅馆也损失惨重。要是知道这件事，游客也会减少。这事不能宣扬。"他看来不想多说。他说："西湖没这样。就只是河口湖。"河口湖的水少了许多。

在农协，买了三副背篓的背带。一副八十元。一只大老鼠慢吞吞地从地板钻出来，又钻进去不见。它从女员工的脚背上爬过去，女员工仍旧淡定地擦玻璃窗。

十一点左右到山上。邻居的石墙基本砌好了。园丁向我们打招呼："你们回来了。"梅花开了一朵。落叶松的芽变成赤豆大小的绿色。

傍晚下雨。雨中来了两只野狗，茶色和黑色。被雨淋湿了，抖着耳朵。

夜里，丈夫说要在彩色玻璃上贴剪纸，画了剪纸的图案。"百合子，你来剪。""孩子他爸，你的手抖，会剪得歪歪扭扭的。"我剪了。架起梯子，贴在丈夫指的位置（今天是红玻璃那里）。

从今天起，厕所不烧暖炉。

[补记]这是五月十二日《经济学人》的报道，登了河口湖的鱼死去的事，所以过后把一部分抄在这里，补上。

○发生在山梨县河口湖因寄生虫"斜管虫"导致白鲫大量死亡的事件，现在仍在持续。河口湖一年的游客超过五百万人，五月的白鲫钓鱼季即将到来，渔业协会成员和旅游从业者对此毫无办法，受到严重的打击。现在仍旧每天有无数死鱼被推到湖畔，绕湖的河口湖町、胜山村、足和田村动员青年团团员清扫岸边的死鱼，当地的老人们也诧异地说："鱼像这样大批死去，没有先例。"一月下旬，在大石从岸边拉网打到的八百克到一千克的大白鲫开始有些虚弱。河口湖渔业协会委托水产指导所调查原因。正好跨越该湖的长五百米的河口湖大桥的桥柱正在施工，工地附近的水被湖底的泥搅浑了，且担心爆破作业会对鱼类有影响，因此协会感到紧张。三月七日，指导所对死去的白鲫进行解剖和调查，在鱼鳃发现无数的传染性外部寄生虫斜管虫，确定是寄生虫病流行。斜管虫体长四点五微米，寄生于白鲫、鲤鱼等温水性淡水鱼的鳃、鳍和皮肤，蚕食鱼的细胞，导致其呼吸困难，据说食用后对人体并无影响。得知与大桥工程并无直接关系，但据说解决办法只有一种：将带寄生虫的鱼放入百分之一的食盐水（海水的浓度是百分之三左右）约十分钟。斜管虫感染迄今为止都发生在养鱼池，很少在湖里异常发生，向湖水投入盐，就量来看也是不可能的。据说，当水温升到 10 度以上，寄生虫会死去，只能等水温上升，此外的对策就只有尽快将死鱼从水中捞出，阻止蔓延。今年冬天异常低温。十二月寒流，进入一月暖冬，从二、三月到四月异常低温，水温变化过大。前年，从大阪养鱼场投放大量鱼苗到该湖，环境变化也是原因之一。此外还有湖水污染、湖底污染（有机物）等，出现斜管虫的原因并不单一。最近死的不光是大白鲫，还有小白鲫。连续数日，无数白鲫死去，被推到湖边，腐烂并散发恶臭，正迎来旅游旺季的湖畔呈现丑陋的模样。河口湖町每天开出三辆垃圾车，努力收集死鱼而非垃圾，但暂停收垃圾导致居民们投诉，于是动员青年团团员展开湖畔死鱼清理运动，据说光是已收集并填埋的鱼就超过二十吨。白鲫钓鱼季即将到来，湖边的十间钓鱼旅馆不断有人取消预订，旅游旅馆协会也为应对"白鲫全灭"的公关活动而忙乱不堪。

四月三十日 晴，有时阴，午后阵雨

早 米饭，蟹肉炒蛋，味噌汤。

丈夫吃完早饭，说"今天很困"，钻进工作间的被窝睡了。

午 什锦烧，鸡汤，炒杂蔬。

下午，丈夫同车，绕山中湖一周。

下起阵雨。在忍野一带。或许因为下雨，山中湖没有人。旅游大巴也少。停车等雨停，呆呆地望着湖。这条路是往山丘里去的，正是放学时间吧，小学生两个一组走下来，迎面经过我们的车。一个像是二年级的男孩，有着红脸蛋，小心地举着一枝带两朵花的皱叶木兰的树枝，他和一道的朋友摸了摸皱叶木兰的花，讲着悄悄话，走下来。山中湖现在是樱花和皱叶木兰最盛的时候。又白又高地浮在远山近林的，就是皱叶木兰的花。每年都开在同样的位置。我每年看到它，都会在日记写同样的话："皱叶木兰的花开了。"

在吉田的蔬果店。六个夏橙三百六十元，一根土当归九十元，一斤面包四十元。

阳光转过来，于是彩色玻璃窗上的剪纸映在白色纸门上。女人张开双腿的下半身和像是兽的脑袋，古怪的形象映成红与绿。

邻居阿婆拿来一人份生鱼片，说："T老师从东京带来鲷鱼，所以做了这个。"

晚　汤豆腐，鲷鱼生鱼片，炖羊栖菜。

天色微暗的时候，我去看附近的富士樱的情况。日照好的地方零零落落开了一些。走进林中，意想不到的是，洼地里的樱花开了。树莺在叫。大黑之前，鸟儿们一齐热闹地开始鸣叫。

我们家的樱花再过三天会开吧。下了点雨，又停了，每当阳光照耀，花萼时时刻刻都在变红，花瓣的桃色变浓，樱花像吐出一口气似的绽开来。

○连休过后记得把车的防冻液排掉。昨天，加油站的年轻人说，连休期间，有时会有霜，所以最好别把防冻液排掉。

夜里，满天星斗。

五月一日　晴朗无云

今天早上有霜。富士山上又下了雪。纯白色，闪着光。

阿尔卑斯上也有雪。树莺从早上开始叫，叫声随风吹远。我睡觉的时候，丈夫画了一幅鱼的剪纸。可能是深夜工作过程中画的。他等我起床，说："剪了贴上。"早饭前，我架起梯子，贴了剪纸。

上午回东京。在院子上上下下搬东西的时候，以及锁门的时候，都寂然无声。阳光照耀。只有风声和树莺的叫声。

五月三日（星期日）多云

早上六点出东京。昨晚买了花苗，就那么装在车上。今天无论是否刮风下雨，都得进山种下。金盏花，丛生福禄考，大花马齿苋。

中央道沿线的樱树长出了树叶。新绿的芽呈银绿色、黄绿色、淡胭脂色、银灰色。不同的树，芽的颜色各有浓淡不同，连绵的树芽掩住山、溪和丘陵，蒙蒙的，像出了一层汗。有人家升起鲤鱼旗。箭风车闪闪发光。

在谈合坂加油。排掉防冻液。

八点半之前抵达。趁着没下雨，把苗种下。菜地的萝卜和芜菁出芽了。

我从十点半开始午睡。沉沉地大睡到大概两点半起来。一直到凌晨两点半，都在不断把书背到新做好的书库，所以困。夜里十二点左右，我正背着书走着，被巡警叫住：

"您去哪里？在搬什么？"花子和我都用大包袱布包了书，背在背上。我睡觉的时候，丈夫又画了贴在彩色玻璃上的剪纸，等着。这次他自己剪好了在等，踩着球的女人，以及降落伞下的少女。我抹了糨糊，架起梯子，贴在玻璃上。

我们吃牛奶和面包当作晚午饭。接下来丈夫午睡。其间，我一个人散步去看富士樱。树莺在村有林中叫个不停。兔子慢慢从我跟前跳过，然后消失在林中。傍晚，樱花的花朵朝着下方，微微收拢。夕阳照过来，将落地灯的灯罩染红，浮现出踩着球的女人的影子。我把丈夫喊起来。丈夫起来，看到落地灯上的影子，得意地说："我的想法怎么样？百合子笨，所以不变成这样，你都不会懂。"然后他又上楼去卧室睡了。他没吃晚饭，一直睡到夜里。说是今天在谈合坂加油的时候，他去了厕所，一直没出来，是因为拉肚子很严重。他说，是啤酒喝多了，烟抽多了，睡一觉就好了。

看不到星星，深墨水色的天空。感觉不会像天气预报说的下雨。是个沉稳无风的春夜。今年窗套里也有大山雀开始筑巢。

梅花陆续开了，浅桃色的梅花。我给深泽写明信片，说梅花开了。

五月四日 微晴

连休的天气预报不准，今天也不下雨。阳光不时照下来。厨房窗前的富士樱开花了，像一支大花簪。

我把垃圾放进"弹丸"里烧，邻居爷爷从树篱那边用词礼貌地打招呼："太太，您今天做什么？"我也恭敬地答道："今天烧垃圾。爷爷您做什么？""园丁给了蒲公英苗，所以我要种下。来年会变成茸毛，也会飞到太太的院子里，等于是分给您。""那可就谢谢啦。""因为是明年的事，蒲公英的明年是确定的。我说不定都不在人世了。""那就今年回礼吧。"据说爷爷其实年近八十。他小声说，我稍微讲年轻几岁，得了看家的活儿，所以请你别说出去。

趁着有阳光，给车做清洁。把垫子拿出来拍打，垫子底下出来喜力烟、百元硬币、太妃糖等。到邻居家干活的园丁不知何时来到我的身后，边看边说："照料车也不容易啊。车和牛马一样。"接着他小声说："现在，跟我一起来的人正在挖松树。我们顺便给太太搞棵樱树吧？"说完，他不等我回答，大步走开了。接着，他不知何时又来到我身后，连根拎着一棵有我那么高的开着花的富士樱，一声不响地站着。我说："谢谢。我们明天回东京，带去东京。"他说："要不要再带上卫（卫矛）？那个做成盆栽不错。"过了一会儿，另一个园丁站在我身后，这回拎着一棵去掉树枝只有树干和树根的富士樱。他说："这个不带土，最好在水里浸半天再种。"那名园丁折回去，很快又拿来两小棵富士樱。我下去打了一桶水，再回到大门口，只见车旁放着高二十厘米、带芽的落叶松和卫矛。趁太阳还没落下，我赶紧把树根裹住，装进车里。作为谢礼，我带上罐头和香烟去邻居家，只见园丁有五六个人，一群人坐在院子里的长凳上。我又回到家，多拿了些罐头和香烟再去。

去年春天，管理处的人悄悄告诉我一处有大山椒树的树林，我去看了看。原本有两棵山椒，两棵都被挖走了，敞着大坑。周围还弥漫着山椒的气味。

兜了一圈回来，车旁边有只小鸟仰面躺着，之前可没有。它的一只翅膀支棱着，另一只翅膀缩起来收拢。我帮它翻过来，它的一只翅膀仍旧支棱着，不平衡，立即仰面倒下。是翅膀的关节折了吗？身上是树莺的颜色，但比树莺大一些。我把它放进草帽带回家。我把猪油和碎饲料粘在竹签的尖上，放到它的嘴边，它便叼住吃下去。喂了它几回，它有了精神，张开眼睛"噼——噼——"地叫。它频繁地掀动翅膀，想要趴着。

晚　米饭，东坡肉，用西式汤煮白菜、芦笋、花菜、胡萝卜等。

丈夫的拉肚子好了，彻底来了精神。他睡了一整天，没抽烟，没喝啤酒。他说东坡肉好吃，西式汤炖菜也好吃。

饭后，用热水给丈夫擦身。还擦了腿。还擦了脚趾。

明天回去。

夜里，又给鸟喂食。有种自己在做极其残忍的事的感觉。愉快的感觉。鸟不时睁开又圆又黑又亮的眼睛。

五月五日

早上五点半起床。鸟死在草帽里。扔了。

五月十四日（星期四）多云

早上八点半，出东京。吃完早饭（丈夫一个人吃）出发，米饭、猪肉汤、萝卜泥、照烧新鲜鲑鱼。我喝了牛奶。

若叶的中央道。从大月往前，绵延着紫云英盛开的田。我带着忽闪忽闪的困意抵达山上。

午　烧卖便当（我），发糕（丈夫），蔬菜汤。

院子里的樱花几乎都谢了，只留下红色的花萼。

晚　关东煮，酱油高汤焖饭（丈夫）。

我从两点左右一直在睡。我梦见孩提时代的我在睡，之后梦见我是一只猫，在睡，边做梦边继续睡。醒来时已经是晚上。

五月十五日（星期五）晴

上午，下山买东西。去富士吉田。

大关（一级酒），一升葡萄酒，三得利红，共一千六百元。

草莓一百八十元，青花鱼二十五元，裙带菜，面包糠，面包六十元，奶酪一百六十五元，木鱼花一百七十元，煮豆五十元。

从停车场驶出的时候，我忽然陷入恍惚的状态（我想是因为太热了。搞不清是恍惚的状态还是怎么的。也有种像是忘了自己在开车的感觉），这时，前方传来一声巨响。一大群人聚集过来，停车场的大叔，附近的蔬果店、唱片店、小钢珠店的人们。是我的车撞在停车场铁柱上的声音。车凹下去一块，后视镜撞飞了，铁柱变成了"＜"字。聚集过来的男人们有的一脸愕然地看着我："怎么会这样？"有的看着铁柱。停车场的大叔仿佛安慰我似的说："柱子弯了也能用。你不用管。早点回去修车。"记得我一言不发地坐上车回去了。我有没有向那个大叔道歉呢？

出了这事，我在修车厂停车。他们说板材和喷漆今天做不完。我让他们先把后视镜装上。修车厂派人去买零件的时候，帮我捶打凹陷的部位。O说："今天正好板材店的人要来，等他来了，让他先把板材简单处理一下，之后你开去东京修。傍晚，板材处理完，我帮你把车开上山。那样的话，你一直能用车。"他们用店里的车送我回家。

五点半左右，O和一个小伙子送车上来。O奔下院子，说："哎，你来看一下。"我上到大门口，只见我的车换了板材喷了漆，蜡也打好了。太快了，我吃了一惊。"哎呀做得这么快，还是头一回。太太，你运气好。正好板材店的人来了。喷漆还没干。""O简直像神一样。"我发自内心地感谢道。付了四千六百元，让他们带上两瓶啤酒。

夜里，浅紫红色的天空。有月亮。有几颗星。

五月十六日（星期六）晴

我独自回东京。早上七点半到赤坂。

五月十七日（星期日）雨

中央高速路暴风雨。虽然是星期日，但几乎没有车。我做完了丈夫托付的事，买东西然后回山上。下午一点半抵达。丈夫从被窝里只露出脑袋，说："你回来了。"他做了好几幅贴在玻璃上的剪纸。

晚　蒲烧鳗鱼（丈夫吃。从东京买来的），米饭，芝麻拌楤木芽（邻居爷爷给的），豆腐清汤。

五月二十六日（星期二）雨

刮风下雨的日子。早上八点出赤坂。在相模湖附近的桥上，望见一匹马披着雨衣，前面有个少年，后面跟着一个父亲模样的人，慢慢地过桥。

在谈合坂。肚脐包子二百元，幕之内便当二百元，烧卖二百元。

暴雨中的谈合坂停车场连个人影都没有。我在停着的车里吃了幕之内便当。车站便当的炸鱼，是好吃的，有种沉静的味道。丈夫吃我做了带着的三明治，喝易拉罐啤酒。

在大月附近，雨小了，来到河口湖终点，阳光照下来。有时下大了，然后又有阳光。

上山路两侧的赤松林中，锦带花正在盛开，一直开到林子深处。

午　米饭，红烧黄鲷（放了蒜和姜，煮到汤汁黏稠，这个吃起来像中国菜，好吃），海苔，竹笋裙带菜味噌汤。

邻居的园丁拖着一棵带根的山椒树走下来，说："要不要摘叶子？"他说，因为要种在邻居的院子（似乎这种时候要把叶子都摘掉再种），太可惜了，如果想摘就摘。另一名园丁从树篱那边指挥来我们家的园丁："跟他们说，得戴手套摘。"我戴上手套，摘了两篓。过了一会儿，他又来了，说："还要吗？"我不想要了，说："我们就两个人，这些足够了。"他说："一煮就缩了。你如果还要，我给你留着。"我不吭声，他说："我明天带你去有山椒树的地方。一起去摘吧？"我说"行"，这时又是另一个园丁等在树篱那边，向来我们家的园丁问道："她说去吗？"

午睡到三点。

晚　烧卖，米饭，山椒佃煮，炒卷心菜。

五月二十七日（星期三）晴，强风

似乎树莺之前在梦中鸣叫，当我醒来，它在院子里叫，如同梦境的延续。阳光很好。尖端通红的松树芽像鹤的脑袋一样伸展着，一齐朝着西面，被风吹拂。堇菜开满了院子。日本海棠也在盛开。飘浮着一种带着粉尘感、像堆肥又像化妆的气味。是堇菜的气味。

早　米饭，放了新土豆和洋葱的西式蛋饼，海苔，山椒佃煮，豆腐味噌汤。

十点左右去本栖湖。丈夫同车。

富士山的雪变少了。山体呈铁黑色，闪着光，是盛夏的山色。风大。日照强烈。

在通往下部的隧道跟前下去，绕湖一周。本栖湖起了浪，呈明亮的墨水色。在水上运动协会门口的湖滨停车。我以为一个人都没有，结果停在湖滨的一辆关着门的大巴里坐满了戴着头盔穿着救生衣的学生（？），正在听两个像是老师的人讲话。他们以煞有介事的姿态朝着同一个方向坐着，像人偶般一动不动，所以我以为一个人都没有。湖滨的蒲公英变成了绒球。

围绕着湖的群山上的杂树林满是新绿，因为湖水的蒸汽显得朦胧。开着白花的像是刺槐。

湿漉漉的道路犹如绿色的洞窟，我都忘了自己在开车，怔怔地驶过，来到有露营地的开阔岸边。睡意袭来是因为嫩叶朝这边喷出的氧气。绕湖一周期间，一辆车也没遇到。半梦半醒地驾驶，也没发生事故。我想，哎，我的确是扶着方向盘在开车吧。

在酒水店。一升葡萄酒，煮豆，一瓶三得利红五百元，三个夏橙二百四十元。

汽油九百元。

午　面包，维也纳香肠，玉米浓汤，油醋浸卷心菜胡萝卜。

晚　米饭，麻婆豆腐，剩下的红烧黄鲷。

麻婆豆腐的辣椒放多了，丈夫出了许多汗。

五月二十八日（星期四）晴，无风

早　米饭，中式蛋饼，萝卜味噌汤，萝卜泥，银鱼。

午　面包，牛奶，香肠（百合子），米饭，山药鱼糕，清汤，萝卜泥（丈夫）。

晚　年糕汤（鸡肉圆和鸭儿芹、小米年糕）。

没有风，于是晾晒家里的被子和毛毯。树莺没怎么叫。叫声是"托—去—去卡—去库"的鸟变多了。菜地的萝卜苗一冒出来就全被虫吃了。

中央公论来电话。我回复："座谈会的校样不看了。你们全权处理。"

六月四日（星期四）多云

早上九点出赤坂。甲州街道像是发生了事故，开个五米就停一下。到了国领[1]一带，总算能以正常的速度行驶。

在国领加油一千三百元。

驶入中央道，在藤野的小卖部，香肠七十元，一盒"满腹寿司"一百五十元。

在谈合坂餐厅，咖喱饭（丈夫）一百五十元，三色便当（我）三百五十元。

这个三色便当真难吃！！鸡蛋的部分没味道，肉糜的部分虽然有味道，但味道难吃！！不会是狗肉吧？点这个

1　东京都调布市国领町。

吃的人是笨蛋。原本三色便当这东西，不管是在百货商场的食堂吃，还是在百货商场的食堂里另外隔出来的大食代吃，或是吃我自己做的，味道大致都差不多，都好吃。我对三色便当长久以来的印象崩溃了。

"百合子只要进了餐厅，要么长时间地看菜单琢磨吃这个还是那个，要么看着样品难以决定。你这样是不行的。上来的吃的如果难吃，你就哀叹说'亏了亏了'。你看看我。咖喱饭在哪里大致都是同样的味道，就不会一次次搞出同样的失败。你每次点错了就说个不停。坏习惯。"我挨训了。原来是我的想象力不够丰富。

新绿已变成浓绿。酢浆草长得旺盛，来到隧道入口，闻见酢浆草滞重的气味。像堆肥的臭味。

两个年轻伙计把面包车停下，坐在高尔夫球场一角的草坪上，看人打高尔夫球。我们也停车，从车里看草坪。丈夫打开易拉罐啤酒喝。"这里的高尔夫球场，我上次来的时候，山本富士子在打高尔夫。""今天没来呢。""她果然是个美女。皮肤比'凯迪'的姑娘白多了。笑起来就像在电影里笑。"伙计们静静地说着话。

院子里的大花马齿苋开了一朵红花。我窥看窗套里的大山雀的巢，有一只小小的蛋掉在外面。

歇了一会儿，丈夫出门散步。他说："百合子也一起去？"我说："不去。"他说："去吧。"我在餐厅挨了训，所以一声不响地跟着。施工平整地面的工人抱着满满一抱缀满大圆叶的树枝，进到车里。像是核桃树。这一带的人只要上山，就会采摘、挖掘、攀折点什么，当作手信带回家。看来是从过去就有的习惯。

大杜鹃叫个不停，直到天黑。

午　米饭，汉堡肉饼，沙拉，汤。

晚　拉面（拉面上放了酱油味的野泽菜炒肉丝）。

六月五日（星期五）阴

早上天还黑着，大山雀、赤胸鸫、大杜鹃、树莺，混在一起鸣叫。

早　米饭，土豆裙带菜味噌汤，西式蛋饼。

午　黑面包，咖喱汤，奶酪。

去富士吉田买东西。

蔬果店。草莓二百元，六个茄子一百五十元，五百克剥好的蚕豆一百五十元。

在酒水店。一升 H 葡萄酒三百元，易拉罐啤酒二千零四十元，香烟二千元，火柴一百一十元。两袋手撕鱿鱼片二百元，蛋黄酱九十元。

点心店。甜甜圈和柏饼[1]四百元，面包四十五元。

在 S 农园，两个大和山药一百五十元。

在吉田的城区，下起雨来，很快停了。

点心店的店面扩张到隔壁唱片店，正在半价大促销。人山人海，展示柜里的点心几乎都没了。唱片店搬到了斜对面。

丈夫点名要 H 葡萄酒，卖这款酒的酒水店除了酒和香烟，几乎没摆什么货品。不管什么时候去，老板都在微暗的被炉里睡觉。他很瘦，而且脸色跟榻榻米的颜色一样，让人以为他不在那儿。今天老板娘和一个小女孩在店里，立即拿出 H 葡萄酒。我问："易拉罐啤酒有吗？"她朝着里面的被炉问："有吗？孩子他爸。"小女孩也学着说："有吗？爸爸。"我以为老板不在，结果今天他也睡在被炉里，仰面躺着，正在给小孩的运动鞋穿鞋带。小女孩又大声说："有吗？爸爸。说要易拉罐啤酒。"他终于起身，走过来说："只有一打。"我打算在其他店买，老板娘对老板说："你去拿一些就行呀。只要五分钟。"老板慢悠悠地跨上踏板电动车，出门了。等着的时候，老板娘给我倒了一杯叫作苹果什么的像果汁的东西。

---

1 糯米团子压扁，放上豆沙馅，对折，再用槲树叶（槲树在日语里是"柏"）包裹。

在河口湖站买报纸。

在 S 农园买山药。老板娘说："你要不要菜叶做泡菜？我去拔来给你。"说着，她去后面拔了菜叶过来，用报纸包着给我。

汽油和机油一千一百元。

S 乐园附近的松林中，摄制组正在拍外景。

我把蚕豆和菜叶给了邻居一些。拔草，直到天黑。丈夫修剪松枝。当天色转暗，大杜鹃一边飞远一边叫。院子里开始飘荡着浓郁的花的气味。这个气味是什么呢？我转了一圈，一样样地闻开着的花。只有一棵富士樱开着雪白的花，旁边有棵树缀着豆粒大小的微微泛白的花（与叶子的颜色相似，不细看发现不了），一到傍晚，就吐出像桂花一样又甜又重的气味。经过那棵树下，就会头晕。

夜　　粥，盐腌鲑鱼，黄油，木鱼花，糠虾佃煮，红薯做成炸薯块。

入夜降温。开了电暖炉。

我说，卖 H 葡萄酒的酒水店的老板总是躺在那儿。丈夫说："一定是嗑药嗑嗨了。"

电视上。有人喝醉了，借着酒意爬上红叶台附近的高压线塔，碰到输电线，死了。听说是为了拍照留念上去的。是三十六人旅游团中的一人。

六月六日（星期六）晴，有时阴

早　米饭，萝卜味噌汤，蟹肉炒蛋，佃煮。

午　松饼，贝壳汤，油浸沙丁鱼。

晚　米饭，汉堡肉饼，蔬菜汤。

无风的日子。今天一整天在缝衣服。傍晚有阵雨。之后，强烈的夕阳照下来，仿佛侵蚀到皮肤内部。天色依旧微明的时候，西面的半空中浮现出非常非常细的下弦月，旁边出现了大颗的星。月亮和星星都是微微泛红的黄色。像伊斯兰教国家的旗帜。

六月十一日（星期四）阴转小雨

上午十点出东京。快到调布之前加油，一千五百九十九元。

在中央道，石川，荞麦面七十元（丈夫），一个饭团三十元（百合子），鲑鱼散寿司[1]便当（丈夫）。

饭团上撒着炒木鱼花，满满地排列在大盒子里。我说"请给我一个"，店家立即直接递到我的手上。

中央道，上野原一带山丘的麦田呈黄色。远处的田也能看出哪些地块是麦田。

1　醋饭上搁着生鱼片、蛋皮等食材。

从河口湖终点收费站出去，有个公园一样的地方，丈夫在那里吃鲑鱼散寿司。喝保温瓶里的茶。丈夫说，这个鲑鱼散寿司便当是中央道的便当当中最美味的。我尝了尝，但不是我喜欢的味道。

到家的时候，下起了雨。

院子的花田里，金盏花势头十足地盛开，显得耀眼。盛开得几乎傻气。像勋章。下雨，它们仍若无其事地开着。丈夫走到旁边注视。他说："我喜欢这个花、百日菊和打碗花。"他说他喜欢皮实的花。

午　米饭，烧卖，泡菜，杂炖蔬菜，中式汤。

午睡。梦见自己穿着红色和服的梦。起来一看，天黑了，有雨声。

晚　蒸新土豆，配黄油和蛋黄酱吃。鸡汤。

夜深，雨变大了。微寒。

六月十二日（星期五）雨

一整天下雨。

去吉田买东西。

蔬果店。草莓三百元，十个新土豆一百五十元，两个王子蜜瓜一百六十元。

酒水店。H葡萄酒三百元，三得利一千四百五十元。

面包五十元，咖喱面包六十元。

两块豆腐，四团乌冬面，共一百五十元。

旧货店门口有奇妙的物件。涂了绚丽彩色（红、绿、白、黑、金、钴蓝色等）的像是一对（？）的装饰品（？）。像是来自把戏小屋、神社或寺庙的东西。其中一个是个圆形扁平的装饰，底下是荷花荷叶，周遭盘绕着火焰——看来中间平坦的部分原本嵌着镜子，现在没了。另一个则是右边是女人的脑袋，左边是鬼的脑袋，像在枭首示众的台子上一样并列，中间有个像天平的东西。右边女人的脑袋下方，用绳子吊着拳头大小的石头。左边鬼的脑袋下方，一个裸体男人被绳子吊着，手背在身后，肚子朝下，如同游泳的姿态。男人张着嘴，正在挣扎叫唤。男人的裸体涂成白色，到处都是虫眼。女人的脑袋也被涂成白色。我问："这是什么？从御胎内拿来的？"店家说"不是"。我问："是什么？"他只说了句"不清楚"。无法形容的瘆人的感觉，就像地狱极乐展示的一部分。我问价格，说"五千"。说是原本要七千七百，太太你经常来，所以算便宜些。要是一千元，我想买回去给丈夫看，贵，所以算了。

即便一千元买回去，说不定也会被丈夫训。

六月十三日（星期六）阴，有时晴

今天不时有阳光。每当阳光照耀，鸟就一齐开始鸣叫。还混着像是暮蝉的叫声。我们搬来这里，迄今为止没听到过蝉和暮蝉的叫声。

早　米饭，炒豆腐（放了许多木鱼花），蒜炒茄子，山药丝和萝卜泥，裙带菜味噌汤。

午　面包，蘑菇汤，油浸熏制鲑鱼洋葱。

晚　蒸了新土豆（百合子），米饭，蔬菜芡汁浇炸鲷鱼（丈夫）。

一整天缝纫。花子的衣服做好了。

夜里，半个月亮，带着晕。

六月二十三日（星期二）阴，有时雨

《海》的截稿日是昨天，这个月的工作做完了。

连续四五天下雨，今天也没有放晴，不过还是去山上。丈夫在副驾驶睡成一摊。我说："你到后座睡。"他却摇头说："我习惯在这里。"于是我继续开车。他一直在睡，没有喝易拉罐啤酒，也没有抽烟。沿着中央道的护栏，夏草繁茂，月见草星星点点地开着花。

在石川，散寿司便当（丈夫）二百元，热狗（百合子）七十元。

到了吉田附近，阳光照过来。丈夫继续睡。

从管理处回家的坡道上遇见大冈家的车。就在要错车的时候，我们都停下车。车上就鞆绘一个人。她说："我昨天来的，家里没法住，所以住在高尔夫球场的小屋，现在正要回家。学校罢课休息，我一个人来了山上，今天回东京。"

午　放了茄子和葱的面疙瘩汤。

丈夫说："大冈家为什么没法住呢？是没有水和燃气吗？鞆绘偶尔才来，她是不是不知道怎么弄啊？百合子，你去看看情况。"我去了大冈家，鞆绘出来说："水管和其他地方都没问题。到了傍晚，我感到害怕，所以去住酒店，可是酒店也没有客人，空空的，而且员工也去了万博会，只有两三个人，酒店反而更可怕。"鞆绘害怕幽灵。大冈太太也怕幽灵，所以是像她。我也怕幽灵，因此没法陪她一起住。那样对彼此来说都会变成双倍的恐怖。

我在有阳光的地方给丈夫理发，还刮了脸。稿子写完后刮脸，总会渗出血。是因为烟抽多了，皮肤变弱了吧。

丈夫泡了澡，躺在长椅上，想起什么，笑了。"……村松可真是个怪人啊。他来到这里，看到吉他，'啊'了一声，突然就把吉他抱在怀里。该说他可爱吗……还是怪吧。""村松不是父母带大的孩子，是爷爷奶奶带大的吧。有点像修 [我弟弟]。"

花子有没有参加今天的游行呢？她穿没穿不会滑跤跌倒的好运动鞋呢？

六月二十四日（星期三）阴，有时晴

二百克猪肉二百元，味淋一百一十元，一袋猪油一百二十元，色拉油一百三十二元，赤豆一百六十五元，方便炒面三十五元，饼干九十元，黄油一百六十五元，威化八十五元，两个金枪鱼罐头一百四十元，花生一百元，青花鱼罐头三十五元，豌豆一百三十元。

两根拉链一百元，隐形裤钩。

一箱易拉罐啤酒，一打瓶装啤酒。

一千克味噌一百七十元。

汽油一千零二十元。

上午，去富士吉田买以上的东西。吉田的洋货店、西点店等，样子新潮、店名是新潮的英文名的店铺的女店员，比其他不新潮的店的女店员傲慢得多，态度也恶劣。是因为她们长得美吧。

我忘了买啤酒，回家的路上，菜地中间有家孤零零的酒水店，于是第一次去那家店，买了易拉罐啤酒和瓶装啤酒。是爷爷和阿婆开的店，在卖像是许多年都没动过的陈旧零食。还有蔬菜种子、竹耙子、小炉子、蜂窝煤引火铲、蜂窝煤钳等。阿婆的眼睛白而浑浊。送了我火柴和啤酒起子。爷爷帮忙把啤酒放进副驾驶，然后像是担心地小声对我说，左后方的轮胎是不是爆胎了。

早　米饭，蔬菜芡汁浇炸鲷鱼，佃煮。

午　豌豆饭，培根西式蛋饼，山药鱼糕鸭儿芹清汤。

"放了山药鱼糕和鸭儿芹的清汤，在清汤当中是最好的。"丈夫说着，又要了一碗。他没了牙，喜好变了吧。以前他说："山药鱼糕没有意义。"

夜　米饭，油浸金枪鱼，萝卜泥，整只烤茄子，卷心菜味噌汤。

今天买的味噌是在 N 市场后面叫作"味噌、麹加工厂"的地方买的。打招呼也一时没人出来，于是我好好地打量了加工厂内部。后院晾着洗好的衣服。装麹的箱子洗了，在晾晒。架子上排列着装在塑料袋里的味噌，一袋大概一千克。四只木桶（四斗的桶）装满了味噌。出来一个戴眼镜的老板娘，说就算没有订也可以卖，于是我买了一袋一千克的。据说订购的味噌是新做的，必须陈一年。

到家后，看了店家帮我包味噌的包装纸，上面印着甘酒和味噌的做法。下次我来做做看味噌和甘酒。

包装纸上这样写道：

○顶级麹特撰谨制。

甘酒的做法：

原料　一块米麹，五合左右的米。

做法　把米麹揉成碎粒，放入容器，加热水，让其吸收水分，直到可以用巴掌拍打（袋装的麹尤其干燥），将按正常水量煮好的米饭移到饭盆，适度放凉，把米麹加入米饭，搅拌至冷却，放置一昼夜（放置的时候保温到55度左右，不时搅拌），甘酒的原料便做好了。之后按各人的喜好加水，煮沸，便可作为滋补的甘酒饮用。

味噌的做法：

原料　一升黄豆，一块米麹或一块半麦麹，盐五合。

做法　将煮软的黄豆放入豆磨，研磨，把一块米麹或一块半麦麹揉碎，和盐一道加入磨好的黄豆中，加适量水分，仔细搅拌，若使用米麹，放置五个月左右可食（如果用麦麹，要多放置四到五个月）。

就这些。

六月二十九日（星期一）阴，有时晴

昨天星期天，难得晴朗。像盛夏的一天。一心想着早点去山里。劲草书房的后记[1]写好了，今天早上用快信寄出。

1　武田泰淳的评论集《黄河入海流：中国·中国人·中国文学》（劲草书房，1970.8）

早上九点半出门。就昨天晴了一天，今天又是阴天，像是回到了梅雨季。

在石川，鲑鱼散寿司（丈夫）二百元，三明治（百合子）二百元。

在谈合坂加油和一升机油。买了一瓶电瓶液。共二千二百五十元。

阳光不时照下来，周围的山烟雾蒙蒙，蝉开始鸣叫。月见草一直开到悬崖上。

进到院子，有股香水味儿。今年终于也到了野蔷薇开花的夏天。大花马齿苋盛开。

午　面疙瘩汤（茄子、葱、鸡蛋）。

吃枇杷。丈夫吃了切碎的枇杷。说好吃。丈夫慢慢吃完两个的时间，我吃了八个。好吃。

我俩都睡午觉。醒了几次，又昏睡。白玫瑰香水的气味和树的气味从卧室的小窗进来，又催生睡意。到了傍晚，树和花的气味愈发浓。大杜鹃在叫。

晚　米饭，玉子烧，萝卜泥，高汤炖蔬菜，土豆味噌汤。

在富士吉田。有家店的玻璃窗上连续贴着好几张细长的纸片，上面写着各种各样的广告词。还贴着写有"富士五湖手信从五十元到二千元"的纸片。在制作销售一种像今川烧[1]的点心，名叫自慢烧。从五十元到二千元，都有些什么呢？我这样想着，窥看昏暗的店内，除了自慢烧，什么都没有。自慢烧馅料的豆沙诡异地泛紫，所以我不想买。所以，也没法确定五十元到二千元的手信是什么。每次经过那家店，我都想知道。

电视上的新闻。

今天早上，就在我们经过之后，在中央道上野原附近，一辆私家车和大翻斗车迎面相撞。私家车上三人死亡，一人重伤。

六月三十日（星期二）阴转雨

我以为树莺已回到深山里，结果它今天频频在叫。

早　米饭，黄油烤新鲜鲑鱼，芜菁味噌汤，佃煮，海苔。

午　发糕，土豆汤，维也纳香肠，红茶，美浓瓜。

上午，和丈夫一起拔草。

下午，去管理处扔垃圾。经过大冈家门口时，就在大冈家的房前，正在打新房子的地基。还在拉电线。大冈家的停车位扔了一地的工具。停着的车开着收音机，打地基

1　豆沙馅点心。和鲷鱼烧的区别在于用铜制圆形模具烤制，形如月饼。有些地方叫"大判烧""太鼓馒头"。中国台湾叫"车轮饼"。

的工人开着自己的晶体管收音机，他们一边大声唱着和收音机里不一样的歌，一边干活。

我以为是大冈家加盖房子，问了其中一名工人，他摇头。大冈家的遮光门窗关着。要是大冈得知这件事，一定会说"让人气愤""可恨"。村有林的路边开着玉蝉花，于是我挖了一棵种下。村有林一带，野蔷薇一直缠绕到大树的高处，正在盛开。就像一株需要仰望的野蔷薇的大树。溪谷的底部也开着野蔷薇，香气从昏暗的溪谷升起来。就连昏暗的溪谷里也有树莺在叫。就好像有猫在那里。就像猫低微的叫声。

三点左右，淅淅沥沥地下起了雨。邻居看家的老夫妻坐在玻璃门紧闭的客厅里，一动不动，像是在看电视。

晚　米饭（猪肉茶泡饭），把菜地里的聚合草做成高汤浸菜。不好吃也不难吃。

夜里，雨仍在淅淅沥沥地下。

今天树莺一个劲儿地叫。在雨中也在叫。是因为它们就要进山了吗？

七月五日（星期日）雨

说是今天说不定会有台风。来山里的计划已经延了一天，所以即便会有台风，还是出门了。早上六点出门。

在谈合坂停靠，买了肚脐包子和赏月团子各一盒。风大雨大，只有从旅游大巴下来奔向厕所的人们。小卖部和餐厅都显得沉闷。

昨晚有客人，很晚才睡，所以困。刚驶入上山路，前方的景色便一闪一闪地朝我倒过来。

早　米饭，西式蛋饼，裙带菜芜菁味噌汤，醋拌红白萝卜丝。

午　面疙瘩汤（上面撒了满满的木鱼花。还放了海苔）。

晚　米饭，红烧金枪鱼，芝麻拌菠菜，豆腐鸭儿芹清汤。

管理处来人说，下午五点，将在高尔夫球场的大厅召开这里的山庄居民的座谈会，来出席吧。因为不清楚座谈会是为了什么，我去管理处询问详情。他们说："为了宣传，会登报，想请你们谈在这里生活的感想，也就是关于别墅的感想。因为事出突然，从今天在山上的诸位当中选了年纪大的。因为年轻人要么不是业主，要么是来住公司宿舍。年纪大的人今天在山上的正好比较少，所以请务必出席。"我对丈夫说，看来并不是就土地和管理提意见并投诉的集会，用不着去吧。我以为他不愿去开这种会，会推掉，结果他说："下雪的时候，车出故障的时候，人家帮过我们。"风雨变大了。决定我送他去，等他开完会的时间，我在餐厅吃点什么。

O，T家两口子，R（据说此人的房子一周前刚盖好，今天运行李过来，硬是被拉着出席。他讶异地说："还谈不上什么居住体验。我还没住，所以没有感想。"），据说是女演员Y·F的丈夫，另外就是公司的人和宣传的人。R的妻子儿子一起来了，看来跟我一样，打算在餐厅等。公司的人不断地说"等着的诸位也请坐，请坐"，因此再推辞也麻烦，我进了开会的房间。他们也一道进来了。

O说："拥有度假屋可真麻烦。我在这里建了房子，总是有客人来，每次都得带他们去五合目、山中湖或者风穴。因为要是我不带他们去，人们就会觉得我小气。我已经去了多少次五合目和富士五湖。我都不想再看五合目和富士五湖了。"

上了红茶和蛋糕，但大家只喝红茶，没人吃蛋糕。只有我吃了。七点左右结束。

这个人就是那个有名的美女Y·F的丈夫吗？我想着，一直在看M老师（当地人这么称呼）的脸。是个亲切又温和、话不多的人。

七月六日（星期一）雨，有时阴

说是台风变成低气压离开了。一整天阴沉沉，就像入秋的天气。山上的雨天，不管在梅雨季节还是盛夏，都安静又寂寥，仿佛就要这样入秋或入冬。

我去邻居家问他们怎么处理厨余垃圾，T老师两口子和看家的老夫妻刚吃过晚早饭，正在喝茶。T老师说了好几遍"请进来坐会儿"，我进了屋。他们燃着暖炉，T老师说"好冷好冷"。

T老师的丈夫套着夹薄棉的紫色绸面短外褂，笑眯眯地不作声，在喝茶。我一直望着院子，等松鼠过来。过了一会儿，他沉稳地叹息道："这座混凝土建筑交给N工业施工，他们只浇灌了混凝土，没有敲打。所以才会因为寒冷而开裂，漏雨，唰唰地漏在和室的榻榻米上，全打湿了。不管怎么投诉都没办法。已经盖好了，就没办法了。"我答了一声"哦"。女老师一同叹道："没错。这间客厅兼餐厅，本来的设计要比院子的地面更高一些。不知怎的洼下去了。原本那个像地下室一样的房间是一楼，这个房间是一层半，或者比一层半稍微低一点。"女老师又说："是打地基的时候挖太深了吗？"男老师（女老师的丈夫）说："才不是。他们没有把挖出来的土扔掉，而是堆在周围，所以房子显得低了。"似乎男老师是做不动产或者建筑方面的工作。

女老师在聊这些的间隙不时翻来覆去地感叹："可是，不管怎么说，不管怎么糟糕，这里的绿色和空气真好。"

当小鸟或松鼠来到院子，她每次都用洪亮的嗓音大叫起来，像唱歌剧似的，看家的阿婆以为出了什么事，吃了一惊。

早　米饭，红烧金枪鱼，生鸡蛋，海苔，芜菁味噌汤。

午　年糕汤（小米年糕）。

晚　米饭，酱汁烤沙丁鱼，萝卜泥，甜口煮红薯，整只烤茄子，高汤浸菠菜，鸭儿芹鸡蛋清汤。

沙丁鱼太好吃了，我吃了四条。吃到第四条的时候，忽然有些不舒服。

傍晚，出门散步。一下子起了雾。树莺一直在叫。无论从哪个拐角拐进去，都有野蔷薇的香气。夜晚的天空是紫红色。雨彻底停了。

七月十八日（星期六）晴

直到昨天十七日（谷崎奖评选会）为止，丈夫几乎隔一天就有事，一直有客人来以及外出。而且天气也糟糕，所以一直待在东京。昨天突然热起来（33.7度），因此今天迫不及待地去山上。

从今天到二十日，花子去山中湖参加摄影学校的活动。我让她带了差不多八人份的饭团、炸鸡和腌菜。早上八点左右，我们分别出门。花子坐大巴去。

驶入中央道，阳光一下子变得强烈，大概是长梅雨季残留的湿气升起来，山、丘陵和原野都笼着烟，有股生腥气。

院子里，蓟花盛开。荫蔽处的花颜色浅淡，阳光照耀的地方的花鲜艳又狂野。菜粉蝶和金茶色蝴蝶一会儿飞到蓟花上，一会儿离开，让人眼花。蜜蜂和熊蜂振翅的声响就像空气一样始终流淌着。

风从底下的原野吹上院子，穿过去。阳光照耀。真舒服。真舒服。

把作为手信的点心拿去管理处。接下来就是暑假了，跟他们打声招呼。

管理处做了夏天的准备。冷藏容器里满满地装着牛奶和果汁。还摆着番茄和洋葱。说是从今年起会有烘干被褥的车开上来。因为是长雨之后，我申请了。说是星期一九点以后巡回过来。

四个番茄一百八十元。

午　烧卖，茄子味噌汤，炸鸡，黄瓜丝，辣椒酱油拌小松菜，米饭（饭团）。

晚　黄油炒乌冬面（咸牛肉、洋葱、欧芹），汤。

七月十九日（星期日）晴朗无云，强风

风声就像涨潮声。树莺仍在叫。

阳光开始照过来，于是我把被子全晒了。还晒了大衣和冬天的帽子，丈夫的狗皮马甲。

浴室排水口的瓷砖表面掉瓷。听说，邻居 T 家今年冬天刚建好，浴室瓷砖的釉就掉光了，他们把瓷砖全部重新贴过。是因为沾着水分（包括水蒸气），冻住了，所以才掉的吧。

把家里的橱柜和抽屉全打开，让风和阳光进来。

午　面疙瘩汤（拔了菜地的芜菁放进去）。

像今天这样的日子，身体的角角落落都是舒展的，连走路都觉得自己像猫或鬣狗。

晚　米饭，树叶炸肉[1]，卷心菜，卷纤汤。

丈夫说，松鼠来了，可它总有些战战兢兢，很快就回去了。是不是有谁欺负过它？

耧斗菜的花期结束了。厨房门口的一株每年把种子落在周围，长成一抱那么大。我一直觉得，它开花的时候，就像曳着长长的裙裾的西方贵妇。我在它盛开的时候对丈夫说："唯独这丛耧斗菜，我给它取了名字。安娜·卡列尼娜。"丈夫哼了一声，既不看，也不赞叹。今天我看植物图鉴，写着"英国的花语，愚钝"。

1　昭和时代的家常菜，用炸猪排的做法调理肉片。

七月二十日（星期一）晴，无风

早上天阴。九点左右，烘干车来了。

因为从大门到家的距离太长，他们说运到管理处烘干。要从插座拉线，线不够长。

三床垫被，五床盖被，二千二百五十元。三十分钟结束。把被子搬过去的时候，丈夫之前穿的衬衫和裤子叠在被子里，他们还过来的时候拿给我，说："这个和这个没有消毒也没有烘干。"

午后，下山买东西。

去吉田。

四块新鲜鲑鱼二百八十元，腌菜三十元，两根萝卜七十元，十个茄子七十元，六个茗荷六十元，一块豆腐四十五元，三块素雁六十元，一袋墨西哥芸豆四十五元，卷心菜二十元。

若末八百四十元，"老鼠糖"一百五十元。

饭勺，裁缝粉笔。

一箱啤酒，一箱易拉罐啤酒，两瓶葡萄酒，四千一百六十元。

送给邻居两块新鲜鲑鱼。阿婆给我煮好的魔芋，说："这不是老头子煮的。"她用十厘米长的碎毛线头织毛线，正在织被罩。

晚饭后，我正在看着外面发呆，大冈夫妻来了。送给我们一箱桃子和酒粕腌神户牛肉。

大冈小说中的段落被做成"Y"休息站门口的招牌，挂在外面。他们没有征得大冈的同意，擅自做的。出版社去跟对方讲了这件事，以及希望撤掉招牌，结果对方送来两箱桃子和味噌腌山菜之类的一堆东西，道了歉。说是会在秋天之前撤掉。这个桃子就是其中的一箱。

说是迪迪再过一周来山上。

大冈和太太说，他们去了绿雉餐厅。吃了一千二百元的绿雉锅，里面只有数得出的几块肉。不过，味道还行。在里面的包间，像是当地文化团体的一群人在搞短歌还是什么的聚会。说是他们大声地热热闹闹地在讲："那个人有才啊。"

大冈今年，现在，是"四叶"[1]的超级粉丝，电视一样不漏地看，还买唱片，还知道许多八卦。他之前是"四叶"当中长得像西方人的男孩的粉丝，那孩子长偏了，所以又换成另一个男孩。之前是九重佑三子[2]（？）的粉丝，现在是这个（这是大冈太太说的）。

---

1 男子偶像组合，1967年成团，1968年发行首张单曲，1978年解散。2002年重新成团。

2 九重佑三子（1946—），歌手，演员。

出来一个接近满月的月亮。我送他们到大门口，大冈朝着对面的宿舍小便。

七月二十一日（星期二）晴，多云

五点左右就醒了，于是在太阳还没升起来的时候给上面的院子割草。丈夫原本在工作，他不写了，出来和我一道割。踩进草丛，便有黑白纹的小蝴蝶摇摇颤颤地虚弱地飞起来。像是之前在睡。

在管理处。一斤面包四十五元。

上午，正在烧割下来的草，突然，木匠高桥从院子跑下来。

午　蟹肉蛋炒饭，汤。

晚　中式粥。

丈夫说，好像今天才是真正的满月。

七月二十二日（星期三）晴，午后阵雨

早　米饭，蟹肉炒蛋，炖素雁，海苔，味噌汤。

午　做了辛味年糕（纳豆、萝卜泥、葱）。

晚　吃了黄油炒乌冬面（培根、洋葱），水蜜桃。

十一点半，从管理处给中央公论《海》打电话。请他们二十五日下午来拿稿子。佐藤来接电话。一百三十五元。

六个鸡蛋一百二十元，五千克米一千元（一袋）。

洗完衣服，阵雨，打雷。不时停电。三点左右雨停。

下山去河口湖买东西。

两瓶一级酒一千六百六十元，四团乌冬面六十元，六块三角奶酪一百五十元，炒面五十元，三得利红五百元，酱油一百二十元，味淋一百二十元，两块盐腌鳟鱼一百元。

在蔬果店。番茄，三串无籽葡萄一百五十元，十个红李。

汽油一千七百七十元，蜡九百元，香烟一千元。

五点半，回山上。山下的城区看起来连阵雨都没下过，今天一整天闷热。回到山上，安静凉爽。我把厨房门打开，边准备晚饭，边欣赏雨后的天空。像女性内衣的浅紫色天空。

夜里，缝花子的衬衫。明天回，所以打算做好了带去。

报纸上。从昴公路入口穿到本栖湖的横町快速路建成前，就已经在玉米田建起汽车旅馆和休息站，等着路开通。据说地价也在暴涨。

七月二十三日（星期四）晴

凌晨三点左右，天还黑着，树莺就在叫。于是其他鸟也叫了起来。我在被窝里听着。四点过后起床。临近五点下山。过了谈合坂，朝阳升起来。圆溜溜红彤彤的太阳，就像线香烟花最后的火星。今天看来也会很热。七点前到赤坂。花子起来了。她像是洗过头，头发湿漉漉地走出来。

买了肉、梭鱼干、蒲烧鳗鱼、银鱼、芝士蛋糕、蔬菜、面包等，三点左右出赤坂。

把鱼干送去大冈家，只见窗帘闭合，车不在。

晚　蒲烧鳗鱼（丈夫），梭鱼干（我），豆腐鸭儿芹清汤，芝麻拌菠菜。

今天的事。很难忘记。

今天出赤坂回山上的时候，在甲州街道，有一辆轻型卡车（？）在右侧和我的车并排行驶。接着，车上的人从驾驶座叫了声什么，像在逗我。一开始，我以为是不是跟我说爆胎了或车门没关紧。在红灯停车，那辆车排在我的右边。在下一个红绿灯，我停在右侧，那辆车便来到左侧。车技真不错。然后直到灯转绿为止，副驾驶的人和司机轮流冲着我的车翻来覆去地说："逼。""逼"，像这样写成文字，仅仅是写成文字，这个字都让人困扰，让人难受。而他们一直在大声地连续地说这个字。我因为红灯停了两次。直到灯转绿，我都一动不动，心情如同在拥挤的车厢里遇到色狼。那段时间真长。运气不好，第三个也是红灯。我当时的状态是，手扶方向盘，面向正前方，耳朵像猫一样竖得笔直，整个人因为朝我泼洒过来的字眼而一动不动。我要像男人一样讨厌。我要从窗户探出脑袋，以他们能听见的音量大声说："没有的话就是残疾吧？"然后一直盯着男人们的脸。卡车或许是在拐角拐了弯，没有停在旁边。

今天没有"骂男人笨蛋"，没有"骂人"（这些事，丈夫说不能做，丈夫会一脸厌恶）。对色狼（？），我也以优雅的态度应对。可是，卡车上的男人们说那个字的声音，就像湿漉漉的抹布紧贴在身上，我仍然不舒服。

七月二十四日（星期五）晴朗无云

早　米饭，红烧比目鱼，土豆味噌汤（放了鸡蛋），海苔。

午　芝士蛋糕，鸡汤，水果果冻。

晚　米饭，烧卖，黄油炒菠菜，整只烤茄子。

早饭前，去大冈家送干货。他们的邻居的房子像是盖好了。紧挨在旁边，就像大冈家的书库。

大冈穿着睡衣出来。"怎么，你不进来吗？你就是来看看邻居家？你这是给我添堵吗？"

说是昨天他俩一道去吉田看电影。太太笑着说："夏天的工作全都做完了。"

十点以前，改河出书房《中国文学》[1]的校样，用快信

1　武田泰淳担任《现代中国文学》全十二卷的编委。

寄出。

在药店。香烟二千元，肠胃药"莱克"二百二十元，蚊香，两支牙刷三百元，洗涤剂九十元，五卷厕纸二百元。

在 S 农园。生菜二十元，六个桃子一百八十元。

今天，来了两只松鼠。平时总是三只，但前天，邻居的园丁告诉我，其中一只被来修路的当地人抓住了。

七月二十五日（星期六）晴朗无云

今天也晴朗无云。

三点以前，中央公论《海》的村松来了。他说虽然是星期六，但中央道很空。把稿子给他，然后端出啤酒、油浸鲑鱼洋葱、汉堡肉饼、油醋浸木耳葱。也叫了司机，让他吃饭团和汉堡肉饼。村松说："从东京来的时候，我在车里对司机说'等你到了那边，一定会说天真蓝，空气真好'。果然，天就是蓝，空气就是好啊。"我去叫大冈。餐厅正对着西晒，于是大伙儿到露台上喝啤酒。天色转暗，村松回去了。

七点左右，一下子凉下来。我们进餐厅喝。大冈开始喊冷："我有点冷啊。孩子他妈会来接我吗？她会不会搞错时间啊？"白天那么热，简直有点太凉了。七点半左右，太太带着阿尔卑斯［富士吉田的点心店］的蛋糕和一盘五目寿司来接他。大冈写《莱特战记》[1]时采访过的吉田的人带着孩子来了他们家，待到现在，所以她来接他晚了。她说，这个蛋糕是那个人带来的手信。蛋糕有普通蛋糕的两倍半大，上面有香蕉和蜜瓜。

大冈说，前天去富士吉田看《吸血鬼》[2]《激战地》[3]和另一部，三部连映四百元，看了一会儿便出来，去对面的寿司店，那天的食材特别好，好吃。他拿了整个八月的电影上映预告宣传单，说"我要每周去"。听说如果四点半下山，能看整个夜场。我也想去。

既然太太来接，大家都放了心，边聊这些，边又喝起啤酒。丈夫放上中央公论出的电影音乐唱片，西部片主题曲。

深夜，我一个人慢慢吃了五目寿司。好吃。

七月二十六日（星期日）晴朗无云

今天也是个大晴天。积雨云升到鸣泽村的上空。富士山上完全没有雪。看起来小小的，像采石场的渣山。树莺

---

1 大冈升平的代表作之一。1967—1969 年在《中央公论》连载，1971 年由中央公论社发行三卷本。

2 *The Fearless Vampire Killers*，中文片名《天师捉妖》，1967 年的美国电影。导演是罗曼·波兰斯基。

3 *A Walk in the Sun*，中文片名《桥头堡争夺战》，1945 年的美国电影。导演是刘易斯·迈尔斯通。

在叫。山斑鸠在叫。来了一只黑白条纹的大斑啄木鸟，啄了一会儿餐厅前的松树，然后走了。

早　米饭，卷心菜裙带菜味噌汤，海苔，生鸡蛋，昨天的剩菜。

午　面疙瘩汤（茄子和茗荷），番茄。

晚　米饭，可乐壳，芦笋，番茄。

星期天。一整天都在和丈夫割草。

七月二十七日（星期一）晴朗无云

十点左右，下山买东西。用快信给东制作寄关于《和善的日本人》脚本的回复。

去富士吉田。

两双凉鞋二百六十元，其他鞋一双二百元，一双五百元（男鞋）。

三个灯泡一百五十元，六节干电池二百元。

面包四十五元，两袋零食一百元，浓缩汤粉二百一十元。

芝麻油二百元，豆腐四十五元，奶酪一百六十五元，四团乌冬面六十元，高级木鱼花一百元（给迪迪的手信），罐头一百八十五元。

五个番茄一百元，一把葱，两根萝卜，五个洋葱。

三百克肉三百六十元，鸡胸肉二百二十元。

一打啤酒，一箱易拉罐啤酒三千五百元。

在S农园。三根黄瓜三十元，卷心菜三十元，生菜二十元，六个桃子一百五十元，三根玉米九十元。

二合赤豆一百七十元，一条盐腌青花鱼六十元，一袋砂糖一百三十元，一瓶味滋康醋一百一十五元，一百克焙茶一百二十元。

我戴着草帽，拎着葱和萝卜，在日照强烈的吉田的坡上慢吞吞地走着，一辆高级进口车在我旁边停下。有人从车窗喊我："请问——"我停住脚步，一个像是翻译的日本男人下车，礼貌地说："我们可以给您拍照吗？"我还没回过神，一个年迈的西方男人下车，给我拍了照，开心极了。他叽里呱啦说了一堆，摇头晃脑，喜滋滋的模样。他来到我跟前握手。做翻译的男人问我："这一带主要从事农业吗？"西方人实在太开心，我感到如果让他失望，很可怜。我回答："是呢，也养蚕。现在绸缎价格好。"翻译叽叽喳喳地解释给西方人。西方人点头。

之后，我在城区的橱窗打量自己，原来我看起来比当地人更像当地人。在这一带，我戴的这种晒得褪色的草帽，是下地或进山干活的阿婆和男人们戴的，走在城区街道上的主妇和年轻女人戴的是轻飘飘的尼龙宽檐帽。她们穿的也是西服、衬衫和裙子。我这才意识到，穿着脑袋的位置开个洞的棉条纹上衣，束脚裤，脚踩胶底二趾鞋的，只有我。

因为热，走在城区街上的人很少。这一带，从事体力劳动的人家，人们似乎有午睡的习惯。走进后街的小路，大敞四开的人家昏暗的深处，老太婆像一卷布似的躺在榻榻米上，三个孩子睡着，大叔靠着柜子，闭着眼。

在灯笼店门口，挂着好几盏色彩绚丽的盂兰盆节提灯，刚上完颜色。

我去看电影院（日本电影那家）的价目表，正在盯着看，有个男的凑过来看我的脸。

大学生、自卫队员三百五十元，高中生、持优惠券的人三百元。

晚　黄油炒乌冬面（放了培根、洋葱、欧芹、樱花虾），吃西瓜。

星空。

电视上。东京发出烟雾警报，说是光化学污染。据说每当发出这项警报，人们就关上窗，待在家里。

七月二十八日（星期二）晴朗无云

早饭前割了一会儿草。晴朗无云的早上，在早饭前把活儿干了。上午来了电报。是每年送电报来的人。电报来自筑摩书房的高桥。下午，我去打电话。高桥不在，我让人转告他，我明天上午再打。从管理处回去的路上，车况有问题。左后轮胎之前爆胎了。

　　下午两点左右，我把爆胎的轮胎带下山。让加油站帮我检查。上面扎着粗螺丝钉。从一周前，每当踩刹车，都有古怪的声响，顺便让他们检查。必须更换零部件。他们修完轮胎，去帮我买零部件，全部弄完过了六点。丈夫肯定在等晚饭。我的胸腔和肚子一阵焦灼，想早点回家。

　　加油站今年有三个打工的女孩、十六岁左右的少年，以及会保养车的年轻小伙。阿宣也来了。阿宣进入中年，有些发胖。

　　加油站大妈让我坐在通风的背阴的长椅上，她自己也在旁边坐了，跟我说话。自从中央道修好，经常在途中的加油站加油，很久没看到大妈和阿宣。

　　大妈在旁边落座，一上来就问："你们有没有去万博？"我回答："我们不去。"她像是不满地说："我们这一带每三个人当中就一个人没去。我就是没有去的那个。今年太忙了，还没去。"忙碌的缘由是，去年大妈的母亲在八十岁（？）死了，过了不久，在那位阿婆家待了四十年、非亲非故的一个人，至于为什么会待在她家，不管是阿婆、他本人或周围的人，都不太清楚，那个待着的爷爷死了——也是八十岁左右。加油站爷爷（大叔的父亲）在圣诞节因脑出血倒下，一月二日，他毫无痛苦地死了。六月，大妈的姐姐之前五年一直不断住院出院，在东京的医院里死了。死了四个人，她很忙。加油站爷爷倒下之前，有一个半月，大妈因为胃不好，在新宿的医院住院。大妈现在也还是每天吃"命之母"药片和四种口服药。这一带，葬礼要给每位僧人五千元念经费。如果是盛大的葬礼，就要一万左右。给取一个好戒名，要给五万元左右。还有人给得更多。最近大家都在忙着做生意，所以头七和头一个盂兰盆节也不请人来，就送点东西给大家——大妈说了这些。

我提起绿雉饭店，她说："那家绿雉饭店原本是旅馆，但位置不好，其他旅馆不断地建起来，客人都去了其他家，所以他们琢磨之后改成绿雉饭店。"

大妈像是突然想起来："电视上的《细腕繁盛记》[1]真好看。剧里的人都厉害。他们想各种法子做生意，好看。在我们这边，比《信子和奶奶》[2]更受欢迎。信子很无聊。都

1　1970年1月—1971年4月，日本电视台每周四夜里九点档播放。原作是花登筐在《静冈新闻》晚报连载的小说，讲述生于大阪的加代嫁到伊豆热川温泉的老牌旅馆"山水馆"之后振兴旅馆的故事。

2　1969年4月—1970年4月的NHK晨间剧。以狮子文六的畅销小说《信子》《奶奶》为蓝本。

没什么情节。细腕有意思。大家都是那样做生意。都跟那个剧一模一样。做生意的人总是东想西想再做，可是很难顺利。"她静静地边说边自顾点头。

阿宣开着一辆满载轻质油的车出去回来好几趟。其间，他在修爆胎，旅游大巴开进来加油的时候，他又从窗下宣传和销售一升瓶的葡萄液。"在冰箱冰一下，可好喝了。加糖兑水也好喝。不会醉，因为是葡萄液，开车也没问题。其他地方卖的是掺了东西的。这个是胜沼的——看，这里写着——从这里一翻过山就到的葡萄产地拿来的，特别制作的。如果嫌重，也有四合瓶。放进冰箱，可以放很久。"他用他惯有的低而沉静的口吻推荐着，把试饮的葡萄液倒进小酒盅那么大的杯子，从窗口递给人。好像卖了一两瓶。

大妈说："阿宣现在有两个孩子。光靠养猪不够生活。汽车和汽油也不会突然降价，收入稳定，所以他雇了两口子，把猪交给他们打理，他自己来这里。阿宣懂车又勤快，也帮了我们。阿宣现在仍然喝酒喝得厉害，所以费酒水钱。做生意的人得有好点子才行。他说他喝了酒就会有好点子。"

刹车零部件和修理五千元，加油一千六百元，修爆胎二百五十元。

到我们家，临近七点。急忙做饭。长时间站着看人修车，所以脚酸。

晚　米饭，青花鱼干，萝卜泥，培根炒土豆丝（放了蒜），煮豆，海带须清汤。

太阳晒多了，早早地困了。

七月二十九日（星期三）晴朗无云，非常热

今天也在阳光还没照下来的时候割草。

早　咖喱饭，番茄和芦笋，红茶。

丈夫坐在露台的椅子上喝着红茶，望着西山的方向说："今天看起来会是最热的一天。"

十一点半，给筑摩书房的高桥打电话。他问，能否分两次，在十月八日和十五日做中里介山全集的演讲。我回答："我回家问问丈夫，下午再打电话回复。"然后回家。

丈夫坐在露台背阴处的椅子上，手扶着额头，缓缓摇头。或许因为树荫的缘故，他看起来苍白又憔悴。

他说："我不想再演讲了。想慢慢做现在手头的工作。"

午　面包，蔬菜汤，奶酪，桃子。

三点，去打电话。

高桥说知道了。"他的牙不好，我也想着，对他来说有些勉强。"

在管理处买了三个桃子回来。一百六十五元。

晚　米饭，红鲑鱼罐头，萝卜泥，姜末，整只煮茄子，炒豆腐（放了胡萝卜和羊栖菜），桃子。

丈夫没了牙，说"桃儿可真好吃啊"，他在旁边等我剥皮，呡着吃。

八点左右，西面的天空有闪电，九点左右，雨沛然落下。今年也读《黑雨》。

七月三十日（星期四）雨，一整天刮风

一整夜，大雨。

我想起来，昨晚睡觉的时候，车窗开着。因为院子里的芒草长高了，我想起幽灵，所以没去关窗。

云不断地移动，天空却没有转晴，风雨不断。我穿上毛衣起身出门。

两点半左右去管理处，买了四个桃子（一个五十五元）和葱。大葱又细又小，一根却要二十五元，我吃了一惊。葱白的位置用红色马克笔写着 25，是一根的价格。

下山去村政府交村民税。整期村民税四千九百八十元。

易拉罐啤酒二千零四十元。

在 S 农园，六个山药六百元。

《朝日新闻》学艺部发来电报。说"请给丸谷［才一］[1]打电话。"

原本明天早上我一个人回东京一趟，结果丈夫说他也一道。

今天没能割草，于是丈夫放上唱片，在被窝里听。我缝衣服。花子的衣服做好了。不时读《黑雨》。

夜里，虫在叫。说是有一个小台风在九州那边。

七月三十一日

和丈夫一同回东京。东京热。

八月一日

带着花子，三个人回山上。

我担任花子的学校摄影作业的模特，兴奋地换各种衣服，跑来跑去。读《黑雨》。

八月五日

大冈来了。

---

1 丸谷才一（1925—2012），小说家，文艺评论家，翻译家，随笔家。受詹姆斯·乔伊斯影响。代表作有《竹枕》《树影谭》等。

八月六日 晴朗无云

大冈带着中央公论的粕谷、高桥、早川三位，一点左右下来到露台。

因为大冈家的住址改成东京，为了去陆运局申请更换车牌，大冈太太今天早上回东京。上午九点左右行驶在中央道八王子附近，突然，整面挡风玻璃裂成网状，完全看不见前方。她给日本汽车联盟打了紧急电话，那边说："如果车能开，请把挡风玻璃打破开车。"据说她打电话给阿贞，让他代她开到东京的家。

大冈来了，便往露台的椅子一坐，讲了这件事。大冈带了尊尼获加的黑瓶和瓶装西式泡菜。

配着芝麻豆腐（我感觉今天的做得挺不错）、葱姜炸鸡翅、油醋浸熏制鲑鱼洋葱、木须肉等，大家一起喝酒。

大概四点左右，粕谷望着院子的方向，告诉我们："有客人……""是我家女儿吧？""不是，是一位男士。"院子里有个男人。他说："我是大冈的弟弟。"他说他到了大冈家，看到门锁着，想着说不定在这里，就来了。"我明明把钥匙存在管理处。"大冈说着，显得有些不好意思，"我也回去了。"粕谷他们也起身说，要从河口湖坐火车回，得走了。我用车载上四个人，开到大冈家，让大冈他们下车。大冈家的停车位停着一辆红车，穿泳装的年轻人正在打开后备厢拿东西，每拿出一件就一阵欢腾。大冈说，我要借给花子唱片，你拿去，于是我走到玄关，只见像是弟弟的太太的人穿着家居服，笑眯眯地在屋里。满满的暑假的感觉。

送人去河口湖站，回家。

唱片据说是伍德斯托克的原版。花子立即放上。

花子今天上午坐公交车下山，去树海拍照。崴了脚回来了。

八月七日

和花子去吉田买唱片。《日升之屋》[1]《逍遥骑士的歌谣》[2]，两张都是小唱片。

每天读《黑雨》。

八月八日

一早送花子，顺便去东京。下午回山上。

八月十一日

银鳕鱼七十五元，二百克上等猪肉二百元，一块方形

---

1 *The House of the Rising Sun*，美国传统民谣，作者不详。
2 *Ballad of Easy Rider*，罗杰·麦吉恩为 1969 年的电影《逍遥骑士》写的歌。

炸鱼糕二十元。

葡萄二百四十元，酱油八十元，四个梨二百四十元，两根黄瓜四十元，三个番茄九十元，黄油一百八十元，十个芋头。

六卷厕纸二百元，诺新止痛药一千一百元，包药的糯米纸一百二十元，建明米粉五百四十元。

弹力包边布，暗扣，纽扣，共二百九十元。

六个番茄，零食一百元，六个鸡蛋，五根葱，十个茄子，三个桃子，十个土豆。

加油，机油零点五升。

卷心菜二十元。

八月十二日 天空多云，凉爽

八月十三日 晴，有风

山上凉爽，下到城区则是炎暑。

萝卜二十元，三个桃子二百一十元，十个茄子四十五元，一个柠檬四十五元，六串葡萄二百三十元。

一百克茶五百元，一百克焙茶一百二十元，五合赤豆三百二十五元，樱花虾五十元，手撕鱿鱼片九十元，十团乌冬面一百五十元，面包四十五元。

一箱啤酒。

在农协，六千克有机复合肥一百五十元。

仁丹二百元。

九月二日（星期三）阴转晴

早上六点，出东京。

八点半左右，把梭鱼干拿去大冈家。"大冈每天都想你们，去你们家呢，二十八、二十九、三十、三十一、一日（我们去东京期间）。每次去，你们都不在家。"太太像是好笑地说。她送了我们神户的鱼糕。说他们明天回东京，七日来山上。

九月三日

午后有阵雨。打雷，电话线不通。

河出书房的寺田博发来电报。询问"九月十四日和十八日，哪天作为和三岛由纪夫的对谈日"。

去管理处打电话，电话不通。去了高尔夫球场，不通。我想着得在五点前打电话，开车飞驰下山，到加油站正好五点。寺田来接电话。我回复他："请定在十四日[1]。"

1　三岛由纪夫和武田泰淳的对谈刊于《文艺》1970 年 11 月号，题为《文学是空虚吗》。

我明天去东京中野看牙，当天往返。让加油站给轴承加油，换了机油。

夜里八点，为了交代事情（把送到赤坂的河出文艺奖的校样送到中野的牙医那里），去给花子打电话。管理处和高尔夫球场的电话仍旧不通，所以我下到 S 乐园的事务所打电话。花子说："河出的快信还没来。"于是我说："明天我到中野之后马上给你打电话。"

九月四日（星期五）晴

今天要拔智齿，之后不能吃饭很没劲，所以我早早起来，慢慢地吃饭。丈夫也和我一道慢慢吃。早上六点半下山。临近九点，我抵达 E 牙科医院，给花子打电话。她说"还没来"。花子又说："说不定昨天送到管理室了。等管理员来上班，我问问看。要是在那里，我马上给你打电话。然后送去中野。"

拔牙。牙齿和骨头连在一起，很费功夫。拔到一半，花子来了。拔了差不多两个小时结束。我并不难受，所以直接离开 E 牙科。在中野的商店街买了佃煮、秋刀鱼、新鲜鲑鱼和其他食材，也分给花子一点，带着校样回山上。半张脸和脖子麻痹，所以不痛。但因为完全不想吃东西，所以没有在任何地方停靠，一直开，两点左右抵达。

午　米饭，秋刀鱼，萝卜泥，炖素雁，海带须清汤（丈夫一个人吃）。

晚　油豆腐胡萝卜香菇焖饭，咸牛肉，海苔，萝卜味噌汤。

我两顿饭都没吃。不时吐掉充满口腔的血。口腔里热乎乎的，有股腥气，带着奇异的金属味儿，肚子不饿。

九月五日

从管理处回去的路上，有只长得像迪迪的狗在转悠。我打开车门问："你呀，是迪迪吗？"它开心地上了车。像是迪迪。有些狗长得很像，所以必须留意。可别被车撞了，于是我把它带去大冈家。太太和阿贞因为迪迪不见了感到担心，刚好走到路边。他们说："本来打算在东京待到明天，可是太热了，刚回来。"一段时间没见，阿贞晒黑了，体格也变得结实，很有男人样儿。

傍晚，大冈夫妻和迪迪来了。

大冈胃痛的时候打高尔夫，胃痛变得更严重，他说今天只喝一杯啤酒。他精神不佳。

听说去管理处那条路的 H 家的小白狗跑到路上，被车撞了。请吉田的兽医，兽医来得很快，让人惊异。

不过，听说在这里，给人看病的医生总也不来。

九月六日（星期日）炎热

给冬树社、劲草书房寄两封快信。因为是星期天，从下山的位置一直到河口湖都是从东京过来的车的队列，插不进去。车队像是前面塞住了，一动不动。另一条路在施工，禁止通行，我不管了，开过去。途中有施工的人，我跟他们说我有急信要寄，请让我过，他们爽快地让我通过。

在酒水店。三得利金酒四百八十元，一箱啤酒。

五个茄子十元，一袋大蒜三百元，两块姜十元，三串葡萄（巨峰）三百五十元，三个青苹果一百二十元。

一百克培根，两块鸡翅肉，共四百五十元。

车的队列从中央道河口终点往河口湖，看起来一直延伸到御坂峠。是去摘葡萄。这些车在河口湖大道的十字路口与静冈沼津过来的摘葡萄的车合流，动不了了。警察来进行疏导。

我把车停在加油站，步行购物。在蔬果店的时候，三个男的从迟迟不动的队列中的车上下来，说："真麻烦。在这里买葡萄也一样。给我五箱。""在这里买了回东京吧。不知道什么时候才能到胜沼，看着还很远，等到晚上摘葡萄也不好玩。""东京的夜店也有葡萄装饰从天花板垂下呢。还是去夜店好。""去夜店吗？丽？还是千姬御殿？""千姬御殿挂着葡萄呢。"他们聊着这些，回车里。有人从停在餐厅前的小面包车的车窗伸出手，买摆在餐厅的盒装豆腐皮寿司。

走在车队中间，感觉呼吸困难，于是我选择走后街。田里有间小小的食杂店。三条铁皮金鱼八十元，一百颗玻璃弹珠一百元，长气球十元，肥皂泡吹筒二十元。铁皮金鱼似乎是很久以前卖剩下的，每条便宜二十元给我。有点生锈。现在的玩具都是塑料的，所以铁皮金鱼卖不动吧。它的背上密密麻麻地画着金鱼栖息的世界，水藻、其他鱼、水流。有种不管什么时候看都让人出神的趣味。真怀念。

人家的院子里开满了鸭跖草、大丽花、康乃馨、大花马齿苋、夹竹桃。

夜里，我解开中式旗袍的盘扣，研究做法。像九连环。十二点过后，终于搞懂了。一直低着头，有些不舒服。

九月七日（星期一）晴

早　米饭，豆腐味噌汤，炸鸡翅肉，萝卜泥，苹果胡萝卜汁。

我们正在吃饭，一只与赤胸鸫差不多大的（说不定是赤胸鸫的雌鸟）、喙是橙色的鸟飞进餐厅。接着，它因为突然失去天空慌乱挣扎。它飞上二楼的走廊，撞在栏杆上，羽毛蹭过壁炉的烟囱，以为它稍微稳住了，结果它对着天窗的蓝色玻璃一头扎过去，撞在玻璃上，落在丈夫脚边的地上。它把嘴大张开两三次。如同象牙工艺品的舌头弯起来三次，从嘴里露出来一些。它的肢体刷地伸长了。接着，它圆睁着眼，不动了。看起来非常痛苦。我以为它昏过去了，它的眼珠渐渐盖上一层像眼皮的青膜，半睁着。是脖子断了吗？这只鸟从飞进来到死去，大概三十秒。我把它放在露台的桌上。中午，它变硬了，于是我把它埋在波可的墓的位置。它仍然半睁着眼，唯独脖子歪歪扭扭。

　　午　什锦烧，蒸土豆，汤。

　　"有一株百合子会喜欢的草。你来看。"丈夫讲了好几遍，于是我去到厨房门外的松树和樱树之间的树根，只见一棵草笔直地长在那里，像外星人留下的手信。我记得，

好像是去年还是前年，丈夫也讲了同样的话告诉我这棵草，我看过。

这是"百合子会喜欢的草"的画。就这么一株立着。比罐头芦笋稍微大一些。摸上去，里面软软的。

今天一整天在给花子做中式旗袍。昨晚搞懂了盘扣的做法，趁着没忘，做了盘扣。

院子里现在盛开着龙胆和中日老鹳草。胡枝子快开完了。

九月二十九日（星期二）阴，有时雨

早上六点出东京。毛毛雨。

在石川，买了一盒散寿司，在谈合坂，买了一盒釜饭，把车停在谈合坂，在车里吃。旅游大巴陆续抵达，像是小店主妇的旅游团和高中男生的团陆续进了厕所，又出来上车。

午　米饭，梭鱼干（我），炸猪排（丈夫），佃煮，煮豆（黄豆），芋头裙带菜味噌汤，油醋浸卷心菜胡萝卜，高汤浸小松菜。

树叶开始变黄。院子里的胡枝子结果了。只有漆藤红得鲜明。菜地的菜是因为施了肥吧，长得很大，像妖怪。

做梦然后醒来，马上又睡了，昏昏沉沉睡到四点半。丈夫也在睡。

夜　粥，红烧沙丁鱼，佃煮，山药鱼糕鸭儿芹清汤，炒蛋。

把被炉放进工作间。在餐厅燃起暖炉。

深夜，开始刮风。之前睡得太香了，觉得自己仿佛成了空壳，有种无力的寂寞。

今天，纳赛尔[1]死了。

九月三十日（星期三）晴转阴

昨天深夜开始吹的风一直持续到早上。我因为风声醒来，又睡了，昨晚做了好几次梦。

早　米饭，西式炖牛肉。

午　米饭，盐腌鲑鱼，高汤浸油豆腐菜叶，萝卜味噌汤。

晚　汤豆腐（放了培根）。之后，吃了奶酪吐司。

下山买东西。

在农协。买了一打啤酒。

在酒水店。一箱易拉罐啤酒二千零四十元，三块油豆腐四十五元，两块素雁四十元，十个茄子，三根黄瓜，五根红薯，一斤面包四十元，两块鲑鱼六十元，豆沙粉（根津去皮赤豆）八十五元，高汤粉七十五元，豆腐三十元。

在加油站。汽油，煤油，共一千元。

1　贾迈勒·阿卜杜尔·纳赛尔（1918—1970），埃及政治家，埃及共和国第二任总统，也是阿拉伯联合共和国的首任总统。去世日期是1970年9月28日。

"老师最近没上电视吗？就算没来山上，只要他上电视，我就放心了。要是没有在电视上看到，就会担心他的人气是不是下降了。他的人气没有下降吧？"大叔小声问。"他现在每个月在拼命写稿。光写稿就累得不行，上电视口齿清楚地讲话，他嫌麻烦。他的牙掉了嘛。说话含含糊糊的。不过，听了大叔你的话，我也有些担心。也许他的人气下降了呢。等回到家，我会跟武田说，大叔担心你。真的谢谢了。"我道了谢。他们送了卷心菜和葡萄。

邻居爷爷送了一根萝卜。

晚上，纪实节目的时间，看了阿拉伯的贝都因人。感觉像在看《圣经》的世界。

遮光门和玻璃门之间停满了蝉那么大的蛾子，胖胖的肚子朝着这边。它们不时掀动翅膀，发出像老鼠在闹腾的声响，掀动翅膀闹腾之后，蛾子们依次落下，很快死去。

十月一日（星期四）阴

早　米饭，萝卜味噌汤，味噌炖青花鱼，煮豆渣。

载上丈夫去本栖湖。树叶还没红。开到通往下部的隧道口，折返。隧道跟前的路边，有个男的摆着辣味噌烤鱿鱼和烤玉米的摊子。一个客人都没有。

在河口湖站的小卖部，丈夫买了一大堆这个那个的明信片。报纸二十元。

两碗车站的天妇罗荞麦面一百六十元。

车站只有在等火车来的本地人。

早　奶酪吐司，蒜炒茄子，蔬菜汤。

晚　炒蛋和海苔拌饭，山药鱼糕清汤。

十月十一日（星期日）雨

雨变小了，所以丈夫把我喊起来，说"今天还是进山"。

五点半，出赤坂。进入中央道之前，加油一千三百二十元。

从大月往前，因为事故，禁止通行。驶出大月口，久违地从郡内的路开到吉田。

山上也在下雨。树叶星星点点地红了。

早　米饭，茗荷蛋花汤，盐烤青花鱼，萝卜泥。

午　黄油炒乌冬面（洋葱、樱花虾、欧芹），汤。

晚　中式粥（鸡肉、豌豆），油浸沙丁鱼（这个罐头是西德产的，与其说是沙丁鱼，大小更接近鲱鱼，丈夫说非常美味）。

一整天淅淅沥沥地下雨。只听见雨声。夜里十二点左右也在下雨。夜里醒来也在下雨。

十月十二日（星期一）一整天毛毛雨

早　米饭，豆芽味噌汤，油浸沙丁鱼，生鸡蛋，海苔，佃煮。

野蔷薇结了红果。山椒胭脂色的壳里露出黑色闪亮的种子。野菊花在开花。

十点半，载上丈夫去朝雾高原。青木原树海的树叶开始红了。我找到一丛红叶，即便在雨里，也让人的双眼为之一醒。在牧场，有的牛在毛毛雨中躺着，有的侧对着我们站着，每头牛都维持着姿势，一动不动。

在 K 酒水店。纳豆二十元，鸡肉二百元，甜纳豆九十元，两条鳕鱼的鱼子二百九十元，四块炸豆腐八十元，柠檬五十元，一千克葡萄三百元，三根红薯一百四十元，四个长十郎梨一百四十元，十个团子二百元。

这个团子被叫作"年糕"，来店里的主妇买了一大堆回去，酒水店老板娘说："平时可没有呢。这是十三夜的团子。"我也买了十个刚做好的团子。

午　米饭，西式蛋饼，汤，炒杂蔬。

傍晚，在毛毛雨中，丈夫割了大门边的芒草。还修了松树底下的枝条。

晚　用电锅烤红薯。吃团子。干贝汤。

十月十三日（星期二）阴，有时晴

早　咖喱饭（鸡肉），高汤浸聚合草，炒高菜[1]。

午　奶油汤，手工饼干（我），汉堡肉饼和土豆泥（丈夫）。

晚　杂蔬高汤泡饭。

明天早上回去，所以把剩下的东西吃了。

今天不时有阳光。一直到傍晚都闷热。我拿了两块汉堡肉饼去邻居家，邻居阿婆正在缝补夹棉马甲。

十月十九日（星期一）阴，有时短暂晴

昨天，花子的熟人 M 突然带了个大学生来借美术全集。他们飞快地开始搬书。花子和 M 都一脸理所当然。我生气了。花子："反正是我们家的书吧？我觉得借给他也没什么。"我："这不是我们家的书，是爸爸的书，是爸爸让我和花子看他的书。不能不跟爸爸讲一声就借人。没有好好打招呼就不借。就算打过招呼，要是不想借，就不借。"花子哭了。闹腾一番之后，丈夫和 M 谈话。最终可以出借全集。因为有这些事，晚上没能收拾，出门迟了。九点半。今天早上东京也凉飕飕的。

1　用芥菜腌的咸菜，有点像云南腌菜。

在谈合坂买便当和橘子。

当一辆旅游大巴超过我的车，一个男的从窗户探出脑袋，吐了。我关着车窗，所以没溅到。大巴一直开得相当快，男的继续伸着脑袋，吐个不停，大量的呕吐物被风吹散，落在矮的轿车车顶或沾在窗玻璃上。另一辆小面包车塞满了男的团客，有好几回，男人只把手伸出窗户，扔了易拉罐啤酒的空罐、纸袋、橘子皮，还扔出烟头和果汁瓶。像是喝醉了。因为是高速路，所以危险。我避让着滚过来的瓶子开过去。

很久以前，我读森有正[1]的文章，末尾写道："法国的年轻女性去日本旅行，随口说：'第三发原子弹也会落在日本吧。'"曾有了解国外情况的人告诉我："外国人把日本人叫作经济动物呢。"当时我不怎么惊讶（我弟弟也是经济动物），但是读到森有正这句话的时候，我肃然想道，果然是这样吗？接下来的原子弹还是会落在日本吗？

一辆轿车在御胎内的 T 字路口拐弯失败，从道路飞出去，车头撞到岩石，车翻在地上。一地玻璃。

和丈夫去散步。路上、林中和空地上都开着纯蓝色龙胆。经过大冈家门口。遮光门窗关着。

1　森有正（1911—1976），哲学家，法国文学专家。

傍晚，变冷了。我正在摘地里的菜，T隔着篱笆对我说话。

T说，她收到亲哥哥的病危通知，于是回了北海道，结果哥哥立即死了。

哥哥从不生病，酒量也好，经常喝酒。他以前是个健康的人，甚至会在宿醉的时候把手伸进嘴里，将胃里的东西吐出来，让自己舒服了，扬扬得意。别人请他喝酒，他宿醉，吐了，但吐得不够，像平时一样把手伸进嘴巴吐，结果吐了血。是肺部的血管爆裂出血。之后每次呼吸，每吸入一次空气，空气便进到孔隙，他痛苦了一天，死了。是个健壮的人，事情很突然。他六十岁。上了年纪之后，过于精神饱满地清嗓子和咳嗽，用力吐，是危险的。

之后，她讲了有关柠檬美容食品的经验之谈。T老师洪亮的大嗓门一直持续到天黑，我站在树篱那儿，有些冷，流了鼻涕。因为没有纸，便用长在脚边的草叶擦了鼻子。

我正在准备晚饭，阿婆出现在厨房门口。说是"T老师送的"，送来煮好的红毛蟹，还带了蘸料。

晚　米饭，煮红毛蟹，芡汁浇炸黄鲷鱼，菜叶茗荷竹轮清汤。

傍晚，我在菜地的时候，西面的天空有过短暂的夕照。

淡奶油色天空中，仿佛用银鼠灰色的刷毛刷成的云。

那片云下方是泛紫的玫瑰色的云。再往下是淡粉色的云。随着太阳逐渐落下，云逐渐变化，泛紫的云变成彻底的玫瑰色，粉色的云变成淡朱红色，银鼠灰色的云变成淡墨色。我感到，天空每时每刻的配色，无论取哪一个时刻，如果能就那样染成衣服穿，该多好。我这样想着，看痴了。

十月二十日（星期二）晴朗无云

睁眼醒来，从小窗望见的天空湛蓝。没有风。

早　米饭，豆腐味噌汤，酸奶油浸鲱鱼（丈夫喜欢，我没吃），海苔，鸡蛋。

今天早上好像下过一层薄霜。院子湿漉漉的。

去本栖湖。丈夫也一起。把车停在风穴，去树海里新开的路上走走。越往里走越冷，脸和衣服都冷飕飕的。走到 T 字路口，折返。回到出口附近，刷地暖和起来，有股像是人味儿又像是汽油味儿的味道。树海的红叶还早。据说今年的红叶红得好，要从月底到十一月初。

本栖湖呈深紫色，整个湖面闪闪发光。在湖畔走了一会儿。一个人都没有。

在鸣泽公交车站的文具店买了日记用的本子（现在正在写，这个本子）一百元，透明胶布，威化。冰激凌的冷柜里躺着三个夏天进货后卖剩下的冰激凌。

在河口湖的蔬果店。三团乌冬面六十元。三串黑葡萄二百二十元，四个苹果八十元，一千克橘子一百五十元，豆芽十元。

汽油一千一百元。

午　天妇罗乌冬面（放了混炸樱花虾）。

晚　米饭，西式蛋饼，三杯醋豆芽海带，味噌黄瓜。

飞机亮着红灯，缓慢地飞过星空。飞过去好几架。听不到飞机声。

拿出工作间的暖炉，加了煤油。

十月二十四日（星期六）晴朗无云

趁着丈夫工作的间隙进山。六点过后出发。有朝霞。接着晴朗无云。

驶入中央道前，加油一千二百元。

在谈合坂餐厅，丈夫点了咖喱饭。我不想吃，所以什么也没点。丈夫吃了咖喱饭的十分之一，说"给你吃"。我只吃了有咖喱的部分。咖喱里面什么料都没有。搁着半条维也纳香肠。当然会说"给你吃"。

餐厅的院子阳光很好，于是丈夫说歇会儿再走。我们想坐在院子里，结果凳子是湿的。

从中央道到山上，丈夫一直在睡。

早　米饭，红烧比目鱼，烤了银杏吃。

丈夫在露台的椅子上吃着银杏，就开始打瞌睡。因为是完稿后，他的眼皮簌簌抽动。他以虚弱的表情在睡。

午　米饭，卷纤汤，酱汁烤鸡胸肉，腌白菜。

给丈夫理发。他在晃，所以不好剪。还给他刮了脸。

我给浴缸烧了水，丈夫泡澡。我给他洗头。还洗了背、肚子和整个身体。之后他进了卧室，正式睡了。我揉他的背，直到他睡着。他很快睡着了。

我去分给邻居银杏。来邻居家干活的园丁说，二合目的红叶现在红得正好。

下山买菜。十个鸡蛋一百六十五元，五个苹果一百元，三串葡萄二百元，一千克橘子一百五十元，乌冬面六十元，荞麦面六十元，奶酪一百六十五元，生姜三十元，两瓶牛奶六十元，洗涤剂一百元，樱花虾一百五十元，盐腌青花鱼六十元。

在茶叶店。一罐抹茶三百元。

茶叶店的大白狗。它一直目送我，直到我上车开走。它目不转睛地看着。我买东西回来，丈夫仍在睡。

没有一朵云的夕照。之后星星出来了。

丈夫继续睡，没吃晚饭。做了放了鸡肉的面疙瘩汤，我吃了。

十月二十五日（星期日）晴朗无云，转阴

七点起床。丈夫说他早就起来了，吃了昨晚的面疙瘩汤，去散了步。

早（丈夫是第二顿早饭）米饭，卷纤汤，鳕鱼子，海苔，西式蛋饼（丈夫一个人吃）。

我削了苹果，正慢慢吃着，传来从院子走下来的脚步声。我看着走近的人，心想，原来管理处有个人长得像岩波啊，结果那是岩波雄二郎[1]本人。在他身后，出现了他的太太、太太的妹妹和他家女儿[2]。我把银杏放在暖炉上烤，端出红茶。岩波一家昨天住在富士豪景酒店，正在去山中湖然后回东京的路上。昨天他们由吉田的人做向导，在山中湖的山里采了蘑菇。他们说，请酒店的厨师做了蘑菇，好吃，所以待会儿还要去采。说是那个蘑菇用黄油炒了，浇上白葡萄酒，挤上柠檬汁，好吃。他们邀请同去，我跟着去。我借了束脚裤给他家女儿。岩波坐在我的车的副驾驶，两辆车开上山中湖北侧的山丘。

进到林中，又湿又凉。飘浮着山椒的香气。只在阳光

---

1 岩波雄二郎（1919—2007），岩波书店创办人岩波茂雄的次子，1946 年入职岩波书店，1949 年就任社长。

2 岩波律子（1950—），电影人，从 1990 年起担任岩波厅（位于岩波大楼内的电影院，运营时间为 1968—2022）总经理。在这篇日记的 1970 年，律子还是大学生，岩波厅总经理是律子的姨妈高野悦子，即"太太的妹妹"。

照进来的地方会出点汗。蘑菇长在大松树的根部，太阳不怎么照到的潮湿的位置。有些地方的松针和落叶轻盈地隆起，把叶子拂开，就有蘑菇。接着，都不用拂开叶子，开始找到一大片丛生的蘑菇。八月炸的壳落在地上。采蘑菇的人已经进到这片林子。我们往深处走下斜坡，有片洼地，厚厚地堆着枯叶，阳光漏过树叶的缝隙照下来，那里乖乖地蹲着一只黑白斑的大狗。像是野狗。我们发出欢呼声，到处找蘑菇，只有岩波一个人没有蹲下。他就只是站着。没怎么采蘑菇。"哦，放晴了。富士山开始露出来了。"岩波说着，回到车那边，开车去了某处。走之前对太太扔下一句："十一点四十分左右回来。"等岩波回来，这次大伙儿一道出了林子，到对面的林子。这里长着大量的栗茸。龙胆和乌头在开花。岩波不时用大家都能听见的音量说："那么——那么就——那么——那么就——"他拍巴掌，直起腰，可是谁都没接话。太太一边蹲着采蘑菇，一边对她妹妹和女儿低语："每次来到这种地方，他马上就说要回去。我们这才刚来。得再采一些。我们就装作没听到吧。"她们当中一个回道："就是。我还不想回去。"我的心情也同样。接着，岩波仿佛自言自语一般，终于说出结束的话："好了，该出发了吧？"可是没有一个人回应。太太说："你自己回车上吧。那旁边就是路，你从那里下到路上，车就在旁边吧。"十二点半左右，我们回车上。束脚裤上沾满牛膝。采了满满一纸袋蘑菇。我们在这里告别，我一个人回山上。

我送给邻居一些栗茸。阿婆说："我也想跟你们去。下次太太去采蘑菇的时候，请一定别忘了带我去。我啊，可喜欢这种采东西，摘东西。心会怦怦跳。把讨厌的事都给忘了。连老头子讨厌的时候也给忘了。"她恳求的声音和动作都特别像个小女孩。我按照阿婆教的，用棉线穿过栗茸和蟹味菇，晾起来。

晚　米饭，白菜香菇虾干鹌鹑蛋四季豆炒肉。

三点，按岩波教的做了蘑菇。味道普通。

夜里，下起了雨。有风，雨声变大了。我来到屋外，只见星星出来了。我使劲揉眼睛，揉了好几次，仍然是满天星斗。

十一月七日（星期六）晴，有时阴

上午九点半，出东京。今年的红叶红得晚。中央道两侧的山上残留着红叶和黄叶。

在剑丸尾公园吃了在石川买的鲑鱼散寿司。因为冷，在车里吃。我正要把吃剩的散寿司重新包好，手一抖，全散落在车里。副驾驶的丈夫的胸口落了一些，膝盖上落了一堆，薄木盒翻在地板上。他低声吐出一句："这种事，我最烦了。"我说"对不起"，急忙轻轻地从他的毛衣和裤子上取下饭粒、腌萝卜和鲑鱼丝。丈夫的身体和呼吸都在颤抖。

午　米饭，整条沙丁鱼干，萝卜泥，蛋花汤，放了鸡肉的牛蒡炒胡萝卜丝。

落叶松林的黄叶很美。芒草的穗子变成了白絮，一点一点陆续飞走了。

我们不在家的时候，邻居爷爷帮忙劈了柴，整齐地堆在松树下。有时候，当舞台的幕布拉开，会有这样的舞台装置。堆着柴，旁边有地藏菩萨的塑像。背景画着远山和天空。村里人七嘴八舌地说着听不清的台词走过舞台之后，或许是被人追赶，出现了一个悄悄返回故土的旅行者打扮的人。一个爷爷从柴堆的阴影中走出来，是旅人长久不见的父亲。我吃了一惊——这景色就像新国剧剧团的舞台。

据说今天夜里要降温。我有些担心，于是下山给车加防冻液。防冻液，机油零点五升一千元。

在 S 农园。橘子一百五十元，两根山药一百八十元。

晚　米饭，蟹肉可乐壳，蔬菜汤。

早睡。

睡觉前，一只老鼠跳进厨房的桶里，桶很深，它不管怎么跳都出不来。我用盆把桶盖上，睡了。

十一月八日（星期日）晴

晴朗的秋日。昨晚的老鼠蜷在桶底，死了。

早　米饭，剩下的可乐壳，萝卜味噌汤，裙带菜洋葱沙拉。

上午十一点左右，下山看红叶。去本栖湖。

在本栖湖入口买了一箱易拉罐啤酒，一袋虾条，一袋薄荷糖。

丈夫用膝盖夹住虾条的袋子，不断地啜一口啤酒然后把虾条扔嘴里，隔着窗户痴痴地望着阳光照耀的山上的红叶。绕本栖湖一周。今天也有人在进行摩托艇比赛的练习。两艘练习中的船回到岸边，船员从教练模样的男人那儿获得一些什么指令，又坐上船，飞驰向水中。坐船的男人腰部以下全湿了。

湖水闪耀着一整面如同渔网的细碎波浪，紫罗兰色的水一片澄澈。

有几个年轻男人把车停在夏天的时候曾是游泳池的湖畔，在车的背阴处坐成一圈，正在吃便当。有一点风，所以冷。

午　面包，放了培根的汤。

晚　米饭，红烧比目鱼，山药丝和萝卜泥，紫菜汤。

有夕照。鸟叫了几声。

给花子的裤子做了纸样，裁切条纹棉布。做了面疙瘩汤备着，给丈夫半夜起来吃。

十一月九日（星期一）晴朗无云

昨晚睡觉多盖了一条毯子，所以半夜没醒。

昨晚的梦。

挪亚的方舟抵达栈桥，大家都上了船。方舟呈白色，像一艘豪华客船。不知为什么，哪儿都看不见已经上船的人，船上静悄悄的，然而确确实实，大家刚才都上了船，只剩我一个人站在那儿望着。一个像政府官员的工作人员说，撒过谎的人留下。因此我说"是"，留下了。接着，只有我和猫留下，其他人都上了船。只有我和大概两百只猫留下，呆呆地望着船。

早　米饭，鲑鱼罐头，萝卜泥，红薯味噌汤，煮豆腐皮。

午　面包，鸡汤，培根煎蛋，菠萝果冻。

晚　赤豆糯米饭，照烧金枪鱼，炸鱼糕，萝卜，煮卷心菜。

上午，去山中湖看红叶。下午，缝纫。明天回去，所以换了床单被套。

昨晚和今晚是月夜。有星星。夜晚已经是冬天。

昨天半夜，在西湖的根场村附近，两辆拉力赛的车拐弯失误，掉进湖里。二人死亡。

十二月二十一日（星期一）晴

因为有谷崎奖和三岛由纪夫的事[1]，十一月十二月一直待在东京。

交了《朝日》的稿子，拍完照，十二点半左右急忙出东京。

第一次带阿球 [猫。早上六点去银座拍照的花子捡回来的小猫，从十一月开始养] 来。猫一直叫个不停。一直叫，叫到叫不出声为止。

在石川，两碗天妇罗荞麦面一百四十元。

驶入中央高速路后，猫静下来，睡了。车子一会儿拐弯一会儿停一会儿发动，它像是不舒服了。

因为有一阵没来了，家里冷飕飕的。燃起壁炉也很久都没变暖。院子里，霜柱高高地耸立着，冻住了。

送给邻居青花鱼干。邻居院子里的树都顶着稻草帽。大树的树干上缠着绳子。像东京的料亭或宅邸的院子。阿

1　三岛由纪夫于 1970 年 11 月 25 日自杀。

婆说："园丁的工钱一天三千元，因为要上山，还另外付车费，材料费也是这边出，一大笔钱。"她说，入冬后已经下了两场雪。

晚　酱油高汤焖饭，关东煮，煮豆。

晚上非常冷。起风了。冷，脚背沉重。

十二月二十二日（星期二）强风，晴

昨晚太冷了，醒了好几回。被窝里也冷。房间的空气也冷。猫来到我的胸口趴着。

早上，风大。昨晚没睡好，脸有些肿。一照镜子，便感到不快。

早　米饭，青花鱼干，萝卜泥，煮银鱼，关东煮。

阿球把脑门贴在餐厅的玻璃门上，望着外面，我帮它打开玻璃门，它怕得一动不动。我带上阿球下山买东西。阿球进到纸箱里不出来，一直叫。

换了炉芯。七百五十元。

在酒水店。一斤面包，手撕鱿鱼片，奶酪，红薯片，一千克橘子，共七百元。

在河口湖站买报纸二十元。车站空荡荡的，站着差不多十个学生，肩膀上挂着溜冰鞋。

在杂货店。保鲜膜一百七十元，锡箔二百二十元，火柴一百元，洗涤剂一百八十元。

在加油站。三罐白煤油一千二百元。

在S农园。一千克山药三百元。S农园开始卖关东煮。有大概十五名客人。

午　月见馒头（把山药刮成泥做成皮，馅料是煮成浓郁甜咸口的鸡肉糜。蒸熟，然后漂在清汤里吃）和菠菜。

丈夫没有牙，所以试着做了这样的菜。丈夫说："好吃的，不过一次就够了。还是小馄饨好。"

晚　米饭，比目鱼松（我），汉堡肉饼（丈夫），蔬菜汤。

微红的昏暗的天空。风大。屋子大概烧暖了，不像昨天那么冷。阿球睡得很香。

今天傍晚，阿球第一次试着把一只脚，把它雪白的右脚探出玻璃门的门槛。它急忙缩回腿，又探出去。接着它嗖地越过门槛，全身到了露台上。然后它像是感到开心和得意，用甜美又响亮的嗓音叫唤。

昭和四十六年

1971 年

一月二日 晴朗无云，无风

元旦也是个大晴天。今天也是个大晴天。湛蓝的天空，像从前的正月的天空。

上午十点过后出赤坂。把阿球也带来了。花子从年底就去了京都。路上没有卡车，所以能清晰地看到信号灯和城区的人家。能一直清楚地看到前面三个路口的信号灯。中央高速路的入口挂着大大地写着"谨贺新年"的纸。国立一带的田间的工厂休息，所以能清晰地看到菜地和水田。也能清晰地看到纯白的富士山。今天从东京的青山都能看见富士山。上野原一带的小村子在放风筝。

在谈合坂停车。丈夫吃了从石川买的鲑鱼散寿司。我在这里买了山菜釜饭吃。餐厅坐满了。小卖部卖得最好的是现蒸现卖的肉包。

过了大月，车变少了。阿球从箱子出来，来到驾驶座前面叫，于是我在谷村停车场停车，放它到地上。我发现车在漏机油。在河口湖驶入加油站。作为应急手段，他们帮忙往螺栓上缠了带子，拧紧。汽油九百七十元，机油一千五百元。

虽然有积雪，不过路上的雪铲过了，留了车可以走的宽度。过了 S 乐园的坡道上，有六辆下坡的车追尾。

我们去管理处拜年，一位五十来岁的绅士一脸怒气地走进来，穿着仿佛会出现在西方山岳电影中的洋气的服装。他对管理处的人和保安说："有辆红色日产阳光停在我们家门口，从车上下来拿着猎枪的男人。保安，你去看看。这里是禁猎区吧？太危险了。他们来这里会来成习惯的。"没错，没错。得向他们抗议。这人真会讲。飒爽。不这样讲可没用啊——我在内心赞叹。保安的车里的水结了冰，浇了热水，结果引擎裂了，漏水，大家正在轮流查看车。

我去给邻居爷爷阿婆拜年。给车引擎盖了毛毯，在散热器前面放了报纸，罩上车罩。铲门前的雪。

傍晚，橙色和鸽子羽毛颜色的夕照。在雪上燃起篝火。

夜晚，来到屋外，天上有星星。万里晴空。不太冷。据说这场雪是大年夜下的。东京那天下雨。

在管理处，厕所用的防冻液，一罐一千元。

一月三日 阴, 有时雪

昨晚, 雪不时从屋顶落下, 发出巨大的声响。每当这时, 阿球便从我的被窝里跳出去。因为冷, 它又钻进被窝。

九点左右, 正吃着早饭, 不知何时下起鹅毛大雪。吃完的时候, 雪停了, 几缕阳光照下来。

十点, 下山去新年参拜。丈夫也去。又开始下鹅毛大雪。

浅间神社(富士吉田)的请符处一个人都没有。正殿也一个人都没有。功德箱旁边不知是谁供着的小小的年糕缩得硬邦邦的。非常冷。去年去神主那里找他, 让他出来请了符, 今天冷, 于是丈夫说"算了"。

绕山中湖一周。富士山从山顶到二合目完全被厚云遮蔽, 从一合目到山脚枯萎的原野都有雪, 雪上照着薄薄的阳光。餐厅几乎都关着, 停车场却停满了车, 还有人在蠕蠕地动。湖面上只有一艘摩托艇开过。湖岸的雪路上, 孩子在坐租的马, 有人牵着走。

在河口湖火车站, 报纸二十元, 橘子二百元。

在 S 农园的餐厅。两碗山药泥荞麦面二百元, 橘子一百五十元(我又买了), 两套明信片二百五十元。

大叔问:"山上有多少雪?"我用手指按着膝盖附近, 答道:"到长筒靴的高处。"

车在高尔夫球场旁边的坡上打滑, 我倒了三次, 重新开上去。

昨天还在的人家都回去了，只剩下邻居老夫妻和我们。

午　米饭，鲑鱼炒蛋，海苔。

做了浓郁的可可喝。

阿球到院子里在雪上走，不断走个几步就抖腿。响起猎枪的声响。

傍晚，又下雪了。我把车的手刹松开。

在雪中，邻居阿婆用袖子盖着一只小钵，下坡走来。牛蒡炒胡萝卜丝，还有叫作"宗八"[1]的像比目鱼干的四条鱼干，是他们在北海道的孩子寄来的。她说："牛蒡炒胡萝卜丝是我做的。不是老头子做的。宗八可好吃了。"

晚　年糕汤。烤了宗八。好吃。也给了阿球。牛蒡炒胡萝卜丝。

一整天，雪不断从屋顶落下。这不是雪，而是冰块。屋檐下乱糟糟地落着冰块。丈夫提醒我："砸到脑袋会受伤，你别走屋檐底下。"

一月四日（星期一）晴朗无云

我躺着，从小窗能望见湛蓝的天空。雪在树枝上闪光，

1　松木高眼鲽。

炫目。昨晚积了雪。不时有风吹过，树枝上的雪落下，仿佛是刚下的雪。

早　咖喱饭，咖啡。

午　黄油炒乌冬面。

晚　鸡肉高汤泡饭。

深夜，往赤豆汤放了年糕吃了。

下午，和丈夫铲院子路上的雪。纯白的富士山看起来近在眼前，仿佛朝我们压过来。因为看起来太像朝这边压过来，而且它全身闪光，所以我只稍微看它一眼，就不再看，忙着铲雪。

远处响起车的雪链声，近了，又走远。推土机声在响。没有人声，也没有鸟鸣。

夜里，风低低地咆哮着吹过。据说寒流覆盖了整个日本，从今天夜里会变得更冷。说是东京的积雪也有六厘米。

打算明天十点左右，夜间冻上的雪路刚开始化的时候，就下山回去。

四月六日（星期二）晴朗无云

东京差不多在今天，樱花开得最盛。赤坂公寓院子里的樱花也全开了。从餐厅和卧室都能看见。我每天望着早上的樱花、中午的樱花，还有夜里的樱花。看足了。

早上九点出门。中央道沿途的地里长出了麦苗。油菜花在开。

在谈合坂餐厅，吃咖喱饭（丈夫）、三明治（我）。

富士山一直到五合目都是纯白色。看起来大概昨天有新的积雪。

山上完全没有雪。院子里的阴处和洼地也没有雪。邻居说，今年的雪少。

梅树的花蕾红红地膨胀起来，看起来再过两三天就要开了。今年每棵树上缀着数不清的花蕾。今年开始就不数了，也不再通知深泽"梅花开了"。

午　米饭，汉堡肉饼，蔬菜沙拉，汤。

晚　豌豆饭，盐腌鲑鱼，裙带菜味噌汤，红烧鸡肉糜芡汁萝卜。

白天变长了。四点半仍有阳光。

夜里，起风了。车的防冻液已经排掉了，所以我去给引擎盖毯子。

四月七日（星期三）阴，有时晴，强风

昨天也有树莺鸣叫。今天树莺也从早上就在叫。风大。昨晚，门好几次被风吹开，把我惊醒，因此我用绳子拴住门把。

也许因为盖着两床厚被子睡，我做了梦，角间温泉的越后屋塞满了客人，走廊和楼梯都站满了人，像满员的火车一样。竹内 [好] 和丈夫站在远远的那边，到他们那边的路太挤，怎么也过不去。我必须过去告诉他们："远处的二楼有谁（是认识的人，但没有名字）死了，在举行葬礼。我们得去祭奠。"可是挤得一团糟，走不过去。做了这样的梦。

是因为昨晚吃饭的时候，聊起我们与竹内去俄罗斯旅行时的事，我和丈夫大笑。

早　米饭，红薯味噌汤，秋刀鱼干，萝卜泥，海苔，鸡蛋。

午　三点左右吃。黄油炒乌冬面，蔬菜汤。

晚　试着往汤豆腐（放了培根）里加了卷心菜，结果难吃！！失败。

阳光照耀，不时下雨。厨房门外的防滑栅坍塌了，和丈夫一起修。

傍晚，趁太阳还没下山，我正在给车做清洁，邻居爷爷两口子在坡上的公交车站下了公交车，回来了。说是有客人所以下山买东西。他们在大门口打开购物袋，给了我豆腐。

漫长的红彤彤的夕照。没有一朵云。

夜里有星星。风吹个不停。

记得叫人修之前下雪折断的净化槽烟囱。

四月十二日（星期一）晴，强风

昨天星期天，在新桥的王府[1]和开高健夫妻举办了赏花会。今天胃和嘴巴周围还留着昨晚的大餐的余韵，有种滞重的感觉。

十点半出东京。

中央道的樱化开始凋零。有人家升起鲤鱼旗。驶入郡内，樱花盛开，油菜花也开成明黄色。

三点过后，下山买东西。去河口湖。

在酒水店。一箱易拉罐啤酒二千二百八十元，一打啤酒一千六百八十元，虾条九十元，五团乌冬面七十五元，一盒鹌鹑蛋五十元，两瓶牛奶七十元，日水香肠二十五元。

在蔬果店。三根胡萝卜，纳豆，一袋青椒，韭菜，共一百二十元。

蔬果店老板娘说："今天邻居家办丧事，我没管店去了那边，所以都没进货，抱歉。"蔬菜都有些蔫了。说起来，也没瞧见酒水店老板娘。

1　1965 年在新桥开业的中餐馆，现已停业。

我去了米店，看店的人说，这边的店主也去参加葬礼了，他什么都不清楚。

在鱼店。十个鸡蛋一百四十元，一百克水煮樱花虾一百二十元，五个土豆六十元，三个夏橙六十元，三块生利节一百元。

进到这家去年秋天开业的店，今天是头一回。店里也在卖蔬果店的货品，还有鸡蛋。店家说水煮樱花虾是今天早上从沼津买来的，所以我买买看，但虾的粉红色有点像故意做成的，也有点怪。

三十二升汽油一千八百五十元。

晚　米饭，鳕鱼子，煮蜂斗菜拌豆渣，混炸樱花虾，蛋花汤。

临睡前，我的胃和肚子忽然开始作痛，拉肚子，还有点想吐。夜里，一直腹痛和恶心，拉肚子，起来好几回。发寒。睡不着，我从小窗望着外面。松枝上积着雪。接近凌晨才开始迷糊。醒来时，发现那不是雪。是月光，看着像雪。

四月十三日（星期二）晴

早　米饭，土豆韭菜味噌汤，咸牛肉，醋浸卷心菜。

午　松饼，汤。

晚　米饭，紫菜汤，煮生利节，中式蛋饼，高汤浸韭菜。

我昨晚没能睡着。起床后仍然乏力，继续拉肚子。我用草帽遮着脸，在露台的椅子上打盹。一整天都不舒服。这里写的饭菜，只有丈夫吃了。我中午吃粥，晚上吃咸粥。

丈夫说："你在王府喝多了，吃多了。因为你不懂得适可而止。"我没有回嘴，因为太难受。

四月十四日（星期三）晴，强风

今天恢复了。从早上就很舒服。我感到，我映在镜子里的脸比生病前好看。一定是排不干净的陈年废物由于腹泻和恶心一齐被排出去了。身体轻快，脖颈也轻快，心情愉快。有些陶醉。

早上，大山雀迷路进了餐厅，缩在房梁上。阿球发现了它，瞄准了它。也不是瞄准。它朝着大山雀，用温柔的声音呼唤着，仿佛在说："跟我玩，跟我玩。"阿球想要一起玩，对鸟儿来说，则是被杀死，所以很糟糕。

早　番茄酱鸡肉炒饭，蔬菜汤，菠萝。

午　松饼，熏制鲑鱼，咸牛肉汤，红茶。

晚　米饭，红薯鸡肉杂蔬汤，山椒佃煮。

午后，阿球终于抓住大山雀，把它抛出去，又咬住，一直玩，把它杀死。

傍晚，去邻居家。和老夫妻喝茶。阿婆说："今年，树莺在四月三日第一次叫。当时叫得可差劲了，到了五日，它第二次叫的时候，已经叫得很好听。"爷爷说："哟，你竟然记得这种事。"他的口吻像是觉得阿婆傻气，或是在批评她。之后，我在的时候，他们就拌了三回嘴。我回去的时候，爷爷起身去厨房，在橱柜里窸窸窣窣找了一番，把山椒佃煮装进瓶子里，边给我边说："不是老太婆做的。是我做着玩儿的。这东西，如果让不会做的人做，做不出好的。"

今天也有漂亮的夕照。

四月二十四日（星期六）晴，强风

把《海》的稿子的结尾部分放在管理室，出门。上午十点。阿球也去。阿球或许稍微习惯了，今天的叫声小。

中央道沿途的山、山谷和丘陵，树木发芽了，浅浅地笼着一层泡沫般的色彩，白绿色、黄绿色、浅紫色、银绿色、银灰色、金茶色，其中升着鲤鱼旗。

在石川，两盒鲑鱼散寿司。

上山路的两侧，富士樱盛开。

院子里的梅花盛开。开透了，有种整个屁股露出来的感觉。堇菜在开花。

沏了焙茶，吃散寿司。

下山买东西。草莓二百三十元，一块豆腐四十五元，三块炸豆腐六十元。

五金店。洗菜盆二百五十元，工作手套，除草铲，共五百六十元。

在酒水店。四团乌冬面，一升葡萄酒，酱油，香肠，四个夏橙二百四十元，共九百六十五元。

若末五百五十元，一千克玄米一百六十元，一百克新茶六百元。

还买了邻居拜托的东西，两块豆腐，五块炸豆腐，一盒新生（香烟）。

把从东京带来的干货分给邻居。

晚　粥，梅干，炒柴鱼花，黄油，时雨煮[1]。

丈夫写完《海》的稿子，完全没有食欲。他吃粥。我也吃粥。汤浅[芳子][2]老师带了时雨煮到我们在东京的家，还好没吃就带来了。丈夫只吃了时雨煮。他说好吃。

1　加了姜的佃煮，材料通常是贝类或牛肉。
2　汤浅芳子（1896—1990），俄语译者，译有契诃夫、高尔基等人的作品。和武田泰淳同是田村俊子文学奖的评委。

四月二十五日（星期日）晴

早　豆腐味噌汤，米饭，红烧比目鱼，草莓。

午　米饭，裹面包糠炸鲑鱼，卷心菜炖竹轮。

晚　黄油炒乌冬面，夏橙果冻。

翻地，为播种做准备。我正要把昨天邻居给的豆种播下，园丁像是一直在邻居那边看着，这时仿佛终于忍不住了，跨过作为分界的带刺铁丝网，过来阻止道："还会下霜，种豆太早了！！""你种芜菁或萝卜嘛，"他说，"播种的时候，得先用脚把土踩实，不然土会变干。"他教了我踩法。他留下宛如藤花的脚印，像印出来的，又像盖了章，尺寸和角度都整整齐齐。我踩的时候，一脚深，一脚浅，角度也一点点变了。园丁反复演示了好几回。

阿球在追松鼠。它朝着爬上高枝蜷成一团的松鼠叫道："跟我玩。"它去到树下，躺下，扭动身体，显示出自己是多么的无害和可爱。菜粉蝶飞来，阿球又去追菜粉蝶。松鼠乘隙逃走。

夜里，邻居阿婆拿着煮好的问荆来了。她在厨房门口告诉我："盖在种子上的土，要盖成种子大小的三倍厚。我年轻的时候是农民，所以我比老头子更懂。现在我一点儿也不想当农民，因为年轻的时候当过了。我不喜欢土，讨厌在外面干活。"

四月二十七日（星期二）晴

阿球轻轻地敲了敲正在睡的我的脸。它把爪子缩进去，用极度小心和紧张的白脚敲了敲。阳光照耀。我以为十点了，急忙起来，才七点。

早 米饭，裙带菜竹笋味噌汤，炒豆腐，银鱼，萝卜泥，炸鱼糕。

和丈夫下山去看河口湖的樱花。高尔夫球场开始修整草坪。女工们正在用筛子筛土。

第一次过河口湖大桥（收费）。一百五十元。是座普通的桥。桥附近的湖畔建了好几栋房子，挂着"梦之桥酒店""大桥酒店"等名字的招牌。

从长滨到大石，樱花盛开。花瓣正一点点掉落。

去西湖。西湖的山上也笼着如霞的樱花。杜鹃花也在开。穿过树海，去本栖湖。本栖湖的山上也开着樱花和杜鹃花。在通往下部的隧道跟前的茶屋，买一罐易拉罐啤酒一百二十元，还有一袋红薯花林糖。

汽油和机油二千三百六十元。

在 K 酒水店。一箱易拉罐啤酒，一瓶大关，三得利红，草莓二百五十元，三个夏橙一百八十元，一袋青柳（干贝肉）一千元，一瓶蜂蜜，共五千零三十元。

这家店的女儿生了孩子。我们刚来山里的时候，这个女儿是学生。老板娘一直抱着婴儿，她的头孙子，坐在店门口，不管店。"不晓得为什么，觉得只有我们家的宝宝可爱。其他小孩不可爱。"每来一个客人，她便大声说道，胖脸笑开了花。

午　番茄酱鸡肉炒饭，汤，土豆沙拉。

晚　粥，腐乳，黄油，酱汁烤鸡胸肉，煮问荆，煮蜂斗菜。

今天一天都有阳光，院子里的富士樱开始绽放。

我把剩下的大麦碎撒在院子里，松鼠战战兢兢地来吃然后走了。在阿球午睡的时候。鸟儿也在阿球睡觉的时候匆忙地洗澡离开。

五月二日（星期日）晴

早上五点半出东京。因为连休开始了，车在驶入中央道前就连成一串。中央道入口写着："相模湖与八王子之间有大雾。"一直到相模湖都堵车。在大月，不断有车开出去，之后的路畅通。

阿球如今只要车一到山上，立即跳进院子，爬上树。院子里的樱花全开了。

早　米饭，烧卖，味噌汤。

午　土豆抹黄油，汤。

晚　五目饭，蛋花汤，红烧比目鱼。

傍晚，跟着丈夫去看山上各处的樱花。西斜的阳光照过来，樱花的红色更浓了，像醉了一样。因为它们从傍晚到夜里会朝着下方露出又红又大的花萼。起雾的时候，湿漉漉的樱花显得格外红。

五月三日（星期一）晴

　　没有风，一整天晴朗。我一边烧垃圾、落叶和枯松针，一边做地里的活儿，直到傍晚。邻居分了种子给我。

　　下次什么时候能来要看稿子的进度，所以不知道来的时间。要是一直来不了，播种就晚了，所以只把蓬蒿菜、菠菜和夏萝卜的种子播下。

　　田地的笔记：

在花田播了虞美人的花种和金梅草[1]。在狗的墓上也播了剩下的虞美人种子。

五月四日（星期二）雨

一整天刮风下雨。有时雨停了，阳光照下来，云动得飞快，露出蓝天，然后又开始刮风下雨。一整天重复这个过程，直到晚上。就像台风天。有点冷，燃起壁炉。丈夫一整天在工作的间隙待在被窝里。

下午，下山去富士吉田买东西。

一升葡萄酒，一升烧酒，赤玉波特酒，共一千二百五十元。

草莓三百五十元，菠菜七十元，萝卜五十元。

青花鱼八十元，味淋鱼干六十元，比目鱼三十元，两条竹荚鱼干五十元。

在药店。两瓶中国蜂蜜（七百克五百元）一千元，脱脂棉片九十元。

汽油一千七百五十元。

久违地去月江寺街，月江寺站附近新开了一家叫作"女帝大饭店"的中华料理店。车站里面又开了一家寿司店。

———————————
1　Trollius hondoensis，多年生草本植物，金莲花属。

药店贴着纸，"有中国生产的蜂蜜"，于是我进了药店，让店家给我看看。店主说："比日本的便宜，最好的是纯度高。这是日中友好的蜂蜜。"吉田的酒水店摆着中国生产的鸡肉罐头。

早　米饭，银鱼，萝卜泥，土豆味噌汤（放了鸡蛋），里脊火腿。

午　三明治，蔬菜汤。

晚　米饭，蛤蜊清汤，芝麻拌菠菜，竹荚鱼干（我），盐烤青花鱼（丈夫）。

下次来的时候，樱花全都谢了吧。可能因为去年施过肥，院子里的每株樱树都缀满了花。入夜，全部盛开的樱花就像院子里到处亮着大大的灯笼。我走到樱树跟前对它们说："怎么开成这样？真傻。"今年也看足了樱花。

丈夫在吃晚饭的时候说："我早上看电视，说是高桥和巳[1]死了。"

明天早上五点左右回东京。

五月十一日（星期二）晴

早上七点半出东京。

1　高桥和巳（1931—1971），小说家，中国文学专家。

在谈合坂买了烧卖便当和幕之内便当，在车里吃了。把鱼糕撕给阿球吃。阿球今天很乖。两个便当的内容是一样的，不同的只有排列。

院子里堇菜和日本海棠盛开，在枯草中开花。龙胆也在开花。看起来像是低矮的草花趁着其他草还没长高，急忙开花。

午　鲑鱼海苔茶泡饭，三杯醋黄瓜银鱼。

阳光像夏天。晒被子，直到傍晚。在露台上，把草帽盖在脸上午睡。感到不时有风吹过，一直睡了差不多三个小时。

打算晚上做乌冬汤面，这时邻居阿婆送来鲷鱼生鱼片和草饼[1]。她说，鲷鱼是 T 老师从东京拿来的。草饼是园丁做了带来的。

晚　米饭，鲷鱼生鱼片，红烧羊栖菜生利节，蛋花汤。这是丈夫的饭。

我吃了草饼。这草饼的皮很厚，绿得异常（是不是艾草放多了呢）。在嘴里膨开来，满满的，很难吞咽。感觉像口香糖。大小跟饭团差不多。送了我们五个，我吃了两个。第三个吃不下了。味道一般。

1　艾草年糕团，通常有豆沙馅，类似中国的青团。

电视上。说是今天的热度接近盛夏。

五月十二日（星期三）晴

树莺在用心地曼声鸣叫。

白天热得像夏天。没有风，传来树莺和鸟的叫声，还有远处在盖房子的声响。阿球在院子道路正中央的荫蔽处睡着。丈夫散了一个长长的步回来，说："有个地方长着许多问荆，多到让人恶心，都没人采。"我问了位置，出门了。在村有林里，长出来聚成一堆。在枯草丛中，只有问荆簇拥着长成一片的光景，就像火星或月球的植物，显得异样。我没采，回家。

白天热，但在傍晚一下子变凉了。点起火。

早　米饭，西式蛋饼，味噌汤。

午　什锦烧，汤，夏橙果冻。

晚　中式粥，煮羊栖菜，室鲹，炒野泽菜。

五月十三日（星期四）晴

早　米饭，土豆蚕豆味噌汤，银鱼，萝卜泥，东坡肉。

吃过早饭，立即下山去山中湖。丈夫同车。落叶松林到处是仿佛透明的新绿。到去年为止，在这个时节，我们都把吉田外围的虞美人花田作为开车经过的愉悦，但今年花没了。土翻过了。好像要建休息站。梨之原的抗议小屋前挂着新的告示牌。还有英文的。绕山中湖一周期间，丈夫像醉了一般，一直望着新绿。

在河口湖买报纸。涨到二十五元。

在酒水店。两瓶三得利红一千元，十个鸡蛋一百三十元，四个夏橙二百元，一袋洋葱一百五十元，海苔佃煮九十五元，味淋二百元，花林糖九十元。

汽油二千一百六十元。

午　米饭，炸鱼糕炖卷心菜，咸牛肉。

晚　炒蛋海苔拌饭，卷纤汤。

五月十四日（星期五）多云

早　米饭，西式蛋饼，卷纤汤。

午　什锦烧。拉面作为点心。

晚　洋葱牛肉饭，高汤浸蕨菜，夏橙果冻。

院子里长出八根蕨菜。我们家的蕨菜就让它长。我拿着筐，出门采蕨菜。只采了十根。进到村有林和借地林，也没有。只有堇菜和日本海棠在开花。兔子粪到处结成一团团，干了。找到了树莺巢。没有鸟蛋。

用灰水去涩，煮了十根蕨菜。丈夫说好吃。

当我一个人进到林子里，树莺突然在旁边大声鸣叫。

我吃了一惊。

六月二日（星期三）晴

有一阵没来了。落叶松林是绿色，草长起来了，山变成夏天的景色。

树莺大声地熟练地鸣叫。

家看起来像是沉在绿色的水中。梅树结了梅子。今年第一次。种下梅树的时候，当地人说，这么冷的山上不会结梅子吧，但一棵树上结了两三颗。还是得告诉深泽，梅树结梅子了。

菠菜长出来了。鸭儿芹也长过头了。

同样的草在去年的位置冒出来。镰叶黄精和狐狸的牡丹正在盛开。丛生福禄考在盛开。

午后睡觉，睡到傍晚。丈夫在看电视上的中文讲座，我被那声音吵醒。大杜鹃在叫。

邻居阿婆拿来两袋茶（和他们一起从静冈邮购的）。两袋二千一百元，邮费五十元。

今天五个园丁忽然上来，明明没有工作。他们带着饭团，所以我只给他们倒了茶，他们歇了一会儿走了。他们歇息之后一起去了某个地方。下到底下的山里，抱着蕨菜回来。我问："哪里有？"他们只说"底下"，没告诉我。

不过我从园丁们回来的方位，猜到大概在哪里。明天要是天气好，就一起去吧。一个人去山里瘆得慌——阿婆说了这样的话。

最近，电视上播放了 C 市百货商场的大火。那家百货商场的八楼也有 T 老师的发廊，只有八楼没被烧，但室内的状态如同被蒸过，用不成了。不过老师是个在火和水方面运势强的人，不可思议地烧不起来。她本人说是因为她信仰辩才天——谈到蕨菜之后，又说了这件事。

晚上，进被窝后，我觉得车里的灯好像一直开着，有些在意，所以去看。邻居也关了灯睡着了。有月亮，带着晕。星星也晕了边。紫红色的天空。院子里一片漆黑。完全看不到脚边。阿球跑在前面，所以我跟着它白色的肚子和手脚，走上院子。车灯没开。以阿球的手脚作为标志，我又走下院子。

六月三日（星期四）阴，入夜有雨

早　米饭，鲑鱼鸡蛋炒洋葱，土豆裙带菜味噌汤，醋味噌拌鸭儿芹，夏橙。

午　咖喱饭。我吃甜甜圈。

晚　拉面（上面放了野泽菜炒肉），王子蜜瓜。

给地里的菜间苗。

午后，文春的内藤来电话。三点过后，从管理处回电话。说是"对谈的嘉宾是西园寺[雪江][1]"。我让他五日给我们在东京的家打电话。

下山买东西。

从 S 乐园稍微往下一点，遇见一个穿运动裤的少女，在牛毛细雨中一个人跑上来。少女有张血色充沛的脸，几乎是暗红色，她慢慢地跑上来。

在酒水店。一箱易拉罐啤酒二千二百八十元，四团乌冬面六十元，味滋康醋六十元，小鱼干一百元，六个鸡蛋七十元，一根竹轮十元，两瓶牛奶八十元，两个夏橙一百二十元，醋墨鱼七十元。

回程，我遇见刚才的少女跑下来。之后连一辆车、一个人都没遇到。看着被雨打湿如同绿色洪水般的树林和草原，有种仿佛喝醉了的心情，感觉会被吸引着睡过去。

入夜，雨下出了声。说是今年的梅雨早了一周。

甲府已经出现细菌性痢疾。

1　西园寺雪江，生卒不详。曾为新桥艺伎，西园寺公一（1906—1993）之妻。两人于 1941 年结婚，同年，西园寺公一因佐尔格事件被剥夺爵位。西园寺一家二十世纪五十年代到七十年代居住在中国。

六月四日（星期五）强风暴雨

早　米饭，炒蛋，海苔，萝卜味噌汤，夏橙。

午　米饭，牛肉大和煮，炒白菜，醋浸黄瓜墨鱼。

晚　乌冬汤面，中式炸炖猪肉茄子。

每当下雨，草就会长起来，树的枝叶舒展，绿色变浓，时间一刻刻过去。我每年都老一些，当我死的时候，我一定会感到吃惊。

丈夫一整天在写稿。我不打扫，不洗衣，也不缝纫，尽量不发出声响，下雨的时候一直在房间里读书，结果就这么昏沉沉地睡着了。阿球也一起睡着了，发出像啜泣的呼噜声。

傍晚，稍微晴了一些。富士山露出藏青色的身影。

去管理处付罐装燃气费。一千八百元。

电视上的山梨新闻全是各个地方的食物中毒事件。

明天一早回。

六月十九日（星期六）多云

早上六点半，出赤坂。把洗好的窗帘带来。

院子里的梅子长大了。聚合草在开花。淡紫色和深紫色，像用蕾丝做成的，像小一些的桐花。

早　米饭，红烧比目鱼，烤茄子味噌汤，高汤浸聚合草，山椒佃煮。

午　米饭，海苔，海胆，玉子烧。

晚　乌冬汤面，牛蒡炒胡萝卜丝，高汤浸菠菜。

把丈夫的电热毯收起来。

六月二十日（星期日）小雨，一整天下下停停

早　米饭，味噌汤，海苔，海胆。

午　发糕，汤。

晚　米饭，高野豆腐炖肉，大蒜酱油浸黄瓜油豆腐青椒。盐水豌豆。

上午，去吉田买东西。

面包八十元，蜂蜜五百元，两顶草帽五百元，棕榈垫二千一百元，竹耙子二百五十元，两盒火柴一百二十元，菠萝四百元，六个番茄二百元，豌豆一百元，三个夏橙二百四十元，两块豆腐一百八十元，一百克猪肉一百一十元，鸡蛋一百五十元，报纸二十五元。

山上大雾，越往下越晴，河口湖町有薄薄的阳光。

吉田的蔬果店有樱桃。我正要回去，在酒水店门口遇见外川开着卡车。外川停了车，从驾驶座朝路上的我说话，后面塞了大概十辆车，不断冲他按喇叭。

傍晚，仍在下毛毛雨，我来到院子里，爷爷从树篱那

边大声问："太太，你要不要种南瓜？"我说"种"，他确认道："真的种？"他把南瓜苗和土一道放在小小的铲子上给我。"反正都是下雨，干脆下大一些。"他的语气像因为下雨生气。深夜，雨下大了。因为今天一整天静悄悄的雨，虞美人的芽长大了许多。

很晚，在雨天外出的阿球全身湿漉漉地回来了。我帮它擦干，它便进到炉子旁边的纸箱里睡了。

六月二十一日（星期一）一整天雨

早　米饭，味噌汤，鲑鱼罐头，萝卜泥。

午　豌豆焖饭，咸牛肉，汤，炒青菜。

晚　汤豆腐（放了培根和洋葱），菠萝。

一整天，从房前到对面都是乳白色。看得出来，如果到外面待一会儿就会打湿，这样的细雨下了一整天。

两个人去了本栖湖。本栖湖的水量少了许多。走在变得宽广的湖滨，一个人也没有。兜到吉田的药店，买了店里所有的荔枝蜜（中国生产）。九瓶四千五百元。

傍晚，丈夫像是心血来潮般在雨中出门，忘我地修枝。

六月二十二日（星期二）阴，有时小雨

早　米饭，麻婆豆腐，蛋花汤，整只烤茄子。

午　米饭（烤饭团），山药鱼糕鸭儿芹清汤，沙拉。

晚　粥，咸牛肉，高汤浸蓬蒿菜，黄油，海苔，海胆。

院子里的野蔷薇陆续开了。

十点左右，绕河口湖一周。山上没有雾，下到城区，笼着雾。和昨天相反。

在大石的湾口停车。水边大朵的野蔷薇盛开，香气一直飘到路上。摩托艇和游船驶过湖面。

在去西湖的岔路的农协买了三十千克袋装肥料，七百二十元。买了四盒工会火柴，一盒四十五元。我想买背篓的肩带，农协的大叔说："这个没有背篓就用不了。你有篓子吗？"我说："篓子是有的。"对方进到里面，过了一会儿出来说："今年没有人买过背带，所以搞不清价格，我现在打电话问，等一下。"我等着，但他还是搞不清价格。丈夫摆出"不要了"的神色。对方说："你下次来之前，我会搞清楚的，请一定再来买这个背带。"因此我说"好"。这个大叔问："这肥料是要带到东京用吗？"我回答："我们住在河口湖上面，要给南瓜、梅树和富士樱施肥。""肥料里面还有豆渣，所以如果给树用，特别好。"说完，大叔进到里面，大声报告："说是给树用，梅树和樱树。也用在南瓜上。"我往里看，里面是办公室，坐着另一个秃头大叔。

等待的时候，我浏览商品。背篓不是竹子的，换成了钴蓝色塑料制品。他本来想卖这个新产品吧。有一种叫爱妻牌刷子，是洗厕所的带柄刷的名字。

下午，我正在给虞美人间苗并移栽，爷爷隔着篱笆给我一大捧蓬蒿菜。他在递过来的同时像是没劲地说："虽然早早播种，还是长得不好。"我倒觉得这蓬蒿菜长得很好。

傍晚，施肥。今年樱树、梅树和杜鹃开得很好，作为奖赏，我给它们仔细地施了肥。

晚饭的时候，丈夫突然说"明天早上回"，于是我去管理处扔厨余垃圾。阿球追过来，蜷着腿趴在大门的石墙顶上，一直等着我，直到我的车回来。就像死去的狗以前那样。

六月二十八日（星期一）阴，有时晴

六点出东京。

到山上的时候，阳光照下来。高原的各个地方都流淌着野蔷薇的香气。

早　米饭，烧卖，萝卜味噌汤，番茄。

午　米饭，山药鱼糕鸭儿芹清汤，炒蛋搭配浓口红烧肉糜，王子蜜瓜。

晚　汤面，炖羊栖菜，红烧比目鱼。

入夜，下暴雨。

白天，两个人都睡了沉沉的午觉。

黄昏时，好几种鸟一齐来到院子里鸣叫，让阿球心绪不宁。阿球自己也尝试着叫出像鸟一样短促的声音。

六月二十九日（星期二）晴朗无云

晴朗无云，就像夏天到来了。从早上起，树莺就竭尽全力地一直叫。乂大说："我们家的树莺是一等奖。"

早　米饭，豆腐味噌汤，红烧比目鱼肉糜，海苔，鸡蛋，番茄。

午　面包，蔬菜汤，油醋浸鲑鱼洋葱。

晚　豌豆焖饭，芝麻拌四季豆，红烧素雁，裹面包糠炸鸡胸肉。

上午，给《梅崎春生全集》写《月报》，口述笔记。

下午，去吉田买东西。

一箱易拉罐啤酒，一瓶三得利红，味淋，共三千三百元。

王子蜜瓜一百二十元，一箱李子一百三十元，夏橙一百二十元。

李子是通红的，可是让人吃惊，真难吃！！

送给邻居银鱼，他们给了菠菜。

三点左右，西面的天空堆起积乱云。蓝天，天气变得闪闪发光。

丈夫像是迫不及待地开始割草。我也在他身旁割草。飞起来许多小白蛾。日本海棠结了一大堆坚硬的青色果实。菜粉蝶落在蓟花上。

六月三十日（星期三）雨，有时多云

早　米饭，土豆卷心菜味噌汤，裙带菜洋葱沙拉，金枪鱼罐头，萝卜泥。

午　米饭，西式蛋饼，清汤，番茄。

晚　小锅乌冬面，王子蜜瓜。

雨一整天下下停停。在雨停的时候割一会儿草。邻居家餐厅的电视在放电视体操，我割草的这个位置都能听到音乐。老夫妻并排坐着，伸着脖子一动不动地看着电视。晚饭的时候，我说起这事，丈夫说："一直盯着看电视体操，感觉就像自己也做了运动。因为一直盯着看，就会往跟电视上做体操的人同样的部位使劲。我也经常看。光看，就跟做了体操一样。"

七月七日（星期三）雨，强风

六点出东京。昨晚和花子整理了书库。很花时间，弄到凌晨两点半。困。因为太困，在石川停车，小睡了二十分钟。醒来一看，小卖部开了，丈夫和四五名客人正在吃荞麦面。

雨刚像是要停了，马上又开始刮风下雨。风雨交加。

去管理处订夏天的报纸。

七月八日（星期四）晴

天气预报说今天台风会来，结果放晴了。风吹过，晴朗无云。上午气温不断上升，草和树木发出蒸腾的气味。说是东京到了 32 度。

上午，去吉田买东西。

蜂蜜五百元，仁丹，茄子，黄瓜，一箱红李二百元，番茄，豆腐，油豆腐，猪肉糜，馄饨皮。

一箱易拉罐啤酒，一箱瓶装啤酒。

说是我不在家的时候，大冈太太来邀请我们，说"今晚过来"。五点半，我俩出发。

大冈太太像是好笑地说："为什么邀你们来，是因为大冈特别想展示瓦格纳的唱片、新音响和新的彩色电视机。"

大冈躺在毛茸茸的地毯上。新音响摆在他躺着就能拧开关的地方。只要他打开开关，就会从房间角落的两个方盒子发出动听的音色。据说从他躺的位置听，音色最佳。

瓦格纳唱片的盒子有两个蜂蜜蛋糕的盒子叠起来那么厚。里面除了瓦格纳的唱片，还放着三本书。据说这盒东西极为详尽：先读这些书，然后听这里面随书附带的解说唱片，然后听瓦格纳的唱片，就会成为研究瓦格纳的头号学者。他给我们放了《莱茵河的黄金》的开头部分，《女武神》的中间，还有解说（日语）唱片的开头。

丈夫说："听瓦格纳来了灵感，我有了两个小说标题。"大冈说："借给你，你拿去吧。"大冈又说："这唱片是别人送的，本来要十四万元呢。"

请我们吃了生鱼片。开心。

天黑看不清路，所以打算明天搬珍贵的瓦格纳，把它放在车里，走下院子。

今晚两个人都早睡。

七月九日（星期五）阴转晴

如果阳光照进车里，让瓦格纳翘起来，可就糟了。一早把瓦格纳搬进屋。丈夫立即放上了。是因为唱机不行吗？音色完全不一样。我们家的唱机放出来就是没品位的声音。在厨房听女人唱歌的部分，听起来是个洪亮的噪音，就像唱民谣的大妈的声音。昨天可不是这样的声音。一放起瓦格纳，阿球就跳到外面去了。它好像以为挨骂了。

去吉田买东西。给《每日新闻》的高濑善夫发了道歉电报，说稿子没写好。电报一百一十元。

大冈夫妻傍晚来玩。迪迪也来了。

七月十日（星期六）晴朗无云

上午，载上丈夫去朝雾高原。回程，绕河口湖一周，在晴日吃午饭。咖喱饭（丈夫），花式三明治（我），六百六十元。

在阳光好的时候割院子里的草，一只跟猫差不多大、像是茶色又像是灰色的动物从我正在割的草丛中跳出来，越过我拿着镰刀的右胳膊逃走了。它之前像是在草丛深处睡觉。越过胳膊的时候，沉甸甸的。像是兔子。

晚　米饭，高汤山药泥，盐腌鲑鱼，腌萝卜叶。

在 S 农园。一根萝卜十五元，生菜二十五元，两根山药一百五十元。

丈夫说，今天早上六点左右，他正在散步，有辆车开过来。驾驶座上有个男的在开车，同一个驾驶座（他说不是副驾驶）上，一个女的紧贴着那人坐着，两个人紧紧地挨在一起，坐成俩人一起开车的状态。竟然能那样开车。那样的话，车前排能坐四五个人。

七月十三日（星期二）阴，有时晴

六点，出东京。

到了山上，稍作休息，去吉田买东西。

两个咖喱面包四十元，一斤面包五十元，男木屐九百八十元，洗面奶九百元，菠萝二百八十元，八个土豆一百元，两袋赤豆二百元，两瓶牛奶六十元。

阿球抓了鼹鼠的幼崽在玩。鼹鼠的幼崽全身披着漆黑的短毛，身体像闪着光泽的天鹅绒，脚爪如同象牙工艺品。过了一会儿，它死了。阿球不断把死去的鼹鼠抛起来玩。等它不动了，阿球不断用短促的叫声呼唤它，显得不可思议。接着扔下它出去了。今天是盂兰盆节的开始。

七月十四日（星期三）晴朗无云

早　米饭，培根蛋饼，红烧牛肉糜，味噌汤。

午　高汤山药泥，米饭，盐腌鲑鱼，番茄沙拉。

晚　放了鸡蛋的咸粥，红烧牛肉糜。

阳光好的时候割草。傍晚也割草。脸热得像被烫伤了。割草割太久，有些难受。停工就不难受了。

夜晚，浅紫色的天空。夜雾浓重。

七月十五日（星期四）晴朗无云，傍晚有雨

早　米饭，味噌汤，海胆，海苔，鸡蛋，沙丁鱼大和煮。

午　面包，蔬菜汤，番茄。

晚　米饭，咸牛肉，榻榻米银鱼干[1]，高汤浸菜，清汤。

天气好得让人出神。割草。之后用水冲凉，在露台吹风，不知何时睡了过去。

下午，我坐在餐厅的椅子上，丈夫忽然从露台进来，开始轻手轻脚关玻璃门。他一个人默默地飞快地关门。全部关完，他用不带起伏的声音缓缓地低声说："阿球出去了吗？让阿球别出门。百合子，你只要待着别动不出声就行。现在熊走在那些杜鹃花的后面。它很快就走到其他地方去了。你待着别动，别出去。"阿球在二楼睡午觉。我俩并排坐在餐厅的椅子上。他说熊有大狗的三倍大。说是它看起来在边玩边散步，正要穿过房前。过了一会儿，丈夫说："可以了吧？"我赶忙去大冈家。去告诉他们："有熊，最好别让迪迪出门。"丈夫说让我通知管理处，所以我还去了管理处。我小声说："其实，不是我看见的，我

1　把银鱼（通常是鲲鱼的幼鱼）洗后贴在网上晒干，形成薄片。神奈川沿海的特产。食用时烤制或掰碎了放在饭团里。

244

丈夫一个人看见，他视力不好，所以说不定搞错了……"对方一脸怀疑地看过来，问："什么事？是有人扔垃圾没扔对？"我说"有熊"，管理处的人一下子炸了。两个保安和三个管理处的人开吉普车过来，朝着熊走掉的方位在树林里敲着脸盆和桶走了一圈。熊不在。

傍晚，下山，在Ｓ农园买了四根山药（三百元）。送了我一根萝卜。

天黑之后起雾。夜晚凉爽。

七月十六日（星期五）晴朗无云

早　米饭，味噌汤，萝卜泥，佃煮，鸡蛋，海苔。

午　黄油炒乌冬面。

晚　米饭，高汤山药泥，盐腌鲑鱼。

比昨天热。割草。下午，割草，冲个凉接着割，稍作休息，吹吹风，然后又割草。重复了好几遍，一直到傍晚。

阿球钻进丈夫修剪下来的松枝和松针中。松针是昨天今天刚修剪下来的，依旧青青的，凉凉的很舒服吧。因为有点戳，它把脑袋探在外面。

正热的时候，邻居阿婆走下院子来了。她送给我们四个大胡枝子饼，说因为是盂兰盆节，给亡者做的。胡枝子饼真好吃。就像滑过喉咙一样进了肚子。丈夫吃了一个。

我吃了三个。

今天的电视上一直在放尼克松计划访问中国的新闻。

明天一早回东京。明天（十七日）有中央公论的会。十九日是梅崎[春生]的六周年忌日。

夜里，有许多星星。明天似乎也会很热。

七月二十日（星期二）晴

早上五点半出赤坂。昨晚有梅崎六周年忌日的聚会（在中野的"小杜鹃"），回家过了十一点。收拾家里，把行李装上车，很晚才睡。今天下午一点，筑摩书房的斋藤和高桥约好来山上。我被丈夫喊起来出门。

到了以后立即吃早饭。之后把客人的饭菜准备好。因为如果稍微休息，感觉会睡过去。过了十二点半，我急忙下到河口湖站接人。之后我们吃饭喝啤酒一直到晚上八点半。高桥弹吉他，唱了歌。之后丈夫也唱了歌。大家都唱了歌。我从八点左右开始犯困，出门上坡到大门口，在上面的路上跑步。阿球也跟过来一起跑。从大家开始唱歌的时候起，阿球到了院子里，一动不动地蹲在昏暗的草丛中。动物为什么总是喜欢自个儿待着呢？当我走近时，两只闪着红光的金色眼眸在草丛中一动不动地注视着我。

七月二十一日（星期三）晴

吃完早饭的时候，户祭（木匠）和另一名木匠从东京来了。他们说，不小心开过了谈合坂，后面一路都没有餐厅。

给木匠们做了早饭。味噌汤，米饭，荷包蛋和两片火腿，酒粕腌白鲑，芥汁黄瓜炒鸡肉。

给丈夫在二楼的卧室装了榻榻米。

本来约好今天十点半去接住在出版俱乐部的高桥和斋藤，带他们到处转一下，因为要给木匠们做饭，去不了，所以我去讲了一声。

午　蟹肉可乐壳，米饭，蛤蜊汤，番茄，煮豆，醋浸卷心菜。

让他们把露台的龙骨松掉的部分也装了木头。三点过后完工。

阿球在外面待到晚上十点多。它把鼹鼠的幼崽叼来给我看。

丈夫一整天在睡。

七月二十二日（星期四）阴，夜里有雨

凉爽。不时放晴，又转阴。

阿球今天也叼来鼹鼠的幼崽。它玩了一会儿，幼崽死了，便一扔，出去了。我把鼹鼠埋在土里。

去吉田买东西。

两瓶牛奶九十元，面包，罐装奶粉一百一十五元。

三串葡萄二百五十元，一盒青皮李二百元，两块豆腐九十元，萝卜，青椒，韭菜。

蜂蜜五百元，若末四百九十元，护手霜二百五十元，洗涤剂一百七十元（药店）。

一箱易拉罐啤酒，一箱瓶装啤酒，二得利角瓶，一瓶酱油，五千四百四十元。

两条男式内裤六百元，两条女式内裤四百六十元，一条女式宽松底裤二百八十元（洋货店）。

洋货店给了我们赠品，一箱烟火套装。

晚　米饭，蟹肉炒蛋，豆腐清汤，高汤浸菜。

入夜，刮风，下起雨来。凉爽。

阿球大概打虫药生效，开始昏沉沉地睡。

七月二十三日（星期五）阴，有时雨

早上七点左右，地震。电视上说，震源是道志村[1]。

早　米饭，味噌汤，萝卜泥，海胆，海苔。

午　小馄饨。

1　位于山梨县东南部的郡内地区。

晚　吃了油浸鲑鱼洋葱、蛋黄海胆拌毛豆、酱汁烤山药鱼糕、甜醋浸卷心菜、粥。

一整天刮风，像秋天一样。傍晚四点左右，大冈独自步行过来。六点左右，开车送他。之前明明是阴天，突然铺展开壮丽的夕照。之后，到了晚上，风雨变大了。

今天去河口湖买东西。

五串葡萄四百二十元，十个茄子一百元，四百克五花肉三百六十元，一百克小鱼干六十五元，竹轮六十元，沙丁鱼干八十元，两条室鳍干六十元，一千克糠三十元。

七月二十四日（星期六）阴，有时雨

早　米饭，味噌汤，红烧肉（东坡肉），萝卜泥，芝麻拌四季豆。

午　奶酪吐司，洋葱汤，番茄。

晚　米饭，盐腌鲑鱼，蛋花汤，味噌炒茄子。

大风，不时下点雨。天气糟糕的一天，像初秋。

在管理处。两瓶牛奶七十元，洋葱六十元，一把大葱六十元，三个番茄一百八十元，三个桃子二百一十元，香肠五十元。

午后，我俩都睡午觉。于是阿球也睡午觉。

七月二十五日（星期日）晴朗，有时转阴

早　米饭，味噌汤，东坡肉，萝卜泥。

午　米饭，高汤山药泥。

晚　米饭，炒豆腐，整只烤茄子，鳕鱼子。

在管理处。三个桃子一百五十元，两瓶牛奶七十元。

午后，一直在割草。

傍晚，大冈太太拿来一大堆黄瓜、鸡蛋和闪电泡芙。她把客人带来的手信分给我们。

明天我一个人回赤坂，所以去大冈家问："想让我带美术全集的哪几卷来？"除了美术全集，大冈说："把野间的《青年之环》[1]最后两卷也拿来。你丈夫读过的地方画了红线，正好。"然后他穿着睡衣晃晃悠悠地走出来，在石墙边蹲下，抚着草叶说："今天尽吃黄瓜来着，成了蝈蝈。"他的双眼通红。客人太多了，他像是很疲倦。

七月二十六日（星期一）阴

早上四点，我一个人去东京。阿球和丈夫在昏暗的路上目送我。临近六点抵达赤坂。

1　野间宏的五卷本长篇小说。最初发表于1947年，1970年完结。以1939年的大阪为背景，登场人物众多。1971年获谷崎润一郎奖。1973年获亚非作家会议主办的莲花文学奖。

买东西。宫川的鳗鱼，鳟鱼寿司，佃煮，海苔，馅蜜等。

给文艺春秋的内藤打电话，讨论八月十二日和十四日的对谈。临近两点，载上花子上山。四点回到山上。丈夫放着唱片。

把美术全集和《青年之环》还有买的东西送到大冈家。今天我是鳗鱼和馅蜜的黑市贩子。

大冈也穿着睡衣在听唱片。

七月二十七日（星期二）阴，有时晴

半夜，猫在外面叫，所以醒了。好像来了野猫。从小窗看去，满天星斗。星星像要滴落下来。

早 米饭，鳗鱼（丈夫）。

午 山药泥荞麦面（花子），山药天妇罗荞麦面（丈夫和我）。

晚 三杯醋黄瓜赤贝，红烧生利节（我、花子），蛋花汤，红烧比目鱼（丈夫）。

上午十点，去五合目。三个人都去。

一直到五合目附近都有大雾。突然露出蓝天，炙热的阳光照下来。五合目晴朗无云。停车场停满了。强烈的阳光，仿佛沁入手脚。进到背阴处，便凉得让人一颤。妇人、孩子、像混混的年轻人、像是小公司团建的大叔们一屁股坐在车的背阴处和树林里，以及小御岳神社的鸟居附近，吃着东西。三名中年主妇在吃饭团。她们一脸严肃，在说"借给他钱到现在都没还的某人"的坏话。她们的表情阴沉可怕。

两盒熔岩点心四百元，铃铛二百元。

鱿鱼（烤鱿鱼）一百五十元，玉米一百元。

下山时从四合目起有大雾。我们在三合目停车，丈夫捡了红熔岩。花子也帮着捡。

一名年轻男子驾驶的丰田马克二代停下，两位爷爷和穿西服的胖阿婆下了车。他们进到草丛中，开始一个劲儿地采野莓吃。西服阿婆穿着白色二趾袜和草履。这一带，此刻，三叶草的花正在盛开。

我们下到S农园，午饭吃了荞麦面，回到山上。

傍晚，我要寄快信，又下山。

在鱼店。四条室鲹干一百元，赤贝一百五十元，半条盐腌青花鱼。

三根红薯二百元，五串葡萄三百元，青皮李二百元，生菜，山药，茄子，卷心菜。

深夜，丈夫把我喊起来，说"阿球和野猫在院子里打架"。我和花子两个人点上灯笼去找。野猫立即逃走了，阿球蹲在昏暗的草丛中。

七月二十八日（星期四）晴，有时阴

早　米饭，红烧肉，味噌汤，整只烤茄子，萝卜泥。

十点半左右，带着花子，第一次去河口湖游泳池。泳池票价三百元。游了四十分钟后回去。去村政府交一年的固定资产税，一个人都没有。终于有一个男的出来了。像是吃饭时间。过了一会儿，随着拖鞋的响声，一名抹眼影戴假睫毛的女员工从里面的房间出来。她往茶水间去了，端着的托盘上有烧水壶、茶杯和一大堆香蕉皮。她边走边大声唱着"我的城下町——"。[1] 在女员工出来的里屋，也有人在唱"我的城下町——"。

政府宽敞的办公室里，到处插着山百合与大朵的红色美人蕉。我想起战败的时候。

在酒水店。竹轮一百元，三块炸豆腐六十元，墨鱼二百元，甜甜圈四十元，醋七十五元，九百克葡萄四百元，香烟二千元，易拉罐啤酒二千二百八十元。

回到家，只见大冈家的车停在大门口。大冈太太说："中央公论的间宫顺道来一下。我开车送他下山去火车站，所以在这里等。"

间宫很快回去了。

1　小柳留美子的出道单曲《我的城下町》，于1971年发售。

晚 汉堡肉饼，米饭，青皮李，葡萄。

拔了院子里的萝卜做成萝卜泥，很辣，反而好吃。丈夫觉得好吃，吃出了汗。

七月二十九日（星期四）晴朗无云

六点起来割草。

九点半，和花子去游泳池，游了一个半小时。

下午去吉田买东西。

三个咖喱面包六十元，三个花卷面包六十元，猪肉五百五十元，十条鸡胸肉一百五十元，一袋天妇罗屑二十元，四个可乐壳六十元（我和花子在车里吃掉了），三块新鲜鲑鱼一百八十元，鱿鱼一百元。

眼药水二百五十元，两副墨镜二千九百元，四卷厕纸一百二十元，刺绣框一百四十元。

二十瓶啤酒。

洋葱，番茄，胡萝卜，姜，菜苗，青皮李，共八百四十一元。

被太阳烤过，肩膀和脸烫乎乎的。游过泳之后，直到入睡，身体一整天都舒展，很舒服。感觉就像变成了猫。

晚 米饭，酱汁烤鱿鱼，黄油烤新鲜鲑鱼，黄油炒洋葱，中式（放了蒜）三杯醋黄瓜天妇罗屑，生利节炖羊栖菜，菜苗冷汤。

七月三十日（星期五）晴转阴

早　米饭，鳕鱼子，味噌汤，西式蛋饼。

花子回东京，所以送她去火车站。送她，顺便接筑摩书房的斋藤。花子的火车在一小时后发车，所以把花子留在车站，载了斋藤回山上。

校对稿子，到两点左右。

结束后吃午饭。

米饭，煮猪肉，精进炸，山药天妇罗。

四点半，送斋藤去河口湖站。

在河口湖的蔬果店。五串葡萄三百元，纳豆二十五元，两瓶牛奶七十元。

晚　蔬菜汤，米饭，佃煮。

电视上。

今天下午，自卫队飞机和全日空飞机在空中相撞[1]。自卫队用降落伞落下。其他人全死了。好像是在晴朗无云的

1　1971年7月30日，从北海道千岁机场飞往东京羽田机场的全日空58次航班在飞经岩手县岩手郡雫石町上空时与飞入该空域的自卫队战斗机训练机相撞，双机坠毁，训练机驾驶员逃生，全日空乘客和机组成员共162人全部死亡。事后经过长时间的诉讼，1989年，最高法院认定双方均有责任，主要责任方为国家（自卫队）。

大白天空中相撞。晚上也一直在放这条新闻。

夜里，睡觉的时候读《黑雨》。

七月三十一日（星期六）晴朗无云

早　米饭，海胆，海苔，纳豆，蔬菜汤。

午　发糕，汤。

晚　粥，咸牛肉，鲑鱼炒蛋。

在管理处。两瓶牛奶七十元，三个桃子一百八十元，卷心菜四十元，两根黄瓜三十元。

现在，山下的卷心菜丰收，以至于要用拖拉机轧掉，山上则要四十元。

灼灼地热。

下午一点，读卖新闻社做采访的人来。

我端出啤酒、咸牛肉、炸薯块、山药天妇罗。

采访约一个小时结束。我把读卖的人送去大冈家，丈夫也上了车。结果我们进了大冈家，（我也一起）喝了啤酒。

大冈的邻居家来了孩子，迪迪开心地跳到孩子身上，那孩子大哭。因此迪迪被关在家里。

读卖的人带着大冈的稿子回去，我把他们送到河口湖站。

夜，星空。

大门口的芒草抽穗了。夏天结束了。

八月一日（星期日）晴朗无云

天蓝得让人目眩。今天是星期天，所以不下山。一整天割草。

早　米饭，鳕鱼子，海胆，海苔，纳豆。

午　什锦烧，汤。

晚　米饭，蟹肉可乐壳，清汤。

在管理处。白吐司五十元，两瓶牛奶七十元，味淋一百元，天妇罗粉一百元。

邻居送了三根萝卜。他们告诉我，菜地里的蓬蒿菜，摘了之后又会长出新的。

读《黑雨》。

八月二日（星期一）晴朗无云

今天也是湛蓝的天空。

丈夫的讲述。

"我今天早上六点左右去散步，有一对父子，好像是住在对面的宿舍的，在上面的路上晃晃悠悠，晃晃悠悠，穿着睡衣走着，看起来不知道做什么好。"

午　奶酪吐司，汤，番茄，炖炒土豆。

晚　米饭，西式蛋饼（丈夫），味淋沙丁鱼干（我），番茄，柠檬腌萝卜。

吃完早饭，我收拾碗筷，去拿报纸回来，然后急忙去河口湖的游泳池。从我们家出门的时候就穿着游泳衣去。因为舍不得夏天，所以慌忙去游泳。今天自卫队的人也来游泳。自卫队一开始纵向游二十五米，似乎经过军官提醒，他们集中到泳池一端，横向来回游。因为孩子们在横向来回，如果他们纵向游，会撞到小孩。

我游了一个小时上来。

在S农场。六串葡萄三百元，零食二百元。

汽油一千八百元。

傍晚，割草。

傍晚的西面天空出现了大片的云。像今天电视上看到的象海豹。

一只橘白斑大猫来找阿球玩。这猫感觉像一个为生活精疲力竭的上门收费大叔。它"咕噜喵——"地叫。因为它叫得清晰，"咕噜喵——"，很快被我找到了。

夜里，富士山的正上方挂着半个银白色月亮。院子明亮。

河口湖大桥亮了灯，像领口的花边。富士山上的灯也清晰可见。

读《黑雨》。睡前。

八月三日（星期二）晴

凌晨四点。昏暗。河口湖方向的天空染成了朱红色。日出前。只见富士山上的灯在一闪一闪地动。今天感觉也会很热。我一个人去东京。半夜就起来的丈夫上到大门口站着。

六点到赤坂。花子去了千叶的民宿。背后的神社的森林里，蝉一直在叫。东京多云。阳光有时一下子强烈地照下来。我一屁股坐在昏暗的房间里，整理邮件，联系出版社，汗水从后背和胸口滴滴答答地流过。公寓楼里没有一点声响，没有一声孩子的声音。只有蝉在背后的森林里一直叫，就像一大群和尚聚在一起念经。记得今天是我父亲死去的日子。我回到了二十七八年前。记得他逐渐停止呼吸的差不多三个小时里，也是这么炎热，蝉在叫。有五秒钟，我想起那些事，很快又忘了。

我带着鳗鱼、一大堆食材、邮件、杂志等，一点半离开家。

好热好热。热得让人头晕。中央道巡逻车上的警察也停了车，在喝果汁。

三点半，回到山上。

晚　鳗鱼饭，山药鱼糕鸭儿芹清汤。

八月四日（星期三）阴，强风

早　米饭，红烧比目鱼，味噌汤。

午　放了玉米粉的发糕，蔬菜鸡肉汤，番茄，培根煎蛋。

晚　米饭（调味焖饭），梭鱼干，羊栖菜炖生利节，味噌炒茄子，茗荷汤，酱汁烤山药鱼糕。

十九号台风登陆九州。刮风。一会儿放晴，一会儿下点雨。

在管理处。一袋茗荷，两根黄瓜，五个番茄，一头大蒜，蛋黄酱，共六百元。

我正在买东西，一位夹杂着白发的小个子太太凑过来。她小声问："太太，有熊那件事，那之后怎样了？"那位太太告诉我："我之前在这里见到大猴子走过。"说是看起来正在散步。

阿球在天色暗下来后匆忙进到家里。它的步子比平时急，是因为叼着鼹鼠，要给我们看。鼹鼠比之前的长大了，大一倍，不过毛色还是像幼崽，如同天鹅绒。天鹅绒的颜色从漆黑到淡墨色，正像鼹鼠的毛色，是渐变的。前爪也比之前的大得多，脚爪张着，仿佛有蹼。丈夫不断对猫说话："阿球，聪明的家伙，啊，你真强。厉害呢。原来是这样啊。你是带给我们看吧？"他又叮嘱我："这种时候，必须夸它。不可以把鼹鼠拿走扔掉，或者训它。那样的话，猫的性格会变糟，会逆反。"我也学着他夸奖道："阿球，你带给我们看，真乖。谢谢。是这样啊。你真强。"今天的鼹鼠看起来很强壮，一直在动，阿球心满意足地玩着。终于，鼹鼠不动了，它仿佛不可思议地注视着鼹鼠，不断把它抛出去，像玩篮球一样抓住，然后忽然厌倦了，进到箱子睡了。

夜里，湿漉漉的雾软绵绵地落下来。天空是浅紫红色。底下原野的人家亮着灯。来到那家的男人打了一个极其巨大的喷嚏。

花田里的虞美人长出一个花骨朵。叶子和花骨朵上都长着毛。

南瓜也有一个果实变大了。南瓜一清早就开始开花。每当看到南瓜花，我总觉得亮着一盏灯。南瓜的花上也有许多毛。读《黑雨》。流泪，然后笑了。

八月五日（星期四）强风，差不多是暴风雨

天气从早上起就糟糕。雨一停，太阳立即照下来。

早饭的时候，西面的原野上，有道彩虹低低地缓缓地出现。我边吃饭边看彩虹。"这片景色，从那里到这里，全是我的。"当我这么说，丈夫摆出无动于衷的神色，其表情仿佛在说，又来了。

午　发糕，汤。

两点过后，风雨越来越大的时候，中央公论的近藤带着《富士》[1]的校样出现在房前的院子里。"近藤来的时候，总是风雨天呢。"

威士忌和啤酒，香肠，炸薯块，蟹肉卷心菜沙拉，山药天妇罗，冷火腿和苏打饼干。

傍晚六点过后，去请大冈。上到大门口，东面的天空有道彩虹。今天是湖上祭的日子。

八点过后，太太来接。她说："虽然下雨，还是放了烟火呢。"她送了我们素面。

大家正在喝酒，放在露台上忘记收的遮阳伞被风吹飞，撞在熔岩的角上，裂了。九点左右，大冈夫妻回去了。

近藤和丈夫喝到过了十二点。我在十点左右给近藤铺了床，打算在自己的房间待会儿，结果穿着衣服就那么睡了过去。

半夜，转为暴风雨。

1　武田泰淳的长篇小说。连载于《海》（1969 年 10 月号—1971 年 6 月号）。单行本 1971 年 11 月由中央公论社出版。

八月六日（星期五）雨，有时晴，强风

七点，醒了。今天的天气看来也很糟。

八点早餐　米饭，蟹肉炒蛋，油醋浸鲑鱼洋葱，味噌汤，沙拉。

今天早上也同样，正在吃饭，西面的原野出现了彩虹。今天早上的比昨天的更低，因此原野染成了彩虹色。九点，送近藤去车站。明明是风雨欲来的天气，车站满是登山客。

午　素面，放了芝麻的清汤，梅干拌竹轮紫苏叶。

晚　米饭（高汤酱油焖饭），茗荷汤，整只烤茄子，另外是昨天和早上的剩菜。

阿球在天黑以后匆忙进屋。又叼着鼹鼠。它去抓鼹鼠的时间好像大致确定。差不多六点十五分，它必定想要出门，七点半左右，叼着回来。今天的鼹鼠是迄今为止最强壮的，像上了发条一样四处蹿。阿球挠了它的背，抓下一条细长的皮。那根皮垂下来，看起来像有两根尾巴。即便如此，鼹鼠还在动。阿球玩了两个小时，等鼹鼠死了，它慢慢吃晚饭喝牛奶，进到我的房间睡了。

夜里，尽管有月亮和星星，却在刮风，下了一阵雨。之后只刮风，放晴了。西面的天空仿佛白天一样堆起一层层像是积雨云的白云。

十月二十三日 阴

昨晚有过中央公论谷崎奖的会，于是今天早上我问："今天不去了？反正就去个一天？"他说："进山。想看红叶，也想稍微休息下。"我们按计划出发。临近中午出赤坂。

驶入中央高速路，我在笔直的路上开始加速的时候，像是从出赤坂就一直在睡的丈夫开口道："昨天，我在中公的会上讲话，突然就口齿不清呢。"我看了看他的脸，他的面色如常，脸上挂着薄薄的笑意，像是觉得好笑，又像是有些不好意思。

"这样啊。所以你回到家之后也不吭声？"

"开完会回来的车里，已经好了。是喝酒喝累了吧。淑子 [嫂子] 的话，我就只是听着。因为觉得开口很麻烦。那时候已经好了。我显得有点奇怪吧？"

"没有。我心想，你的话比平时有客人时更少啊。不过嫂子没觉得奇怪吧，她好像没注意到。"

丈夫说了声"饿了"，开始吃带着的三明治。

"就这样上山？我们回去看医生吧。"

他拼命摇头，死死地瞪着我。他把三明治咽下去，然后说："到山上就好了。是喝多了。我自己清楚。看医生也一样。我想就这么待着，你就让我待着嘛。"

我笔直地望着前方，一直在开车。

丈夫伸手抚摸我的头发。

他像是为刚才语气不善感到不好意思，讨好地说："你就让我待着嘛。"这次边摸边用正常的声音说。

到山上，吃晚午饭。米饭，土豆洋葱西式蛋饼，汤，苹果。

丈夫和我都睡午觉。

晚　黄油炒牛肉，米饭，萝卜泥，裙带菜和葱味噌汤。

现在，虞美人在院子里开得繁盛。都这时候了还在开。

十月二十四日

去本栖湖、西湖、朝雾高原。去看红叶。

午　天妇罗乌冬面，高汤浸菜，苹果。

在餐厅给丈夫理发。之后，丈夫洗澡。

阿球不停歇地走下院子过来。就像公司职员傍晚回家的时候。远远看去，阿球的脸上仿佛长了黑胡子。来到露台，阿球得意地仰起脑袋向我们展示。它紧紧地咬着一条蛇，不到三十厘米的小蛇。蛇被叼着，感到痛苦，因此身上渗出油脂，扭来扭去。所以看起来像胡子。"啊，阿球。叼着蛇来了。孩子他爸，你看。阿球的脸跟达利一模一样。"丈夫一听到我的声音，便进了工作间，把移门关上，发出巨大的声响。阿球端正地坐在工作间门口，叼着蛇等着。因为叼着蛇，没法发出叫声告知。它想给丈夫看，所以默默地坐着，等他开门。"你听着，不准让阿球进来。绝不要开门。我讨厌蛇。你把阿球带走。把蛇扔得远远的。"丈夫从里面用突然变得没精打采的颤抖的声音说。

我摸着阿球的脑袋，说："阿球，真厉害。你从远处不停歇地带回来。很辛苦呢。谢谢你给我们看。"我把仍然叼着蛇的猫放进浴室。

用吸尘器吸落在餐厅的头发，打扫过后，我到浴室一看，蛇死了。阿球又出门了。我用筷子夹起蛇，在狗的墓那里挖坑埋了。我把移门拉开一道只够探进脑袋的缝隙，汇报道："已经没事了。埋掉了。"

晚 高汤酱油焖饭，关东煮，腌菜。

十二月十四日（星期二）晴，强风

从十一月二十七日到十二月九日，丈夫住院。那前后大概一个半月，没能来山上。

早上九点出东京。

在谈合坂的小卖部买了两个肉包（丈夫）、烧卖便当（我），在车里吃。把便当里的鱼糕给了阿球。

过了大月，驶近山脚，吹起强风。橙色的尘土飞起来，漂在空中，像霞或霭。风吹得车往一侧偏移，于是我紧紧地抓住方向盘。

住院期间让东急送过来的餐桌椅送到了管理处。

家里变冷了。之前把虞美人的花插在杯子里就走了，只剩下花心，竖在杯子里冻住的水中。桶里的水和水壶里的水都冻住了。两只老鼠死在厕所的防冻液中，看起来像要化成一摊。

午　米饭，黄油炒鸡胸肉，卷心菜丝，高汤浸蓬蒿菜，醋浸裙带菜银鱼。

第一次点燃同样是住院期间订了送来并装好的炉子。黑烟从烟囱的转角漏出来。当吹起西风，风从烟囱倒灌，发出"咯"的古怪声响。我去了管理处，请他们让燃料科之前安装炉子的人来一下。把工作间里剩下的和平烟全部拿去给管理处的人。住院之后禁烟。把诺新止痛药扔了。

去吉田买东西。

西斜的阳光沉稳地照在三之峠和绵延的群山上。山色像骆驼或朝鲜牛的牛背，显得温暖。枯草色的冬山看起来就像动物一样，仿佛体内有血在流淌。

吉田的街上静悄悄的。在手擀乌冬面制造所"花屋"买了六团手擀面。"花屋"店堂深处的移门紧闭，一家人或许都在被炉里，没人出来。一个穿棉马甲的男人出来，包了面条给我。

在鱼店。一块比目鱼一百二十元。已经摆着伊达卷和红白鱼糕。叠放着崭新光亮的白铁桶。桶有盖子，贴着"醋章鱼"标签。

在N市场。一根萝卜二十元，一千克橙子一百五十元，牛奶六十元，十个鸡蛋，一把韭菜七十元，一袋味噌腌菜五十元，五根胡萝卜，一袋洋葱，一袋土豆六十元，一袋蓬蒿菜三十五元，一袋茄子九十元，一袋茗荷三十元，卷心菜三十元，一帖[1]海苔二百五十元。

在加油站。一罐白煤油四百元，一罐防冻液二千元。

燃料科的人来了。

他说："这里的风是打着旋吹的，所以烟囱的位置很难办。管理处的炉子也同样，风大的时候倒灌，炉子上的水壶飞出去，大家都慌了。"我仔细地问了炉子的用法。

晚　乌冬汤面，韭菜炒蛋，花生碎拌蓬蒿菜。

夜里降温。我去给车引擎盖毯子。天空被厚厚的云层遮蔽，不过中间有一处，云散开圆圆的一圈，只有那一处，星星在闪耀。就像在井底看星星。不时有冷冷的东西拂过脸颊，但感觉不会下雪。

1　日本将市售海苔的尺寸统一为21厘米×19厘米，1帖为10片该尺寸的海苔。

十二月十五日（星期三）晴，稍微有风

阿尔卑斯一片纯白。

早　米饭，土豆韭菜味噌汤（放了鸡蛋），红烧比目鱼，炖炒藕，草莓。

午　松饼，炸猪排，牛奶，橘子。

晚　米饭，味噌炖青花鱼，高汤浸韭菜，萝卜泥。

安装新桌椅。

三点左右下山，在加油站换机油，一罐白煤油，一罐冷却液，加油。白煤油三百八十元，冷却液三百元，汽油八百四十元。

在鱼店。一条青花鱼八十元，五百克橘子七十五元。

傍晚和阿球去散步。阿球将尾巴蓬得不能再粗，跟过来。

十二月十六日（星期四）晴朗无云

早　米饭，烧卖，卷心菜丝，竹轮，味噌汤。

午　黄油炒乌冬面。

晚　海苔裹小米年糕，干贝葱清汤。

十点左右，阿球闹着想要出去。绿雉缓缓地踩着枯叶，走过露台前。绿雉的尾羽很长，走路的时候像要拖地却没有拖。从眼睛周围到脸颊，再到脖子，都染成浓重的胭脂

色，像戴着面具。它仿佛沉重地飞到树的低枝上，接着一直侧对着我们，像摆件一样不动了。阿球隔着玻璃门仰望着它。当我走近树的根部时，它终于发出啪啦啪啦没精打采的振翅声，飞落到十米开外的洼地。那里有另一只绿雉。

载了丈夫下山。绕河口湖一周。在大石往前，有一块鼻子形状的大石头的湖滨，人们正在拖捕西太公鱼的渔网。以前外川带我们来过这里。

去精进湖。由于山崩，禁止通行，我们掉头。开到朝雾高原的收费路跟前。有十五头牛在吃草。说是草，像是地里拔剩下的萝卜叶，牛用嘴衔住，拔出来吃。

在加油站，一罐白煤油四百元，让加油站的人给车胎打气。

傍晚，没有风，于是把餐桌椅的包装纸烧掉。

昭和四十七年
1972 年

三月二十八日

今年第一次来。花子放春假[1]，所以也一道来了。看起来，雪很晚才化。院子里的松树，有许多枝条从靠近树干的位置裂开折断。邻居阿婆说："昨天终于天气好了。"听说前天也下了点雪。

去管理处，请他们找园丁。修整被雪压到的松树，还有修缮院子里的路的塌陷。顺便把一株梅树移栽到狗的墓旁。据说现在正好是树木休眠的时候，这时移栽是最好的。说是等到开花抽叶再移栽就迟了。

丈夫说："今年我只割草。给松树修枝之类需要花大力气的工作，交给专家。"我说："需要力气的工作让花子

---

1 武田花从去年（1971 年）四月就读东洋大学文学部佛教学科。

做。花子的特技就是有傻力气，还有什么都吃。割草我也会帮忙。"

三月二十九日

送来燃气罐。付了一千八百元。

三个人去本栖湖。有风，冷。丈夫在湖滨捡熔岩。花子也捡了。

易拉罐啤酒二千二百八十元，四个夏橙三百二十元，另一家的夏橙每个五十元，买了一个。鸡肉二百元，一根竹轮，一大袋鱿鱼丝一千八百元，五个金锷一百二十五元，薯片一百元，两罐易拉罐啤酒二百元，报纸二十五元。

三月三十日

去吉田买东西。

两把蓬蒿菜七十元，两根萝卜一百六十元，五根黄瓜一百元，两条鱼（半带舌珍鱼）一百元，四块剑鱼一百四十元，比目鱼六十元，蚬子五十元，两块山药鱼糕二十六元，一把葱七十元。

土豆，洋葱。

在酒水店。白兰地二千四百元。两袋五千克氮钙磷（肥料）一千元。

酒水店老板娘说："太太，你家在种花吧？我买了大袋的肥料，刚打开，你要不要？"在农协买，一袋很大，以女人的力气很难搬下院子，所以在这里让她称了两袋，每袋五千克。

四月二十一日（星期五）阴转晴

午　面包，汤，中式蛋饼。

晚　米饭，寿喜烧。

四月二十二日（星期六）晴朗无云

早　米饭，卷心菜味噌汤，剩下的寿喜烧，三杯醋黄瓜裙带菜银鱼。

午　在河口湖弗拉明戈吃饭。丈夫点了叫作斯特罗加诺夫[1]牛肉小里脊的菜，八百元。百合子点了美洲红点鲑，炸对虾五百元，沙拉三百元，冰激凌。

弗拉明戈除了我们只有一桌客人，静悄悄的。那桌坐的是年轻男人和看起来比他年长的女人，女人一开始点了炸鲑鱼吃，然后又点了斯特罗加诺夫牛肉吃。

1　俄国菜。用黄油炒牛肉丝、洋葱和蘑菇，再加入高汤煮，上桌时浇上酸奶油。

晚　米饭，鳕鱼子，独活黄瓜火腿沙拉，勾芡豆腐汤。

绕河口湖一周，去了本栖湖。

河口湖的樱花过了盛期，不过还是好好赏了花。有一株孤零零朦胧地开在山上的松树间，也有的与杜鹃混在一起开。桃花、杏花、油菜花也在开。

一根萝卜六十元，芋头七十元，竹叶鱼糕七十元，三个日向橙二百一十元，两个葡萄柚二百四十元，秋刀鱼罐头一百元。店家说日向橙和夏橙不是一种东西。

汽油一千零六十元，两罐白煤油八百元。

阿球抓来一只老鼠。因为很久没抓，它玩得太厉害，老鼠的内脏都出来了。被它扔出去的老鼠撞到工作间的移门和柜子，沾了血，我把血擦掉。

四月二十三日（星期日）阴转雨

早　米饭，猪肉汤，海苔，炒蛋。

午　油豆腐荞麦面（我），炸猪排盖饭（丈夫），在S农园。

晚　米饭，照烧小油甘鱼，萝卜泥，三杯醋黄瓜银鱼，炒卷心菜。

九点半左右，N村的园丁来了，两个女的，两个男的。

中午，我端了咸牛肉和茶过去，他们坐在大门的石墙顶上吃饭。饭盒里满满地塞着一整盒高汤浸菠菜，一整盒腌萝卜。米饭在摊开的塑料布上。

十点喝茶的时候，他们蘸上盐，吃装在袋子里的煮土豆。土豆看起来非常美味。

我载上丈夫，下山去山中湖。在 S 农园吃午饭。走出 S 农园后，丈夫说："为什么炸猪排盖饭二百七十元，炸猪排配米饭一百五十元？"点了炸猪排盖饭，与蜡制炸猪排盖饭样品的颜色和形状一模一样。丈夫吃了三分之二然后给我："百合子，你吃。"虽然想吃，可我怎么也吃不完。

绕山中湖一周。山中湖的皱叶木兰盛开。去年和前年也在木兰开的时候来过。

在鱼店。一条小油甘鱼六百元，两块鬼头刀八十元，一块庸鲽四十元。

三点左右回山上。

下雨了，于是把给园丁们的茶端到餐厅。赤豆年糕汤、仙贝和茶。当中只有一个男工吃不了甜食。一个没了一只眼的大叔环顾挂在墙上栏杆上的各种东西，兴奋道："那个和那个，现在值多少多少。"在吃赤豆年糕汤的胖女工慢悠悠地说："我家也有。"大叔听了便停住口，点头。也许他们是两口子。大叔指着挂在二楼栏杆上的荒神，说："这荒神，现在要一万多。"又说："这荒神是松竹梅做的，吉利。"说是杆子是竹，轴是梅，鱼是松做的。

四月二十八日（星期五）晴

十二点半左右到山上。

下午，去吉田买东西。

新修的鸟居再往上的市场。一根萝卜六十八元，五根葱三十元，一根胡萝卜二十五元，一把蓬蒿菜四十八元，紫苏叶七十元，新卷心菜四十五元，酱油八十元，两团炒面五十元，茶一百二十元，竹叶鱼糕一百元，两根黄瓜四十四元，四块牛眼青鲦一百六十元，一块松原平鲉六十元，醋一百元，草莓一百九十元。

在花店。欧芹苗三百元，万寿菊五百元，二十株雁来红（一株二十元）四百元。

送了我一盆菊花和三盆万寿菊。

傍晚，把苗种进地里。播种。

播了秋英、大丽花、凤仙花、紫茉莉的种子。

今年把菜地全部种上花。在大门的石墙边也播了种。还播了百日菊。因为丈夫病了，所以今年要到处都种上花。

四月二十九日（星期六）晴

树莺时常鸣叫。下午，下山去吉田。丈夫说他也一起去。买了鸡蛋和草莓之后，想起去明日见村看看。虽然叫明日见温泉，但似乎是把矿泉加热。

有阳光，静悄悄的。从各家各户传来织机声。小孩在玩耍。车开过来，他们仍蹒跚地走到路上。出来的还有狗。

我放慢速度行驶，这时有个老男人从一栋房子出来，用含着痰的声音向车大骂："——！！"听不清骂了什么，然后他进了对面的房子。

叫作明日见温泉的，是一处位于村外、用了新建材的民宿风格的整洁小屋。再往前就只有进山的路和狭窄的田地。"要不要去泡温泉？"丈夫摇头。我们坐在路边的大石头上休息。他闭上眼，晒太阳。我也闭上眼，晒太阳。

晚　盐揉新卷心菜紫苏叶，米饭（五目饭），萝卜味噌汤，红烧牛眼青鲹，红烧松原平鲉。

吃饭的时候，我说："在明日见的路上，有个爷爷冲我们发火了对吧？真烦。遇到那种事，会烦一阵子呢。"

夜里，缝花子的衬衫。

四月三十日（星期日）晴，入夜风雨

没话说的好天气。风吹遍。鸟在低飞，是在找筑巢的材料。我把阿球梳下来的毛团成一团放着，鸟想要一次运走，努力拍着翅膀。我种下向日葵的种子。

傍晚转阴。我们正在吃晚饭，邻居爷爷拿来一大抱菠菜。他说，以前在管理处、现在辞职务农的 S 来玩，送了他种的菠菜。爷爷患胆结石，在山下村子的医生那里看病。他说："我上了年纪，所以不做手术，光吃药。"还说，有时半夜忽然全身痒，一直到早上都睡不着。

夜里，风雨变大。有雪崩警报。

午　炒面。

晚　五目饭，蟹肉可乐壳，蛋花汤。

五月十日（星期三）阴转晴

上午十一点，出赤坂。丈夫说："很久没走东名高速了，走走看。"驶入东名高速，天气转晴。在足柄买便当，在车里吃。丈夫上厕所。他过了很久都没出来，于是我坐在车里注视男厕所。走出来的丈夫跟平时一个样。

一点过后到山上。邻居的一楼也关着遮光门窗。我想，难道爷爷住院了？

之前播种的凤仙花、秋英、向日葵、大丽花开始出芽了。玉簪和羊齿也长出来了。

晚　麦饭，炸比目鱼，山药鱼糕清汤，卷心菜和芦笋，油醋浸白菜，王子蜜瓜。

太阳开始落下的时候，传来人声。爷爷两口子回来了。

说是去了横滨的亲戚的葬礼。阿婆拎着再多就拎不了的行李。爷爷的脖子上系着包袱卷。他们说下山顺便买东西，连酱油和菜都买了。两个人比平时话多，恩爱。阿婆说话的声音格外响。

傍晚燃起暖炉。

把从东京带来的牵牛花、葫芦花、松叶菊、美人蕉的苗种下。

五月十一日（星期四）晴朗无云

电视上说天气不好，结果晴朗无云。没有风，阳光像夏天一样。树莺在叫，黄蝴蝶飞到松枝的高处。开始出现蛾子和蜂。阿球在我昨天种的牵牛花那儿尿尿。

早　麦饭，酱汁烤竹轮，萝卜泥，豆腐味噌汤，中式白菜香菇炒樱花虾，王子蜜瓜。

工作间窗下的熔岩之间不知何时有只雌绿雉的尸体。像一大块熔岩，因此我们之前没发现。"昨天可没有。好像是今天一早搬到这儿的。"丈夫说，"早上我散步回来，大门口散落着鸟的羽毛，走下院子的时候也到处散落着羽毛。"没有听到鸟叫声和鼓翅声，所以是阿球远征捕获杀死的，它想给我们看，拖了回来。阿球想让我们表扬它，一直搬到这里，但因为太重了，没能搬到餐厅，便放在丈夫经常探出脑袋的窗下。我把尸体装进袋子，拿去扔垃圾处。

雌绿雉黄色脚爪的指甲里满是泥。眼睛微眯。它很胖，沉甸甸的。哪儿都没有流血。

下午，去买东西。吉田的城区像是定休日，许多店闭着卷帘门。有五家店在放下来的卷帘门上用油漆涂改过名字。消防瞭望塔底下停着一辆共产党的车，正在演讲。来了五个听众。

草莓三百元，蓬蒿菜三十五元，水菜三十元，两个甘夏二百元，两只王子蜜瓜三百四十元，两块鲣鱼七十元，四块冷冻比目鱼一百元，两条竹荚鱼干七十元。

晚　麦饭，木须肉，高汤浸水菜，鸡汤，草莓。

有许多星星。

五月十七日（星期三）晴

上午十一点出东京。丈夫自从生病，不再说"早点出门，早点出门"。他不再拍打我、给我做按摩，喊我起床。对他来说，考虑时间，以及预计道路拥堵情况，很费神吧。

伊势原附近的农户，鲤鱼旗只剩下箭风车，闪着金光，一直在转。之前经过的时候，树木发芽的山和丘陵像覆了一层胎毛般笼着银白色与橙色，今天全是鲜明的新叶的颜色。让人想对它们说，很快得去理发店了。不断流逝之物，顺风帆船，人的年龄，春、夏、秋、冬——清少纳言的话，我从前学过。在足柄。丈夫上厕所。买了竹轮（二百元），阿球一根，我一根，丈夫吃一根。小田原的竹轮。放在冷柜里，所以凉凉的，好吃。

一进山，风一下子变冷了。落叶松林不知何时换上了新绿。家被绿包围起来。

之前种下的牵牛花开始枯萎。也许位置不好。

午　米饭，烧卖，炒新卷心菜，高汤浸聚合草，豆腐味噌汤。

晚　米饭，酒粕腌马鲛鱼，山药鱼糕鸭儿芹清汤，蜂斗菜炖银鱼，醋拌黄瓜墨鱼。

星空，出来一牙新月。

从傍晚燃起暖炉。进山后，风一下子变冷了。院子里有阳光，我晒着太阳却流了鼻涕。电视上说："今天沿山地带转为异常低温。明天早上有霜，所以农作物需要注意。"丈夫夜里去了三次厕所。我把厕所的暖炉又拿出来，点上。说是藏王在下雪。

夜里，睡下后，我又起来，给我们一人多盖一条毯子。星星闪着光，像要落下来，我望着星星睡了。

五月十八日（星期四）晴朗无云，无风

早　麦饭，卷心菜味噌汤，木须肉。

午　发糕，盐水豌豆，蔬菜汤，高汤浸堇菜（邻居爷爷送的）。

晚　米饭，红烧萝卜牛肉，炸比目鱼，炸红薯块，白味噌糖醋拌韭菜墨鱼。

买东西。去吉田。

两罐白煤油八百元，茄子，韭菜二十八元，一把葱，两个甘夏二百元，两只王子蜜瓜二百六十元，十个鸡蛋，三块比目鱼一百二十元，四季豆一百元，萝卜六十五元，蓬蒿菜六十五元，生姜六十五元。

一个咖喱面包二十元。

在花店。两包一串红苗三百元，六包矮牵牛苗三百元，一盆不知道名字的紫色花三百元。

快要天黑的时候，我种下花苗，正在浇水，绿雉在底下的草丛中叫了三次。今年绿雉很多。开车经过没有车走的后面的路，颜色鲜艳的雄绿雉一动不动地蹲在路的正中央，车驶近它也不动。我下车，作势拍它的背，把它往林子里赶，它像是终于从放空的状态醒来，慢慢地走入林中，脚步声像人一样。雌绿雉像是在林子深处，另一个脚步声和它会合。

院子里日本海棠的花，盛开。

五月二十三日（星期二）阴，有时晴

上午十一点，出东京。走东名高速。在足柄买竹轮吃。

下午，下山买东西。

去河口湖町。

鱼店。一条竹荚鱼干八十元，五条小竹荚鱼干一百五十元，竹叶鱼糕一百五十元，两块比目鱼一百六十元。

白兰地二千四百元。

在蔬果店。两个夏橙一百八十元，草莓二百五十元，卷心菜八十元，五个茄子一百元，萝卜八十元，一把菠菜七十元。

夜，大雨。

五月二十四日（星期三）晴

无风，暖和。雨停了，许多很小很小的虫贴着地面飞，仿佛从土里涌出来似的。我蹲在花田里看花苗，虫便飞进眼睛里。刷地吸在眼珠的水上，死在眼睛里，一揉，就从眼角出来。整个早上都在做这种事。

昨晚做了一个梦，梦见我发现自己睡的床是萤火虫做成的。总觉得凉飕飕的，有种浓浓的生腥味儿。我心想，是尿床了吗？翻身爬起来一摸，床软软的，犹如羊羹，由萤火虫构成，但好端端的是个四方形。从床上传来带着呼吸的明灭，感觉又昏暗又明亮，仿佛可以看穿我的肚子和手脚。刚翻身起来的时候一看，只见我的肚子里没了内脏，取而代之的是满满的萤火虫。萤火虫把内脏吃光了。我悄悄地躺回原来的姿势不动。

醒来后，肚子还是有种不舒服的感觉。感觉是个不吉利的梦，所以讲给丈夫听。丈夫说："你拉肚子是吧？你吃多了。"

早　米饭，味噌汤，鸡肉火腿，白菜木耳炒樱花虾。

午　蔬菜薄饼，蔬菜汤。

晚　米饭，银鱼拌萝卜泥，高汤浸菠菜裙带菜，番茄。

邻居家来了园丁。在院子里谈重新种枫树的事。爷爷说："那棵枫树最近刚种下来着。"园丁故意说给爷爷听，院子里种的高山植物（也是园丁带来的）"在东京的话要五万"。

邻居的谈话声先升上天空，然后进到我们的院子，连话尾都听得清清楚楚。此外没有任何声响。

月夜。有只鸟从傍晚开始"噼——噼——"地叫，声音像在撕东西，入夜后还在叫。

来山上之前的晚上，有人打来电话，说小 F［我的朋

友] 死了。说是小 F 得了病，肚子里长了像蘑菇一样的东西，做手术取掉，好像又长出来，人在反反复复间上了年纪，身体不行了，死了。据说蘑菇有着绚烂的色彩，像长在深海里的植物（？）。打电话来的人说，她一直在当别人的小老婆，没结婚，是因为有那个病吧。我为小 F 默祷，遥拜。对了。是因为脑子里想着小 F 的事，才做了那样的梦吧。

五月二十五日（星期四）晴，无风

今天也持续了一整天宁静的好天气，傍晚有长时间的玫瑰色夕照。

邻居爷爷送了两根黄瓜和魔芋。

下午，下山去吉田买东西。

菜苗三十八元，四个新洋葱四十元，一根萝卜九十元，四个甘夏二百四十元，两个王子蜜瓜四百元，蚕豆九十元，十个新土豆一百元，草莓二百三十元，五个番茄一百九十元。

在花店。大丽花苗四百元，紫色花一百五十元。

路上到处有死在那里的鼹鼠幼崽。看来阿球最近不往家里搬，在外面玩厌了，就那么扔着。

六月二日（星期五）多云，有时晴

下午一点半，到山上。阿球一下车，立即从院子下去，叼了一只大山雀过来。大山雀还活着，在叫，于是我抓住阿球，让它把鸟放开。它的脚的根部在出血，但眼睛亮亮的，看着很精神。它躺在花田的土地上，眨巴着眼，不时大张开嘴。我把它放在玉簪的叶子上，放进我的房间，关了门。鸟一动不动，像因为太害怕而在调整呼吸，像在忍着痛，像在一点点积蓄力量，像在等待即将到来的死亡。过了一个小时，我去看，它停在纱窗上。之前出血的脚也没有断。当外面传来大山雀的叫声，它啪啦啪啦振翅，看起来想要出去。我打开窗户，它便飞到最近的松枝上。

傍晚，阿球抓来鼹鼠，在花田里玩了一会儿。虞美人长出来的芽全被阿球踢散了。

傍晚，外川带着一名男石匠米玩。他说，下班回去，经过你们的大门，停着车，所以来了。

我端出啤酒、威士忌、奶酪。"老师，听说您身体不好啊？"外川用沉静温柔的声音问，"想着要是总来，会影响您的身体，所以我忍着没来。"

外川来，丈夫很开心。他做出精神特别饱满的样子，于是外川放心地笑了。丈夫很活跃，不断劝石匠和外川喝啤酒和威士忌。第一次来的石匠喝醉了，大声说："老师！！我有话，一定要对老师说……"说着起身与丈夫握手，然后一言不发地坐下。然后又站起身，"老师，我，一定……"握手之后又一言不发地坐下。每当石匠大声说话，外川便嫌弃地瞟一眼石匠，然后担心地注视我丈夫。因为外川是个很少高声说话的人。

我问："外川，你太太还好吗？"外川摇头，以丈夫听不见的低微声音说："脑出血住院，现在出院了，在家闲着。"最后石匠不断重复说："老师！我一定要带着老师登富士山。"外川扯着石匠走了。回去的时候，他像是不好意思地说："下次我一个人来玩。"

六月三日（星期六）阴

早　米饭，红薯鸡肉杂蔬汤，炖生利节，高汤浸裙带菜，芝麻拌菜苗，葡萄柚。

午　米饭，盐烤竹荚鱼，萝卜泥，山药鱼糕鸭儿芹清汤，高汤浸聚合草。

晚　面包，炸猪排，卷心菜沙拉，汤。

阿球抓来一只树莺。有只树莺每天来到附近，大声鸣唱给我们听。像是那只不加防备的树莺。已经死了，所以我把它埋了。

载着丈夫下山。绕河口湖一周，本栖湖一周。

夜里，天空多云，朦胧的浅红色。

六月十日（星期六）晴

下午两点到山上。炎热的日子。像是下过雨，升腾起草味儿。

阿球叼来一只大松鼠。松鼠被它叼在嘴里，拼命地叫。我按住阿球，让松鼠逃走。

在吉田。

一瓶酒七百二十元，肥料九百元。

两只蜜瓜三百元，草莓二百二十元，十个鸡蛋一百二十七元，萝卜四十元，白菜一百四十元，两个甘夏二百元，一块金枪鱼一百四十元，四块比目鱼一百元，红薯，青椒，韭菜，馄饨皮。

晚　米饭，可乐壳（蟹肉），蔬菜汤，鸭儿芹清汤。

六月十一日（星期日）晴

晴朗无云，四处响起各种鸟的叫声。

早　米饭，比目鱼松，鸡蛋和土豆的西式蛋饼，萝卜味噌汤，高汤浸聚合草。

午　面疙瘩。

给丈夫刮脸。

阿球在上午叼来一只像松鼠的东西，那东西像鼹鼠一样"叽叽、喳——喳——"地叫，声音比鼹鼠更大，阿球把它放开，又用手按住，放开又用手按住，想要玩。阿球把爪子缩进来，按住它的时候不让它受伤。咬住它的时候也没有用牙，只是威慑地咬着，所以没出血。阿球只是一心想要玩。那东西被阿球用手按住又放开，害怕得不反抗，可是当阿球一下子咬住它的头，它就用最大的音量"叽叽、喳——喳——"地叫。我按住阿球，放走它。是一只刚会走路的幼兔。我把它放进篮子，去阿球不会到的远远的松林深处放掉。

晚　米饭，照烧金枪鱼，萝卜泥，高汤浸鸭儿芹，酱汁烤山药鱼糕，甜口煮红薯。

傍晚，大冈夫妻来了一会儿。

夜里，风变大了。

六月十二日（星期一）雨，大风

早上，睡到很晚。昨晚到今天早上，风大雨大。下雨天，丈夫也不会一早起来。昨天的兔子幼崽有没有钻进哪个洞里好好躲雨呢？

早　米饭，红鲑鱼，萝卜泥，油醋浸白菜，海苔。

午　天妇罗荞麦面（混炸樱花虾）。

雨下到傍晚停了。

晚　米饭，咸牛肉可乐壳，高汤浸四季豆油豆腐（邻居给的）。

一直到深夜都没睡。丈夫睡了很长时间的午觉，难得也醒着。我们聊了俄罗斯旅行的事。

斯德哥尔摩城区的广场上排成一列的什么都卖的自动贩卖机，甚至能买到避孕用品。竹内发现之后兴奋得像个孩子，之后一直在谈论"我国出口和面向国内的避孕用品在制造方法上的差异"。白夜。记得在一直没有暗下来的广场上，除了我们三个，不见人影，我们走一会儿，在石阶上坐一会儿，听着竹内与其说是谈论不如说像在讲课的话，有时笑，有时认真地提问。

"还想和竹内一起旅行。"我说。丈夫冷淡地说："应该不会再一起去了吧。"

六月十三日（星期二）

上午十点左右，回东京。

吉田快速路左侧的车道，有只驼色花斑的白狗被车撞死在那儿。每次我们走这条路从东京来，这只狗总是独自在右侧的步道脚步不停地往吉田方向走着。一个劲儿不停地走，所以耳朵忽悠忽悠地上下摆动。必定遇见它。为什么总是这么专心地在走？你要去哪里还是回哪里？当时我想。鲜红的、色泽鲜明得让人吓一跳的内脏掉了出来，它变成了物体（在东京记）。

六月二十一日（星期三）多云

东名高速的绿色变得有夏天的感觉。经过忍野的赤松林时，阿球在箱子里拉了屎。我停下车，连同箱子一起扔掉。之后阿球像是惬意地在车地板上睡觉。

午　米饭，汉堡肉饼，土豆泥，芝麻拌蓬蒿菜，三杯醋黄瓜银鱼，裙带菜味噌汤。

去吉田买东西。

在鱼千代。一条黄鸡鱼二百元，一条梭鱼一百二十元，两块鲽鱼九十元。

草莓三百五十元，一把青菜二十元，一把菠菜四十元，三根黄瓜三十元，卷心菜五十元，三个番茄。

二百克鸡肉二百元。

在花店。八球美人蕉四百元，秋海棠六百元。美人蕉是卖剩下的，给打了折。

两板干电池二百四十元。

丈夫来到山上，立即开始听《光藓》[1]的歌剧磁带，但突然没声了，所以我买东西的时候顺便拿到吉田的电器行让他们看看。果然还是电池用完了，所以换了电池。电器行的大叔帮我换过电池，按下开关，听了一会儿，显得讶异。

"这是歌吧。是什么？是电池弱的时候录的音吧。重新换电池录音，才会像歌。原来的录音太差。"他叮嘱我。

回程，去了趟大冈家，分给他们美人蕉。

他们说："就算武田没来，你上来喝一瓶啤酒嘛。"我从玄关进了屋。他们请我喝了一瓶啤酒。大冈问起丈夫的病情。我讲了是这般情况，他说："写《富士》的时候喝酒喝多了吧。一段时间什么都不要做，休息就好。等他好一些，其实你们最好两个人一起去趟美国或其他地方。""等他稍微好一些，我们要么去美国乡下吧。"我对美国乡下一无所知，却说道。"不过武田没关系的。就算上了年纪，他还有中国文学和佛教这些手段。"大冈仿佛安慰般对我说，我也笑了。

晚饭后，丈夫忽然提出"去大冈家"。似乎是因为我讲了刚才他们请我喝啤酒，聊了这些，所以他也想去。我

1　武田泰淳的中篇小说，刊于《新潮》1954年3月号，内容基于真实发生的海难幸存者食人事件。多次被搬上话剧舞台。1972年被改编为二幕歌剧，由团伊玖磨作曲。1992年被改编为电影。

们把猫喊进屋，出门。有少许夕照，吹着惬意的风。有一个白月亮。大冈家又请我们喝啤酒。我们聊着各种话题的时候，大冈死死地盯着丈夫，嘿嘿笑。

"不好意思，这样笑你，可是很好笑。武田得了糖尿病吗？总觉得好笑。"我也觉得好笑，笑了起来。丈夫也笑了，说："我也觉得好笑。"

他们说，迪迪太任性，又吵，所以把它留在东京。

天色完全暗下来，回家。真开心。是个月夜。走下院子的时候也很明亮。我们一边开玩笑一边下坡。

六月二十二日（星期四）多云

早　米饭，盐烤黄鸡鱼，萝卜味噌汤，味噌炒茄子，海苔，草莓。

午　面包，洋葱番茄汤，黄油烤鸡胸肉，黄油炒菠菜，王子蜜瓜。

晚　海苔裹小米年糕，盐水豌豆，芝麻拌青菜，鱼糕。

上午和下午一直在割草。阿球总是一动不动地蹲在离我割草的位置五米远的草丛中。

傍晚，冲了个冷水澡，下山去吉田买东西。

在鱼千代。一条黑铜盆鱼九十元（像黑色鲷鱼的鱼），两条竹荚鱼干八十元。

在 N 超市。一把韭菜，菜苗三十元，萝卜十五元，十个鸡蛋一百二十元，大麦九十元，土豆，四季豆，豌豆，寿司醋，猪肉，共七百六十元。

从吉田来到山上，大雾。今天大杜鹃一整天都在叫。树莺也在近处大声鸣叫。

夜里，微紫的红色天空。入夜，小杜鹃不时鸣叫。

十一点左右，阿球终于回来了。嘴里叼着小小的鼠仔过来。

六月二十三日（星期五）阴，早上小雨

早　麦饭，盐烤黑铜盆鱼（这个，难吃！！），高汤浸青菜，豆腐味噌汤，红烧鸡肉土豆，草莓。

午　发糕，番茄洋葱汤，烧卖，盐水卷心菜，三杯醋裙带菜小银鱼干，土子蜜瓜。

晚　麦饭，天妇罗（白丁鱼、混炸章鱼碎、四季豆、茄子），蛋花汤。

上午，像雾一样的雨。阿球和丈夫都一直在睡。下午，有时晴一会儿。

两点左右，去吉田买东西。

一盒蜂蜜蛋糕三百五十元，三条内裤（我的）七百一十元，烤鱼网二百元，茄子一百元，一把毛豆一百二十

元，两个甘夏二百元，草莓三百五十元，奶酪二百六十元，一袋黄瓜（在 M 超市）。

三只王子蜜瓜三百元，一颗花菜七十元，豌豆一百五十元，鲜香菇一百元，一把蓬蒿菜十五元，墨鱼生鱼片（一板）一百八十元，虾（一板）一百十五元，两条墨鱼九十元。

月江寺街停车场围篱的红蔷薇正在盛开，像庆典垂下的纸穗子。

御胎内的 T 字路口发生了事故，一地玻璃。警察的车来了。没有人围观。肇事车辆的年轻男人和中年女人脸色苍白，正在解释。昨天，我差点和一辆在这里乱开（从右侧车道驶来）的进口车相撞。

雨停了，没有风。从草丛中飘来好闻的气味。白色野蔷薇正在盛开。留心一看，只见蔷薇开在路的两侧，一直开到树林深处，像要漫出来。

大门口停着大冈家的车。车的侧面有划痕。大冈夫妻来了。大冈说，一直下雨，傍晚就冷得不行。我们有闲置的电暖炉，让他们拿走。

我正在做晚饭，已经回去的大冈太太拿来五条白丁鱼和两条大黄鱼（？）。说是阿贞的朋友从大矶带来的，和大块的冰放在一起。

夜里，阴。来到院子里，有野蔷薇的香气。今晚鸟叫声一下子停了。

六月二十四日（星期六）多云

早　麦饭，南瓜味噌汤，红烧鱼，芝麻拌蓬蒿菜，三杯醋黄瓜银鱼裙带菜。

午　发糕，西式蛋饼，黄油炒菠菜，夏橙果冻。

晚　麦饭，味噌炒茄子，四季豆土豆炖肉，裙带菜洋葱沙拉，南瓜煮赤豆，红烧墨鱼。

上午，割草两小时，下午也割草两小时。

丈夫割一会儿草就休息，然后又割草，每当休息，就在露台上喝啤酒啃仙贝。他仿佛自言自语般说："我，为什么会变成汤料[1]啊。"

"你每天早中晚，都用这么大的碗吃三碗饭对吧？中间当点心吃面包对吧？还喝许多酒，爱吃鳗鱼和肥肉，不吃蔬菜水果对吧？从年轻的时候就一直累积下来，得了糖尿病。好像人不运动，吃得多喝得多，就会得。医生不是说过吗？说是得了糖尿病之后，有的人血管变糟，有的人内

1　原文是将"糖尿"发音为"豆奶"，这两个词在日语发音相近。译文稍做修改。

脏变糟。孩子他爸，医生说你的内脏不可思议地没有变糟，血管弱化，才导致脑血栓发作。说你的糖尿病是轻的，脑血栓的发作也非常轻，只要把食物的卡路里降低就行。"

"卡路里是什么呀？"

"米饭的话，一碗是一百六十卡路里。一碗乌冬面等于两碗米饭。两片年糕是一碗米饭。肉和蔬菜也有卡路里。做菜和吃，要按照一天的饭菜全部加起来差不多一千六百卡路里。要是脑子里尽在想卡路里的事，会疯，所以只要各种食物都不吃太多就行了吧？那个仙贝的卡路里也要算进去呢。好像是两片等于一碗米饭。因为是米做的，所以很好算。"

"咦？这是米做的？我完全不知道。这也是米做的？因为是茶色，我一直以为不是米。"

"茶色是酱油的颜色。你如果吃一堆仙贝喝一堆啤酒，其他东西要减量哦。"

或许因为已经吃了好几块仙贝，丈夫难得立即停下吃仙贝。就只喝剩下的啤酒。然后他把手中没吃完的仙贝"啪"地放在桌上。装了牙，所以能够吃他长久以来一直想咔啦咔啦咬着吃的坚硬的仙贝，让他感到开心，觉得好吃，每天都在吃。过了一会儿，他微微一笑，"医生和报纸都说——吃多了就是毒，喝多了就是毒，那个食物对身体不好。学者也说——因为公害，这片海里的鱼有毒，东京的空气差。这些，我完全搞不懂"。

"……"

"因为活着这件事，对身体来说就是毒。"

我冒起一股无名火，几乎要疯，然后差点闹起别扭。

夜里，阿球到十一点半都还没回来，于是我把餐厅的玻璃门稍微开着一点等它。阿球什么都没叨就回来了，它的耳朵冰凉，眼睛眨巴个不停。

六月二十五日（星期日）多云，有时毛毛雨

阿球像是搞明白了下雨是怎么一回事，只要一下雨，它就立即钻到我的床上继续睡。

早　麦饭，萝卜味噌汤，红烧鱼，三杯醋裙带菜卷心菜，红烧四季豆竹轮，王子蜜瓜。

午　蔬菜煎饼，洋葱番茄汤，芝麻拌蓬蒿菜，夏橙果冻，中式蛋饼。

晚　麦饭，蔬菜汤，高汤浸四季豆卷心菜，肉圆。

从傍晚开始缝花子的厨房罩衫。

五点左右，猛烈的雷雨之后，我们正在吃晚饭，夕阳忽然刷地照过来。

今天从早上就一直燃着暖炉。

昭和四十八年

1973 年

四月二十六日（星期四）晴

今年第一次来山上。雪彻底没了。落叶松林是黄绿色。富士樱开始凋零。

厨房旁边的富士樱，有两株仍在盛开。今年的花尤其多，透着点红色。

我们不在家的时候，邻居爷爷帮我们开垦，将花田扩大了。

总阀死死的拧不开。请管理处帮忙开。这个旧式总阀，经常连男人也拧不动，所以请他们换成新的手动阀。

田里的聚合草、草莓、鸭儿芹顺利越冬，长出了叶子。

被雪压断的松枝挂在高处，枯萎了。

光用煤油暖炉就足够暖和。

午　麦饭，豆腐皮裙带菜味噌汤，盐揉卷心菜，黄油炒牛肉。吃得晚，三点左右吃。

今天从赤坂出来后，丈夫有个想法，说："想从热海那边绕一下。天气好，所以看着海开过去吧。"于是我改了路线，从小田原到热海、十国峠，兜了一圈箱根，一路玩着来到山上。在能望见海的悬崖上的餐厅，点了生鱼片（丈夫）、整只烤鱿鱼（我）。烤鱿鱼的鱿鱼似乎上了年纪，大是大的，但硬邦邦的，没味道，像在吃橡胶。我们走出餐厅，在附近散步和看海。犹如银鱼的细碎波浪闪闪发光，一直延伸到视线尽头，让人目眩。一艘小船从我们下方驶出海面。海实在过于辽阔，因此船和男人看起来都很小。看起来像是完全没有前进。然而我们能准确又清晰地望见他拼命摇橹的身体和手臂的动作，就像上了发条似的。坐着看海的丈夫忽然伸手搂住我的脖子，靠过来。"……嘿嘿。死亡的练习。马上就没事了。"他开玩笑般低语。他的眩晕很快平复。

五月一日（星期二）阴转有时晴

因为是连休期间，想着路上或许会堵，早上五点半出赤坂。车上装了盆栽绣球花。

在谈合坂休息。杜鹃花盛开。有点冷。咖喱饭（丈夫），番茄酱鸡肉炒饭（我），喝了餐厅的水，身上变冷了。

我点的明明是番茄酱鸡肉炒饭，结果是跟我之前吃的竹笋饭套餐里的饭一个味道的酱油饭。今后不会再点这个。

高尔夫球场的白桦行道树摇曳着仿佛透明的新叶。

院子的虞美人田长出两个花苞。

一到家，丈夫和我都睡了午觉。

午　麦饭，白酱[1]拌墨鱼胡萝卜香菇，酱汁烤鸡胸肉，醋浸卷心菜，海带须清汤，番茄。

早早吃午饭。之后在露台给丈夫理发。顺便刮了胡子。

"我现在可以讲了，你没有牙的时候，刮脸很艰难。嘴巴凹下去，所以会有刮不到的地方。刮的时候要把嘴巴周围拉起来，或者让你往嘴里鼓气。现在好刮了。皱纹没有了。"

"大冈那家伙，我装了假牙的时候，他来到这里，一看到我就说：'你生病之后，眼神变清澈了呢。'聊着聊着，他故意说：'你装了假牙，整张脸变得装模作样。'"

"真的。这么一说，真是这样。"我笑了起来。丈夫也笑了。

我一个人两点下山。昨天跟椎名［麟三］太太约好了，三点在富士灵园事务所碰头。太太来买椎名的墓。

一直到山中湖都堵车。在赤松林间、农户的仓库旁，

1　用炒过的白芝麻和豆腐加上调味料一起拌，口感柔和。

迟开的樱花开得正盛。迟开的樱花的叶子是金茶色，花白得透明。从前的屏风画和武士画上就是这样的樱花。山楂也开着白花。正好三点抵达富士灵园。我在事务所等了一会儿，一个会计科（？）的人带着太太和麻美子[椎名的长女]进来了。麻美子看着很精神。带我们看的人骑着摩托车在前面，去现在出售的区域。太太小声说："今天一早埴谷[雄高]打来电话。他说：'椎名君的墓最好背朝富士山。'要是正好有那样的地方就好了。"带着看的人说："墓地销得好，现在只有上面的空着。已经平整过、立即能修墓的地方差不多都卖掉了。"富士山只露着顶上的一角。而且卖剩下的只有高压线的正下方。

选了稍微下面一些的区域，能清楚地看见富士山的位置。说是那地方已经修了砖砌的分界线，之后只要用混凝土固定，铺上富士砂，六月就修好了。就连这里也只剩下五座墓，其他都已签约。太太定下在这里，把原本在头七的下葬延到六月。那里空着相连的两座墓，所以把旁边预约了，作为太太的妹妹、祖谷家的墓。带看墓的人，总觉得像个促销香蕉或搞自行车赛赌局的人，他的声音和销售方式都有那种急急忙忙的感觉。

我们回到事务所，太太和麻美子申请墓地，申请在墓碑上刻名字，申请下葬日。墓碑上刻三个大字"大坪家"[椎名的本名[1]]，三千元（一个字一千元），旁边刻三十五个小字三千五百元（一个字一百元），共六千五百元。墓地（包含墓碑）二十万元，文艺家协会会员九五折，打完折十九万元，加上字，一共十九万六千五百元。"要么在笔冢（文学家的墓）埋椎名的假牙？"太太转向她身后的我，低语道。工作人员回家的小面包车在下午五点十分发车，因此办事员急着在那之前办完手续。受其影响，太太写申请表时填错位置，慌忙重写，反而又填错了位置。每次填错，太太便道歉："哎！！对不起。"然后毫不造作地大笑，于是坐在后面的我和办事员都笑了。

太太和麻美子一起坐工作人员的小面包车回车站，我们在事务所门口告别。

晚　麦饭，红烧松原平鲉，芡汁豆腐，高汤浸菠菜，夏橙果冻。

五月二日（星期三）雨

早　麦饭，萝卜味噌汤，烧卖，盐揉卷心菜，萝卜泥拌银鱼，苹果。

把绣球花移栽到露台前的松树根旁。

1　椎名麟三是笔名，原名大坪升。

邻居的围篱那边传来说话声："太太，您在雨里种什么？"爷爷的用词有时非常礼貌。"我在种绣球花。""我们也种了绣球花，不过在这山里很难开花呢。不过个三四年开不了。""从东京带来种下的花，在这里就算成活，每年花变得越来越小呢。是变成野生了吧？我带来红蔷薇种下，每年颜色都变淡一些。第一年是粉色，下一年只有边缘是粉色，再下一年是奶油色，今年变白了，变成了野蔷薇。"

午　荞麦冷面（我），汤面（丈夫），萝卜泥拌滑菇，红烧素雁四季豆。

晚　麦饭，山药鱼糕鸭儿芹清汤，蟹肉炒蛋。

5月21日（星期一）晴

★夜里，上厕所上楼下楼太麻烦，所以试着在楼下睡。冷。

——泰淳记

5月28日（星期一）阴转雨

★邻居不在家。他家的杜鹃花开得正盛。爷爷生病住院，所以他们两口子下山了。

用磁带听《光藓》。真乃名曲。看话剧，听磁带，看歌剧，再听磁带，这才初次领悟。

——泰淳记

昭和四十九年

1974 年

六月十五日（星期六）晴朗无云

滩屋。花林糖，海苔米果，立顿红茶，果酱，共一千七百六十元。

酒水店。易拉罐啤酒二千六百四十元，味淋三百四十元，大麦三百二十元，葡萄酒五百五十元，酱油二百三十元，三得利 VSOP 二千七百元，番茄酱一百三十元。

面包一百二十元。

在 C 超市。青椒，纳豆，猪肉，鸡肉，两块金枪鱼，三块红鲑鱼，烤豆腐五十元，山药鱼糕，两盒火柴，茄子，紫卷心菜，生姜，牛蒡，胡萝卜，夏橙，葱，土豆，沙拉酱，萝卜五十五元，王子蜜瓜，共三千八百十五元。

花店。大花马齿苋苗，百日菊苗二千二百元。

丈夫走下院子，来到花田里的我跟前，说："院子上面的草丛里开着桃色的不可思议的花，你过来看看。"

一定是大花杓兰吧。我想着，走上去一看，大花杓兰开花了。开在与去年相同的位置，花稍微多了一些。

六月十六日（星期日）晴朗无云

早　麦饭，萝卜味噌汤，红烧金枪鱼，高汤浸芦笋，炒茄子。

电器行九点左右来。给墙上的照明换了两个灯泡后走了。

午　面包，沙拉，香肠，王子蜜瓜，红茶。

晚　麦饭，蛋花汤，海苔，海胆，佃煮，炸鱼糕。

一整天，盛夏的炎热。

丈夫一清早独自去散步，在石山晕倒。他说，屁股撞到石头，撞疼了，所以拉不出屎。他上午一直在二楼睡。

六月十七日（星期一）阴，有时晴

早　麦饭，茄子味噌汤，炸猪排，炖炒土豆，黄瓜芦笋紫卷心菜沙拉。

午　面包，香肠，鸡汤。

晚　麦饭，猪肉汤，红鲑鱼，炒蛋。

在管理处买五盒七星烟五百元。

一整天割草。傍晚午睡一小时。夜里九点，风大雨大。

一整夜刮狂风。

六月十八日（星期二）强风暴雨，有时晴

　　早上，一只鼠灰色的兔仔绕着屋子兜圈跑，像是来吃大花马齿苋的叶子。电线挂在槲树枝上，每当风吹过，树枝便带得电线晃得厉害，所以我去让人在我们回东京期间把树枝砍掉。

六月二十五日（星期二）阴，有时晴

　　赤坂公寓的排水管统一清洗，出门晚了。到山上两点半。

　　露台龙骨缺掉的地方修好了。槲树枝也砍掉了。

　　大花马齿苋基本被兔子啃光了。

　　晚　麦饭，海苔，明太子，萝卜泥，海胆，山药鱼糕鸭儿芹清汤，醋味噌拌枸杞。

　　新月。夜里下了点雨。

六月二十六日（星期四）晴，夜晚阴

　　早　炸鸡排，麦饭，紫卷心菜沙拉，高汤浸四季豆。

　　晚　麦饭，海苔，鲑鱼罐头，萝卜泥，芝麻拌聚合草，米糠腌卷心菜。

六月二十七日（星期四）阴转雨

早上十点左右，大冈和迪迪来了。

久违地见到迪迪。听说迪迪率先奔下院子，看到在露台的丈夫，吓得停住了。

大冈昨天傍晚来了山上。他说，我一直在睡。

下午，正要下山，车的电池没电了。昨天起就一直开着雾灯，忘记关了。去管理处。他们说："大家都在傍晚五点下山，只有电话值班员。就算现在开始充电，也要中途停止，明天要重来，所以最好明天早上开始充，充到三点左右。"让他们明天早上九点来取电池。

今天本来要下山买东西，今天明天吃现有的食材。

从傍晚开始下大雨。夜里，保险丝断了。我正要关餐厅的落地灯，就断了。

六月二十八日（星期五）阴，有时晴

下午四点左右，大冈带着面包来了。他说，昨天在家用电炉取暖，头晕，所以今天不喝啤酒。

他说："你我的老朽度都变得厉害了，所以最好找个能从吉田过来上门看病的医生。我来找。"

电池修好回来了。充电费一千元。

六月二十九日（星期六）晴朗无云

黄瓜，茄子，卷心菜，葱，王子蜜瓜，牛蒡，胡萝卜，墨鱼，烤豆腐，面包糠，味噌一百五十元，天妇罗粉八十五元，纳豆，樱花虾，番茄，鸡蛋，鲑鱼，金枪鱼块，猪肉，鸡胸肉，用来炖的牛肉。

一个咖喱面包，一个可乐壳面包，一个鸡蛋面包，白吐司，共二百九十元。

在滩屋。一箱易拉罐啤酒，大黑白兰地七百元，伏特加七百五十元，三得利角瓶。

宽橡皮筋，缝衣针，隐形裤扣。

汽油十点八升一千二百四十元。

秋英苗，长春花苗，倒挂金钟，共一千五百元。

中午过后，下山买东西。去吉田。

傍晚，种下花苗。

晚　麦饭，卷纤汤，红烧金枪鱼。

六月三十日（星期日）雨

早　麦饭，卷纤汤，黄油烤鸡胸肉，醋浸紫卷心菜，王子蜜瓜。

午　吐司，鸡汤，水果果冻。

晚　麦饭，高汤山药泥，鲑鱼，味噌炒茄子。

一整天下雨。傍晚，雨停了，有少许夕照。又下起雨。

七月一日（星期一）全天雨

早　麦饭，西式蛋饼，四季豆洋葱沙拉，土豆味噌汤。

午　面包，西式炖牛肉，红茶，王子蜜瓜。

晚　天妇罗荞麦面（混炸樱花虾），高汤浸菠菜。

雨停了之后，松鼠来了，把仙贝的碎片叼走。

上午，山梨电视台长时间在播放《山梨县全县妈妈桑合唱表演》。据这个节目说，富士吉田在整个山梨的文化水平较高，合唱也超出普通水准。只有吉田的妈妈桑合唱队穿着统一的白色发光的晚礼服登台演唱。

丈夫和我都坐在餐厅的椅子上，一直在看。

七月二日（星期二）一整天雨

雨一直下，绿色每天都在变浓和膨胀，仿佛罩住了整个家。

早　麦饭，炸鸡排，盐揉卷心菜，番茄，茄子味噌汤。

午　松饼，蔬菜汤。

晚　麦饭，牛蒡炒胡萝卜丝，卷纤汤，纳豆，海苔，海胆。

雨中，一只松鼠从旁边的树林深处以轻飘飘的步伐奔过来，跳上露台的椅子，一头撞在玻璃门上。然后它绕到西面的玻璃门，站起来，往餐厅里看。我为它打开门，它又以轻飘飘的步伐跑掉了。

丈夫因为不能拔草，迷迷糊糊地睡着了。我久违地用吉他练习《断章》。把深泽的唱片放上，跟着学。

热水器的燃气不足，出来的是凉水。也许是气罐用完了。

七月五日

回东京。

七月九日（星期二）阴，有时雨

两点过后到山上。下着毛毛细雨。上次回东京前种下的大丽花扎了根，在开花。之前种下的棉花种子长出成对的叶子。二十株。

阿球今年第一次来山上，所以"咕噜咕噜、咕噜咕噜"地叫着，绕着院子看了一圈。

订了从明天起的《每日新闻》。

去高尔夫球场，订了八月七日、八日、九日，三天两夜，带卫浴的双人间。说是一个人三千二百元。为开高［健］夫妻来山上订的。

向管理处订燃气罐，他们立即送来了。像神一样迅速。

二十千克三千元（等夏天过完了一起付）。

七月十日（星期三）阴，有时晴

回复开高健太太酒店订好了，给日本 UNI 版代《建桥》[1]的翻译授权签名件，两封都用快信从吉田邮局寄出。

邮局巷子的空地上，蜀葵开着浅桃色的花。河水"咚咚"流淌，传来织机的声响。四五个女生拎着包下坡走来。已临近暑假。

一斤面包，鸡胸肉，猪肉薄片，三块给阿球的鲣鱼一百五十元，竹叶鱼糕。在忠实屋超市。

在蔬果店。桃子（叫作砂子的品种）七十元一个，买了六个。

七月十三日（星期六）有时晴

我正在割大门周围的草，邻居阿婆和对面宿舍的太太从三点上山的公交车下车回来了。她们背着双肩包，双手拎着篮子。说是去河口湖买东西。说还没买够。

---

1 武田泰淳的短篇小说，改写自韩邦庆的《太仙漫稿》。刊于《小说公园》1951 年 6 月号，收录 1953 年由筑摩书房出版的短篇集《爱与誓言》。

七月十四日（星期日）有时雨

今年的梅雨季还没结束。据说富士山五合目的生意不好。

十一点左右，去喊邻居阿婆。她俩（还有对面宿舍的太太）说让我带她们去吉田，我载上她们，下山去吉田。

去忠实屋超市。

酱油，味淋，金枪鱼，用来炖的牛肉，猪肉，葡萄柚，王子蜜瓜，桃子，茶叶，海苔，花林糖，给阿球的鱼肉，卷心菜，黄瓜，土豆（有两个坏了），奶酪，植物黄油，牛蒡，茄子，蒜，烤豆腐，萝卜等。共四千七百二十三元。

在面包店。各种面包五百一十元。

宿舍的太太在超市问我哪里有"真豆腐"[1]卖。

在酒水店。一箱易拉罐啤酒，一瓶福神渍。

吉田的酒水店全部休息。只有一家酒水店开着一扇玻璃门，我进去买。那家的年轻老板娘瞧见我身上的绿毛衣，"这个好。我喜欢这种。"说着摸了摸。一直到我离开，她都在讲毛衣的事。

我载上买完东西拎着大袋子的两个人回去。傍晚，对面宿舍的太太出现在院子里。说是谢谢我开车载她，拿来

1　一种速成豆腐粉末，由好侍食品生产。现已停产。

熏制鲑鱼、乌鱼子、羊羹和三瓶啤酒。

花子寄来快信，里面装着我们需要的邮件。

对面宿舍看门的夫妻是从横滨来的。听说他们的儿女已独立，只有夫妻俩一起生活，所以宿舍找了他们。是一对肤色白皙身材瘦削的老夫妻，看起来不适合山上的生活。太太喜欢动物，她说她特别喜欢猫。她说阿球"像狗一样大"，想要亲近阿球。"我摸着猫的脑袋，上了年纪。"说着，她像是无奈地笑了。

今天，下山去吉田的车里，邻居阿婆兴奋得像个孩子，一直在说话。她说："真高兴。坐车'刷'地去买菜。我喜欢光鲜的事。我可真讨厌那个不开朗的老头子。早就讨厌他了。真没劲。从老早以前就是。其实我结婚之后马上就烦他了。和老头子在山里过日子，也完全没劲。"

七月十五日（星期一）阴，热

早　麦饭，味噌素烤串，酱汁烤鸡胸肉，牛蒡炒胡萝卜丝，盐揉紫卷心菜。

午　荞麦冷面。

晚　麦饭，红烧金枪鱼，高汤浸枸杞，蛋花汤。

丈夫一直在放唱片。电影主题曲全集。翻来覆去地放

《罗斯玛丽的婴儿》[1]。我在间隙放《颤抖着睡吧》[2]。当《颤抖着睡吧》接近尾声，他说："下面放《罗斯玛丽的婴儿》。"他躺着听，自言自语地说："要能写出这种感觉的小说，可真好啊。"我不服输地说："孩子他爸，等我死了，守灵夜的时候要放《颤抖着睡吧》。让在场的人合唱。"

[附记]之后一直到昭和五十一年（1976年）的夏天，没有记日记。

从昭和四十四年（1969年）的夏末，武田开始写《富士》。他的酒量变大了。之前我去酒水店大多买易拉罐啤酒、瓶装啤酒，改成买各种各样的酒，威士忌、白兰地、烧酒、葡萄酒。有人对他说，毕竟不比年轻的时候，要选好酒，只喝好酒，对身体好，他只是点点头，没听进去。或许他在心里顽固地摇头。他说："喝过好酒，喝便宜酒，会'哗'地喝醉，醉的方式完全不一样。好就好在那种落差。"昭和四十六年（1971年）年底生病以后，武田停了一段时间写稿的工作，只偶尔出席对谈。山上的寒冷对这

---

1 *Rosemary's Baby*。1968年的美国电影，由罗曼·波兰斯基导演。配乐作者是波兰爵士钢琴家、作曲家克里斯托夫·柯梅达。

2 *Hush... Hush, Sweet Charlotte*，中文片名《最毒妇人心》，1964年的美国电影，由罗伯特·奥尔德里奇导演。片中歌曲由阿尔·马蒂诺演唱。帕蒂·佩姬也曾翻唱。

个病不好，所以我们改成从晚春到初秋在山上生活。他原本就是个嫌麻烦的人，能让我做的事都让我做，从开始写《富士》到他生病后，更是把杂事都交给我。从这段时期开始，日记简短，字大。有一搭没一搭地写。我又忙又累，写日记变得麻烦。

昭和四十八年（1973年）五月底，武田的日记孤零零地只写了两天，写在一页二百字稿纸上。用钢笔写了三四个字，然后用黄色马克笔描了那些断续的字，或许是因为那支笔也不好写，或是因为不喜欢那个颜色，又换成黑色马克笔写。那页纸夹在日记本里，所以我誊在这里。生病以后，他的右手变得不太方便，写出来的字很难辨认，他不喜欢这样，需要给别人读的东西，都让我誊写或做口述笔记，写给自己留作记忆的东西则是自己写。圆珠笔和钢笔需要手上使劲，所以用油性马克笔，或把4B铅笔削尖了用。

不写日记的山居的日子，有过哪些事呢？同每年一样，雪融，万物发芽，樱花开，长出新叶。我们仿佛等不及地来山上。武田做日光浴，割草，喝易拉罐啤酒，读书看电视。一到七月，他就开心地说："呀，聒噪的大冈今年也会来呢。""大冈那家伙，已经来了吗？你去看看。"如果大冈一阵子没来，他就说："你去讲一声，请过来玩。"——

316

我们还是这样过。

我不再去湖里游泳，在房前的院子里和大门周围种了一堆全是夏天开的花。武田愕然失笑，说我的劲头简直像个神经病，但他在晨昏时分长时间地蹲在花田里，摸摸花，痴痴地看。他把他的喜悦呈现给我。

我有时越说越来劲，把武田气得发抖，或是让他的心情低落。有时候，他那种无法形容的目光会让我彻底沉默。身体好的我，在身体一年比一年差的人身旁，吃很多，说很多话，大声地笑，在院子跑上跑下，毫不掩饰心情的起落，我是个多么粗野和迟钝的女人啊。

昭和五十一年

1976 年

七月二十三日（星期五）阴转晴

　　一周前当日往返来了一趟，把夏天的行李放下一半，给屋子通风。一整周有雨，其间在东京写完《海》的稿子[1]，二十二日交稿。今天，我们带着阿球，头一次来过夏天的山居生活。从今年起，车可以从赤坂的国会议事堂前上高速，直通到河口湖，所以心情上轻松。不过时间没有太大区别。花子和岩冈[赤坂公寓的管理人]站在车旁目送我们。今年第一次在东京看到盛夏的天空，或许是心理作用，我觉得留在东京的人们看起来显得茫然。走在街上的人看着也像泄了劲儿。在谈合坂的休息站买了烧卖和幕

1　《海》1976 年 7 月号刊载《废园》，8 月号刊载《歌》，是武田泰淳关于上海时代的自传小说《上海之萤》的最后两章。1977 年 12 月由中央公论社出版单行本。

之内便当。六百元。今年邻居 T 似乎也找了人看家，门窗开着。院子里，红色瞿麦、雏菊、玛格丽特、风铃草、蓟、野蔷薇、月见草在盛开。

午　买的便当。

晚　松饼，汤，葡萄柚浇蜂蜜。

下午，将厨房的橱柜敞开，擦架子。到处沾着霉斑和老鼠屎。阿球看起来着实幸福地进进出出。今年也能来山上，开心。三个人都开心（两个人和一只猫）。

七月二十四日（星期六）阴转晴，下了一场雨

九点起床。天阴着。枕头高，所以脖子疼。

早　麦饭，味噌汤（茄子），秋刀鱼干，萝卜泥，佃煮，葡萄柚。

午　三明治，红茶。

晚　乌冬面，茗荷蛋花汤，西瓜，甜口炖南瓜，葡萄，醋拌银鱼黄瓜。

上午有点凉，穿了长袖，结果热。在管理处订了二十五日起的报纸。下山去吉田，在伊藤洋华堂［超市］买东西。在坡道上的小店，三根黄瓜七十五元，五个洋葱，两个青苹果二百元（这个不太好吃，太面了），一根萝卜。在伊藤洋华堂，浇水壶三百八十元，肥料二百七十元，面

包二百元，卷心菜七十五元，一袋茗荷一百九十五元，纳豆三十八元，葡萄和西瓜六百六十元，竹荚鱼干，生利节，盐腌鲑鱼，两片里脊，一袋鸡胸肉，十个鸡蛋，蒜，南瓜，五根葱，一袋大麦，一块山药鱼糕，一包竹叶鱼糕，共四千九百二十七元。

三点回家。拔草。移栽了一些花（矮牵牛）。今天也晒了厨房的抽屉。夕照。在被西晒照得明晃晃的电视上看了好几次同样的奥运会[1]体操。感觉像看了，又像没看过，怀着这样的心情看同样的节目。我俩都是。

天快黑的时候，一群年轻男女蜂拥到 T 家，把椅子和遮阳伞搬到院子里，喝酒，弹吉他，开始闹腾。像是看家那对夫妻的朋友们，讲山梨方言。

七月二十五日（星期日）晴，有时阴

昨天，邻居那伙人在草坪喝酒到两点。今天一整天响着麻将声，那声音听起来像在拨开草丛割草。

早　味噌汤（豆腐），麦饭，红烧土豆生利节，黄油炒里脊，醋腌卷心菜，西瓜。

午　玉米，葡萄。

1　1976 年在加拿大蒙特利尔举办的夏季奥林匹克奥运会。

晚　面包，中式汤，土豆，黄油炒卷心菜，腌萝卜叶。

擦门和墙上的霉。一整天敞开窗通风。丈夫割草，做日光浴。他夜里早早地像是舒服地睡了。

七月二十六日（星期一）晴朗无云

早　麦饭，味噌汤（茗荷、豆腐），黄油炒鸡胸肉，味噌炒茄子，油醋浸黄瓜，味噌腌蔬菜碎。

晚　三明治，咖啡，沙拉，火腿，鸡汤煮的蔬菜汤，糖水煮黄桃，腌萝卜叶，葡萄。

丈夫说腌萝卜叶好吃。说想要每天吃。

上午，晒被子。拿出厨房水池下面柜子里的东西，晒霉。面包糠连同罐子整个发霉了。丈夫割一会儿草，进到屋里，喝易拉罐啤酒，又割一会儿草。两点，去管理处拿报纸，付了春天修石墙的尾款。拿了一份夏天的公交车时刻表。

去伊藤洋华堂买东西。两条女内裤二百九十五元，褶皱棉吊带衫（这个叫作达摩吊带衫）七百八十元，两双男袜四百六十元（买橡皮筋松弛的，看起来不结实。于是就买了最便宜的）。在食品部，面包，菠萝，味淋青花鱼干，牛里脊，面包糠，一条生利节，芝麻油，培根，味滋康醋，葡萄柚，葡萄。

吉田城区的民宅树篱正在开花的秋英、向日葵和蜀葵，与去年在同一个位置，开着同样的花。撑着黑伞走路的阿婆，戴着崭新夏帽的小女孩等人，看起来像是与去年在同一个地方。我常去的花店没开门，于是去了在铁道口对面找到的花店，一串红苗，一盆矮牵牛，玛格丽特苗，共二千五百元。今年梅雨季结束得晚，花和苗的长势不好，而且好像卖得不好。从花店走新铺的路到河口湖城区。一路上有许多新建的人家，房子之间的田里，稻苗绿油油地在风中摇曳，一个人也没有。静静的，像从前的暑假。五点左右，在太阳还没落下的炎热中，我把花苗种下。七点过后，用管理处的电话联系花子。花子的声音听着遥远。感觉上，电话深处的东京的夏天在遥远的地方，非常热，疲得很。丈夫早早睡了。看起来是舒服的。

七月二十七日（星期二）晴，有时阴

我正在收拾早饭的碗筷，来了两个保安，一个年轻的，一个老人。他们问了三个惯例的问题，你们待到什么时候，等等。然后，他们的大皮鞋把两株最高的结了花蕾的矮牵牛踩折了。丈夫今天也在割草。他坐在地上，盘着膝，慢慢悠悠地拔一点，割一点。他今年不再像之前一样在整个院子转悠，一会儿割上面的院子，一会儿割下面的院子。他说改成一处处弄。打开工作间的壁橱通风，找到一瓶去

年开了只喝了一点就放着的拿破仑，感觉赚了。去年的秋英颤悠悠地从各个角落长出来，我把它们改种在一处。丈夫傍晚冲了淋浴，我帮他洗身体和头。之后，他像是舒服地在沙发上闭着眼。

晚餐　面包，黄油炒牛里脊，土豆，四季豆，黄油炒胡萝卜，红茶，葡萄柚。

夜里，阿球来挠我的房门，但我起不来，没给它开门。身体烫乎乎的，睡觉也疲得很。在这样的情况下做梦，梦见竹内家搬家，他们没有叫我帮忙，也没有喊我去玩，我自己进到他们家，吃了极为巨大的盘子里的食物。裕子和绍子是小女孩，虽然是小女孩，却在讲她们现在的年龄的语言，而我没感到奇怪——做了这样的梦。

七月二十八日（星期三）晴

早　麦饭，味噌汤，纳豆，味淋青花鱼干，素雁干萝卜丝烧肉，中国醋浸黄瓜，葡萄。

晚餐　麦饭，寿喜烧口味牛肉大葱，三杯醋黄瓜银鱼，菠萝。

晒二楼的被子，把工作间柜子的抽屉抽出来晾晒。铺在抽屉里的报纸是昭和五十年七月二十九日的，所以去年也在这时晒过霉。今年一点点做，慢慢做，所以不焦急，体力也轻松。说不定我的身体今年比去年好。去年太忙了，都没能写日记。中午开始做口述笔记。筑摩书房"鲁迅文集"的推荐文。

三点半，下山去吉田。在邮局给花子寄快信。对面的杂货店说是厕所卷纸大甩卖，十二卷三百六十元，买了一包。店里的爷爷说，虽然便宜，里面也是六十五米的，纸也不差。爷爷来到店外鞠躬，直到我坐上车，直到车开出去。说不定纸不好。

在一家小蔬果店。一根萝卜，一颗卷心菜，两个水蜜桃，六串葡萄，十个青皮李，共一千六百一十元。

在花店。五株美人蕉一千五百元，四棵鸡冠花一千四百元，十株大丽花一千五百元，两棵小番茄苗四百元，肥料三百元。

我在店门口打招呼，花店老板娘仍在厨房洗手，一直没出来。我说上次来的时候店关着，她说，丈夫两只脚的脚踝都骨折了，一直在住院，忙着探望他和进货。说是走着路就自己受了伤。她说："不是交通事故，所以必须全部自费治疗，运气不好。没有收入可糟糕了。大丽花的苗摘了芽头放在底下，虽然不好看，但你要是不在意，就请拿去。"

底下指的是花店的院子。桥畔有窄而陡的楼梯，往河边下去，有一处地方类似河滩，比水面高出一截，像块搁板，那地方如同花展一样满满地摆着盆栽、进货后没卖掉的苗、打算培育之后放在店里的苗等。花店的一楼在这个院子里，二楼就是桥畔的地面上的店。店有大概二坪没铺地板的房间，还有摆着被炉的三叠大小的房间，他们在那儿看店，还有间厨房。一楼像是一家人起居的房间。

我走到下面，第一次从院子看到一家人起居的房间。摆着滑雪器具、球、年轻人玩耍的用具。河里的水不多，不过今年顺畅地流着干净的水。看起来这家人望着河流过日子，但没有风流或自然的感觉，就像从厕所里看河。一楼和二楼都是位于桥畔的细长而倾斜的木结构，建造得有些危险。一楼尤其逼仄，在桥的背阴处，昏暗。老板娘跟去年完全没有变化，声音沙哑，忙忙碌碌，但我目睹这处摆着大量开始枯萎或长到一半的库存花苗的河畔的院子，还有他们一家人昏暗的房间，感到胸口堵住了。

今天，以口述笔记记了一篇，名为《鲁迅的遗嘱》，其中有："如果我的孩子别无所长，就让他做些简朴的生计。不可成为空头的文学家、美术家。[1]"但所谓简朴的生计，像这样丈夫双腿骨折，小个子老板娘努力做生意，背

---

1 原文出自《死》，收录在《且介亭杂文末编》："孩子长大，倘无才能，可寻点小事情过活，万不可去做空头文学家或美术家。"

朝天晒啊晒，晒得黝黑，看着都堵得慌，太不容易了。我怔怔地上车回家。种下花苗，七点左右晚饭。

"鲁迅先生说，不能做空头的文化人，要做简朴的生计。可是，简朴的生计也是很不容易的。"我把花店的情形讲给丈夫听，他浅笑着解释道："鲁迅想到的简朴的生计，是教师一类的职业吧？"

丈夫在睡前仿佛自言自语地说："我正在尽量少抽烟。只要能少个一两根，就不会头晕，人也舒服。工作的时候无论如何都会抽，没办法，做其他事的时候就少抽些。"他本人这样想，而事情需要他本人来做，正好。

今晚也把袜子的橡皮筋剪开，再折三折，做成松垮垮的袜子。我在商场和袜子专卖店走了一圈，努力寻觅脚踝橡皮筋不紧的袜子。自己改就行了，我之前怎么没想到呢？用 NK 袜的名字来卖，怎么样？NK 就是"NO 血栓"的缩略。今后，中元节收到迪奥的袜子也好，圣罗兰的袜子也好，我全都给嚓嚓剪了。

丈夫睡得很多。他睡的时候打鼾，像轻微的啜泣声，取下的整副假牙紧贴着脸颊。

口述笔记的稿子，我把"弱冠二十六岁"写成"若干"，所以丈夫笑了。今晚改掉。

七月二十九日（星期四）晴，有时阴

电视上说，田中角荣[1]在拘留所吃了麦饭和一菜一汤的早饭，精神很足。田中角荣身体非常好。

早　麦饭，鲑鱼罐头，萝卜泥，醋拌黄瓜，鸡蛋。

晚饭　面包，西式炖牛肉，水蜜桃，葡萄。

丈夫说冰镇过的水蜜桃好吃。葡萄他也边看电视边一直吃。

今天午后下了一会儿像是夏日午后的阵雨。

七月三十日（星期五）阴转晴，凉风

早上一起来，就在花田的正中央梳头，舒服。

早　麦饭，土豆炒培根，味淋青花鱼干，海苔。

晚餐　麦饭，洋葱炒里脊，还配上四季豆和土豆，番茄黄瓜沙拉，红烧素雁干萝卜丝，西瓜。

今天也在晒霉。丈夫割草。上午十一点左右，给筑摩书房的儿玉打电话。我们将于二日用快信寄出稿子。我拜托他，稿子超过了原定的页数，但只有这一次，请绝不要删减。下午三点半，下山去吉田。在伊藤洋华堂，防锈油

1　田中角荣（1918—1993），政治家、实业家、建筑师。曾任日本首相（1972—1974），1976年因洛克希德贪污受贿事件被捕，此后的多次判决均认定其有罪，不过田中角荣在世时并未入狱。

三百元，超快干混凝土三百二十元。在食品卖场，干萝卜丝四百元，红薯点心二百五十元，一根萝卜五十元，三个桃子三百元。饼干和面包四百八十元。在杂货卖场，别针二百元，棉线二百八十元，牙签一百三十五元，四盒火柴一百八十三元，筷子一百五十元，厨房灯一百九十元，刮胡刀刀片一百二十元。

在鸟居往上的电器行，吸尘器修理费一千五百元。我去取吸尘器，老板不在，老板娘出来了。态度倒是不错，但吸尘器的管子被绕成圈，捆了带子，她如果就那么给我才好搬，可她故意定睛瞅着带子，然后解下来，把带子收进自己的口袋。那是我在家系上的金色带子。贪心！！小气！！

在铁道口的花店，两盆蜂巢[1]六百元，肥料三百五十元。在晚饭前把蜂巢种下，让它成为花田正中间的分界。农家的围篱，在夏天，总是有这个和蜀葵，还有黄色的秋英模样的花。还有向日葵。蜂巢在东京好像叫作木槿。我坐在餐厅的椅子上，把门开着，边炖东西，边眺望夕照和花的模样，感觉自己好像教父。

夜里，西面天空的低处出现了橙色，或该说是黄铜色

1　荷花的别名。看后文可知，此处并非荷花，而是木槿。

的新月。像伊斯兰教国家的旗帜。

七月三十一日（星期六）晴

一整天都是宛如盛夏的天气。风往上吹，横吹过去，发出涨潮般的声音。我把能开的位置都打开通风。

早　麦饭，放了茗荷的豆腐味噌汤，炸鱼糕萝卜泥，猪肉炖炒干萝卜丝，黄瓜和番茄。

晚餐　面包，放了猪肉、土豆和四季豆的罗宋汤。

丈夫割院子底下的草，我割靠近大门的上面的草。用昨天买来试试的超快干混凝土修理厨房门口地面缺损的部分。过于超快干，加水一混合就已经凝固，所以抹得不平。在西晒的阳光下抹上，很快干了。

中国北京附近发生大地震。听说叫作唐山的地方成了废墟。北京的大楼从上到下出现纵向的裂纹，因此居民从家里出来，在楼前的路上支起帐篷生活。过帐篷生活的人们在行道树的树荫下躲避盛夏的日晒，表情从容，仿佛他们从过去就过着那样的生活。丈夫看了好几次中国地震的电视报道。

八月一日（星期日）晴

一整天炎热。

八月二日（星期一）晴

用快信寄出鲁迅文集的稿子。给《海》的村松打电话，说八月休息。他立即爽快地答应了。给岩波的海老原打电话，把《岩波讲座：文学》的截稿期延到二十五日。我进到富士吉田电话局门口的蓝色电话亭，打完一通电话的时间，就像在桑拿房里一样，喘不过气。后面用了电话局里的红色电话。

晚餐　麦饭，天妇罗（白丁鱼、樱花虾天妇罗，蔬菜精进炸）。

丈夫说白丁鱼天妇罗好吃。他还吃了许多精进炸。他说，《海》可以休息，而且《文学》的截稿期也延了，所以我就随意了，慢慢晒太阳，割草，开始工作之前不看书。他边吃天妇罗边说道。

在伊藤洋华堂，高枝剪二千二百元，劳动手套（胶面）二百五十元，劳动手套（六双）一千九百八十元。

有了高枝剪，于是将它装在竿子的头上，修掉高处长得太长的枝条。"有了这个，今年和明年都不用请园丁，可以自己修剪。我要把看着重的枝条现在就砍掉，这样下雪也不会折。明年我去把大冈家的也修一下。"我扛着高枝剪，在院子里上上下下，到处修枝，直到太阳落下。丈夫一会儿从工作间的窗户看，一会儿到露台上看。然后说：“老虎殿下[1]大展拳脚之卷。”他提醒我：“你别太兴奋，做多了，回头脖子又动不了了，今天到这里结束吧。”一到晚上，我的脖子就疼了起来。

八月三日（星期二）雨，有时有风，气温低

宛如初秋的日子。雨声噼里啪啦，不时夹杂着风。那声响就像有人走来。从前的人说，“土用过半秋风起”，果然。

早　麦饭，纳豆，腌萝卜叶，煮南瓜，生鸡蛋，海苔。

丈夫在纳豆里混入切碎的腌萝卜叶，把海苔揉碎了放进去，浇在饭上，吃了两碗。我按同样的吃法吃了两碗，又浇上生鸡蛋吃了一碗。

晚饭　汉堡肉饼，黄油炒四季豆土豆，番茄汤。

一下雨，丈夫便钻进工作间从来不收的被窝里睡觉，不看外面的景色。他像是讨厌雨景。我问他要不要给浴缸烧水，他说冷，不泡了。轻微的说话声从被窝里传来。

我一整天缝衣服。缝好一条黑色条纹连衣裙。夜里，

1　武田泰淳给百合子取的外号之一是“老虎”。

我开始给美穗[1][岛尾敏雄夫人]写信，写了一阵又撕掉。或许因为过于起劲地修剪高枝，脖子和左掌心疼。

八月四日（星期三）雨，有时晴

黎明时分，丈夫想着我的二楼卧室遮光窗没关吧，上来关了。"老虎殿下，你还是脖子疼了吧？"说着，他像是不知所措地长时间地揉着我的脖子。

一整天，下一阵雨，晴一会儿。花子今天也许会来，所以我打扫了二楼的房间。傍晚，我在雨停的间隙用高枝剪试着剪了松枝等。顺便把山椒长长的枝条也剪了，修成圆形。夜里，我出来倒垃圾，昏暗的树丛中，长着山椒的一带笼罩着山椒的气味，是因为剪下的枝条散落在路上吧，一直到远远的上面，路上都飘荡着山椒的气味。据说摘山椒芽时不可以讲话，是不是不可以在傍晚砍山椒呢？过于强烈的芳香流淌在院子里，而且院子里一片漆黑，因此有种不吉利的感觉向我袭来。

花子如果坐最晚一班公交车上来，到家就要八点左右，

1　岛尾美穗(1919—2007)，日本作家。曾因作家丈夫的外遇导致精神分裂，40岁成为小说家。基于生活素材的小说《海边的生与死》在1975年获第15届田村俊子奖（《富士日记》于两年后获同一奖项），2017年被改编为电影。

我把二楼、储物间和厨房的灯全开着，让院子里的路稍微明亮些。电视上在放一个叫什么故乡自豪的节目，从名濑[1]播放。名濑的少女唱了冲绳的歌，她聪明美丽的脸庞、有礼貌的举动和视线笔直又闪亮的眸子，让我想到，美穗在少女时代就是这样吧。

丈夫说了好几次："花子今天没来呢。她到底什么时候来？"

八月五日（星期四）阴，有时小雨

早　麦饭，蛋液裹绿豆樱花虾，味噌汤（豆腐），油浸金枪鱼，沙拉，萝卜泥。

晚　（和花子三个人）麦饭，清汤，盐烤秋刀鱼，炸鱼糕萝卜泥，味噌炒茄子，菠萝。

河口湖湖上祭的日子，总是要么阴天，要么下雨。去年从傍晚开始放晴，我和花子下山去了湖边，但今年像是天气不行。电视上说，准备了三千发烟火。山下感觉会拥堵，所以我早早下山买东西。在坡道上的小店，三根萝卜六十元（突然这么便宜！！），两颗卷心菜三十元（这个

1　鹿儿岛名濑市，现在的鹿儿岛奄美市，位于奄美群岛当中最大的岛屿奄美大岛。岛尾夫妻曾在该地居住。

也突然这么便宜！！），蔬果店老板娘说，一把芹菜一百元，一堆玉米（六根）六十元。家里人少，所以我没要。现在，吉田以及河口湖的商业街正在大甩卖，塑料拖鞋、鞋、木匠工具、肥料、种树的工具、线香乃至佛坛。在伊藤洋华堂，男式睡衣二千五百元（名为"伊藤洋华堂奢品"的最贵的睡衣），像消防署的制服，晚上睡觉也显得忙忙碌碌的，有点怪，但没办法。因为之前的睡衣穿了十年，袖口变得丝丝缕缕。药（便秘中成药）三百元。

回到家，正在展示睡衣等物品，传来脚步声，花子来了。她带来的手信是丈夫七月中旬检查视力新配的两副眼镜，一副用来散步时看景色和人们的脸，还有一副学习时戴。他在我和眼镜店的人的推荐下，时隔十年配了眼镜。今天戴上后，他像是不太中意，说是看字也跟之前一样，景色也一样。不过当他戴上新眼镜，看起来像个有钱人。

听了花子传话，去给《海》打电话。我回复说，谷崎奖的评选日九月十六日没问题。打电话回来，收到《海》的电报，与花子传话同样内容的电文。送电报的是个打着伞的女人。说是鸣泽邮局的人。我送了她水果罐头。

傍晚天色渐黑，我来到大门口，看一下能不能看见烟火。我第一次意识到，周围的树长得很高，看不见湖了。我和阿球、花子还有丈夫一起下到能望见湖的位置，虽然能看到湖岸的灯火，但烟花钻进云中，看不见。

矮牵牛前天开了今年第一批花，深紫色。第二批是朱红色，第三批是打碗花的颜色。去年和前年，这会儿都盛开成鲜艳的颜色，今年从春天起就不长个儿，花全开了之后也是浅淡的色泽。丈夫说："今年割草比往年有成效，我以为是自己的身体状况不错，结果是草长得慢啊。"

传来烟火声，到十点停了。

八月六日（星期五）阴转晴，有时雨

早上五点左右，阿球好像带来一只兔子。响起丈夫一遍遍夸阿球的声音："真大啊。""阿球真强，真厉害。能干。"要是阿球得意起来，把它带到我的房间，可就糟了，于是我急忙关上门，困，我又睡下了。之后八点半左右起床。丈夫说："可大了。不过仔细一看，好像不是新死的。也许它把死掉的带回来。"又大又瘦像是上了年纪的茶色兔子被放在从露台最容易看到的院子正中央。肠子露在外面，脖子上也有伤口，毛和脚都湿漉漉的。可能是昨晚搬回来，在房前放了一阵。瘦，或许因为它是母兔，要抚育孩子。我不太想看。阿球大概吃了一点毛和肠子，在二楼走廊吐了血，立即进花子的房间睡了。在早餐前把兔子埋进土里。总之很大，而且肠子露在外面，我想就在尸体旁边挖个坑埋了。丈夫像是不愿意它被埋在近在眼前的院子里，不停地说："埋到再过去一点，看不到的地方。"但我不停地挖坑，和花子两个人一起埋了。埋到一半的时候，大冈太太来了。她说他们昨天傍晚来的。

说是大冈之前闪到的腰倒是治好了，这次肺部有积水，只能在平坦的地方走个十五分钟，没法上下坡。她说，让这里的医生看，医生吃了一惊，所以如果有什么异常，就去东京看病。她送给我们更科荞麦面。大冈太太苦夏，不过依旧很美。她没注意到埋了一半的兔子，朝大门那边走上去，回去了。

早餐　花子吃汉堡包，丈夫吃汉堡肉饼，麦饭，番茄，芦笋，味噌汤（茄子）。

早餐后过了一会儿，大冈太太来了。她说刚才忘了带荞麦面的蘸汁。

两点左右，和花子下山去吉田。二十盒香烟，一箱易拉罐啤酒，胶皮管（二十米）一千三百五十元。在餐厅喝加冰的牛奶一百五十元，加冰的可尔必思一百五十元。

夜里，放烟火。阿球吃过那只兔子，像是不舒服，睡了一天，它从我的二楼房间窗户窥看，于是我给它看烟火。它并不开心。

买东西的回程，去看吉田银星座的放映时间表，电影院关着，前面围着栅栏，写着"办丧事，本日休息。明天正常开馆"。有人站在售票亭里，像是老板的家属，于是我让花子钻栅栏进去，问一下时间表。《纽约巴黎大冒险》[1]，11：30，15：25，19：20，23：15。《大白鲨》[2]，13：10，17：05，21：00，0：55。明天星期六是通宵场，所以就算有些不一样，基本是这个时间表。

八月七日（星期六）晴，有时阴

不怎么热。晚上要去吉田看电影，可不能回家的时候在院子的路上跌跤，所以把扔在路上的割下的草和砍下的树枝都收拾了。顺便拔了一点草。丈夫割草的时候花子在旁边帮忙。

晚餐　丈夫一个人五点吃。面包，番茄洋葱汤，香肠和沙拉，咖啡。

我们做了玄米烤饭团，每人两个，出发。五点半，阳光依然照耀。我严正叮嘱："一个人的时候不可以走远。早点睡。我们看了电影马上回来。"银星座的停车场停满了，但正好有个人从里面出来上车，那辆车走后，我们停

1　*Les aventures de Rabbi Jacob*，中文片名《雅各布教士历险记》，1973年的法国喜剧电影。

2　1975年的美国电影。

进去。检票的大叔出来，让我们进场。原来检票的大叔是这家电影院的老板。两张成人票二千四百元。一进去，《大白鲨》就开始了。观众算上我们有十二人。坐在我前面的一对，那个女的，当人们调查沉没的渔船，眼前突然冒出泡得变形的尸体的头时，她"呀——"地大叫，之后去了厕所，一直没回来。花子和我边吃饭团边看。九点左右多了两个人，我们九点半出来的时候，有十四五个人。

在这里，一共就十二三个客人，不时有人找其中的谁。大妈穿过黑帘子，无声地进来，站在身后突然叫道："明日美的某某艾美子小姐！"看电影的大伙儿正想着大白鲨什么时候出来，什么时候出来，一齐吃了一惊。

来到外面，吉田城区的店几乎都关了。像是举办过盂兰盆舞，穿着单衣和服的孩子、少女和大人一道走着，远比去年和前年看电影回家的路上更像夏天，热热闹闹。

当我们走下漆黑的院子，浴室、储物间和二楼的两间房间都亮着灯。工作间的遮光窗也没关，亮着灯。丈夫把家里的灯开着，让我们走路不至于看不清。看起来仿佛灯笼沉在黑暗的水底。"这就是我家。这就是我家。"我在心里喃喃着，走下昏暗的院子。年轻的时候不这样，可是从去年起，离开家，夜里回来的时候，总是这样想。我们吃大福和仙贝，喝茶。丈夫在被窝里说："好看吗？"但他没有起来吃大福和仙贝。

去年在吉田看了电影，时隔一年，我去了电影院。

八月八日（星期日）阴，有时晴，凉爽

树莺从早上就时常鸣叫。其叫声似乎已彻底圆熟，进入高手的境界，它将鸣声慢慢拉长并收敛，到了尾声，要么滴溜溜圆润地结束，要么曼声摇曳，自由自在。

花子要坐早上九点三十五分去新宿的大巴回去，所以我和丈夫两个人送她去河口湖站。之后他说"要不要去朝雾高原看看"，于是我开上星期天的街道，像是盂兰盆节要开始了（？），街上车来车往。丈夫喝着易拉罐啤酒，心情很好。一阵子没来，朝雾高原上建了许多餐厅、汽车旅馆、别墅等。还试着走了不知何时建好的通往富士宫的收费路，然后折返。因为新建了许多休息站，以前就有的那家养着绿雉、卖猪肉暖锅和荞麦面的农家乐风格的餐厅油漆剥落，完全没有客人。这家店能从正面看见富士山。

这家店刚建好的时候，正好林武在店里竖起画架画画。他当时的表情着实阴暗和忧郁，眼睛通红。画架上的画与之前看过的林的红富士山的画一个样，感觉他是硬被带过来的。林小声地说了这样的话："让我在这附近买了地。"在车里，丈夫和我互相说："好像就在那之后不久，林就

走了。"

　　下午，两个人都割草。三点左右洗脚，拿上半份熏制鲑鱼和中国皇家风格烤肉酱汁去大冈家。迪迪来到外面，显得没精打采。他们说迪迪的耳朵做过手术之后，脸歪了。它走路的时候偏着脑袋，也许是脑袋不平衡。大冈说："今年夏天，迪迪也要完了。"迪迪在餐桌下躺倒，立即打着呼噜睡着了。大冈诊断出心脏瓣膜病，听说他读完一册心脏病的书，做了研究。似乎是因为心脏病出现肺积水的症状。

　　他精神很好地说："我也再有五年吧。我懂了，就五年。"丈夫说："为什么大冈不断有新的病呢？感觉就像扎堆似的。像我这样就单挑一枪脑血栓多好。"他们请我们喝了啤酒。大冈说："今年是俩废人一废犬。"我和太太笑道："俩废人一废犬俩女护工。"来大冈家玩，丈夫像是很开心。在回家的车里，他又兴奋地说："竟然有肺积水吗？过一段时间，一定又会变成另一种病。像我就统一成脑血栓了。"

　　晚上，看《太阁记》第十折，一边看，一边拆开晒褪色的连衣裙，要给它翻个面。

八月九日（星期一）强风，晴，有时小雨

　　昨晚，台风登陆冲绳，这一带仿佛也整晚响着风声。

今天早上，残留的风仍然很大。电视上，高中棒球比赛开幕式之后，我们一道看了东海大相模的比赛。下午一点左右，下山买东西。

四个青苹果六百元，两个桃子一百六十元，六串葡萄七百四十元，一根萝卜四十元，四根黄瓜五十元。在鸟居往下的蔬果店。

在伊藤洋华堂，整条沙丁鱼干一百元，三个鲷鱼烧一百五十元，面包二百五十元，炸鱼糕九十八元，两块味噌腌马鲛鱼二百零五元，糠虾佃煮一百一十五元，牛肉五百六十七元，山药鱼糕一百元，四季豆一百八十五元，奶酪二百一十八元，牛奶一百二十三元，茄子一百元，胡萝卜八十五元，四个蛋糕四百八十元。

两点半回。突然大风大雨，我从大门口奔下来进屋的路上，雨水透过衣服，全身都湿透了。三点吃鲷鱼烧的时候，丈夫教育我："我以前不知道鲷鱼烧这么好吃。任何东西都不可轻视。"我说："我自打生下来，一次也没有轻视过鲷鱼烧。"

晚餐　荞麦汤面，以及家里现成的菜。

夜里，缝好了翻面的连衣裙。给美穗写信，又停笔。困了。

八月十日（星期二）晴，多云

天气凉爽，所以使劲收拾了割下来的草。

八月十一日（星期三）

去给花子打电话。她说："一个叫坛余所子[1]的人送来奈良渍，我分了一点给管理人，剩下的下回带去山上。因为特别好吃。其他没什么事。"

八月十二日（星期四）阴，有时晴

早饭后，来了两名东京电力的检查员。我问，装在屋檐上的圆形陶瓷物件脱落了，挂在那里，这样没问题吗？他们说，目前没事，不过等下雪了，来年春天似乎会有危险。他们说，只要向设备科申请，家里没人的时候也能修，会跟那边讲一声，让人最近来一趟。他们四处检查的时候，踩踏了两棵矮牵牛，回去了。今天一整天烧枯草和树枝。夜里，缝纫。

---

1 檀余所子（1923—2015），作家檀一雄的第二任妻子，两人育有二子二女，其中一个女儿是演员檀富美。檀一雄将他与死去的妻子之间、以及后来的情人之间的种种写成小说，大部分是他口述，由余所子记录。原文的"坛"应是笔误。

八月十三日（星期五）晴朗无云，炎热

久违的像夏天的晴日。早上，大冈太太来告诉我们，来了电话，《海》的塙[1]下午来。她顺便拿来我们家的报纸。

上午十一点下山去吉田。进入盂兰盆节，不断有车开上来。吉田的城区除了食材店，其他店大多关着门，一齐在休盂兰盆假。伊藤洋华堂的食品卖场充斥着人的体温和呼吸，仿佛空调不起作用。里面全是为盂兰盆节购物的当地人。红色广告上写着"盂兰盆节用品"，我一看，有做豆腐皮寿司用的油豆腐皮、烧豆腐、玉子豆腐、素面、金枪鱼生鱼片、墨鱼生鱼片等。

写着，凡购买大块肉（就是大量的肉），赠送一只手绘盘。到处是盂兰盆节特别服务专柜。堆成山销售的专柜有水果（西瓜、葡萄、水蜜桃），零食（大福、粉色寿甘[2]、草饼、口香糖、糖、袋装零食），豆腐皮寿司，素面和罐装蘸汁。浜松蒲烧鳗鱼一串四百七十元（仔仔细细打量之后，感觉不好吃）。

一楼的鞋店和服装店都在大促销，广告上写着"出血大甩卖"等字句。塑料凉鞋和夏天的鞋堆成山，左右

1　塙嘉彦（1935—1980），《海》第三任主编，也是备受盐野七生信赖的责编，1980年由中央公论社出版的《海都物语》扉页有给塙嘉彦的献词。

2　米粉和砂糖混合，蒸熟。通常做成长条，外粉内白。用于节庆时分发。

脚散开来，溢出到通道上。我今天就只是匆忙地买了招待客人的以及周六日两天的食材。三个鲷鱼烧一百五十元，木耳九十八元，醋腌鲍鱼和鲱鱼子八百元（我以为这个三百，买错了，旁边的海带佃煮才是三百），等等，共四千三百六十一元。

午后，墙和岸本来了。说是坐大巴来的，但路上堵得动不了，花了将近四个小时。啤酒，木须肉，中国醋浇蟹肉黄瓜蛋皮丝，鲍鱼和鲱鱼子。

三点，送他们去大冈家。墙家生了个宝宝，今天出院，所以他得早早回东京。

晚餐　汤面，水果。

外面完全黑下来之后，我们正在看电视（大概八点吧），传来踩过碎石的声响，玻璃门外浮现出庄司［薰］[1]的脸。之后，纮子[2]出现了。他们说五天前来了富士豪景［酒店］，今晚回东京，所以在回去的路上来一下。庄司说

---

1 庄司薰（1937—），小说家。1958年就读东京大学教养学系期间，以《丧失》获第三届中央公论新人奖。三名评委中，武田泰淳和伊藤整对该小说倍加赞赏，三岛由纪夫则表示有疑问。后转入法学系，师从丸山真男。1969年发表《当心小红帽》，得到三岛由纪夫认可，并获芥川龙之介奖。
2 中村纮子（1944—2016），钢琴演奏家。师从罗西娜·列文涅，1965年获第七届肖邦国际钢琴比赛第四名，也是当年最年轻的获奖者。该届第一名得主是西班牙的玛塔·阿格里奇。1974年与庄司薰结婚。

"给"，送了我们拿破仑干邑。纮子送了唱片。接着，大家一起小口小口地喝着啤酒，听他俩交替讲话，笑。庄司讲了大石寺和天理教的"散味儿"[1]。纮子像猫一样的眼睛忽明忽暗，讲了去苏联演奏旅行的事。在名叫阿斯特拉罕的城市举行的演奏会，波浪以波浪的形态结冰的河流。仿佛是另一个世界的事，而且她的讲述方式淡然，让人愉快。九点，我一个人打着手电筒送他们到大门口。庄司从院子走上去的时候笑着说，来的时候是靠火柴的火照明，穿过院子走下来的。纮子说我丈夫："好像瘦了一些。他是不是累了？"她说二十日有演奏会，但我推掉了，说"正好那时候要写墨西哥的稿子"。我说"明年见"，目送车离开。明年我们依旧会健康地来这里吗？我不去想这件事，一天一天地过。只见富士山上的灯火一直延续到山顶。

来了两组客人，丈夫像是有点累，一直在打哈欠，但他显得愉快。今天是像夏天的一天。每当天气这么热，我便忽然想起战败日。昨晚看了以东久迩亲王[2]的回忆串联的终战节目。丈夫说："再过五年，终战节目就会变成只有一堆特别老的人上的节目。"

1　天理教的入教宣传。
2　东久迩稔彦（1887—1990），前日本皇族、陆军军人，日本战败后曾短暂担任首相，处理战败事宜。后脱离皇族。

八月十四日 特别晴

今天比昨天更像夏天，特别晴。

风不时吹过，然后就是静静的炎热，让人想打喷嚏。我正在踩缝纫机，遥远的地方传来猫叫声。阿球在远处怎么了？我有些挂心，来到外面一看，声音飘在半空中。仔仔细细一听，是黑鸢在叫。今天草木都静悄悄的，没精打采，像是被太阳烤蔫了，在休息。正值盂兰盆节的中段，我们的院子里到处开着紫色桔梗，邻居无人的院子里开满了山百合。花子寄来邮包快件，三册文学杂志。

八月十五日（星期日）阴，有时小雨，凉爽

早　麦饭，炸猪排，红烧山药鱼糕，鲍鱼佃煮，沙拉，白桃。

晚　乌冬面杂炖，试着放了纳豆。

上午，洗头。等头发干的时间，把草和枯枝收集起来烧掉。丈夫在早饭后说："吃了炸猪排，有了精神，我们下午开始吧？"下午，做《岩波讲座：文学》的口述笔记。只有树莺叫了几声，偶尔下几滴雨，此外就是特别安静的一天。夜里，一直在下小雨。

丈夫今晚没看电视，早早睡了。我一个人醒着，看终战节目。

八月十六日（星期一）晴，有时阴，傍晚小雨，凉爽，有风

上午洗衣服。有风，所以晾阿球的窝。

下午，口述笔记到四点半。丈夫像是有些疲倦，做到一半进了被窝，闭了会儿眼。他很快起来，又继续。

晚餐后，给花子打电话。她说她星期三来，星期一回。天黑得早了。去打电话，回程需要手电筒。

八月十七日（星期二）阴，傍晚有小雨

早　麦饭，味噌汤，炒蛋和红烧鸡肉糜，中式凉拌四季豆洋葱，番茄。

午后，口述笔记。

晚　麦饭，纳豆，盐烤秋刀鱼，甜口煮南瓜，羊栖菜炖油豆腐，白桃，番茄。

大门旁的芒草抽穗，胡枝子开始开花。或许夏天也要到尾声了。我问，泡个澡然后睡觉？他说，累了，不泡了。七点半，看着他钻进被窝睡了，我把明天的早餐准备好，一个人去东京。从下山的时候就有浓雾，到了底下，下起小雨，有风。驶入中央道，刮风下雨，到八王子跟前时如同暴风雨。我开了雾灯，但是灯没亮。十点过后到家。东京没有下雨。

八月十八日（星期三）多云，凉爽。东京

昨晚热得难受，睡了三个小时。习惯了山居生活，东京今晚算是凉爽的，可是睡不着。夜里和花子一起整理邮件。上午九点半左右，都收拾好了，发动引擎，打不着。试着开车灯，红红的，暗暗的。让丸山车行立即过来。说是电池老化，而且夏天之前换过风扇皮带，皮带松了，所以无法点火。他们仓库里没有电池，所以我让他们把皮带弄紧，充电，我去吉田之后再换电池。让病人待在家里，所以我急得不行，胸口发紧。充电期间，我在鱼勘买了十二条梭鱼和紫苏鱼糕卷，在青野买了十个赤坂饼和十个荞麦馅饼。梭鱼一百七十元十二条，鱼糕六百元。他们说今天开车的时候不要开空调，我谨慎地没去银行和纪之国屋超市。从赤坂上高速，不停地开。临近一点，到山上。天阴着，有点冷。阿球和丈夫都盖着被子睡着。我把梭鱼和点心拿了一半去大冈家，只见黑色遮光门窗全部掩着，里面也没有迪迪的叫声。他们像是匆忙回了东京。

晚餐　麦饭，梭鱼干，南瓜，羊栖菜，茄子茗荷面疙瘩汤。

吃了许多梭鱼。也给了阿球一条。阿球把鱼头和鱼眼都吃了。

就只是跑去东京买了梭鱼。丈夫说梭鱼好吃。他以前明明说梭鱼干没意思。鱼类，他特别喜欢油甘鱼、秋刀鱼、金枪鱼、青花鱼，现在也仍然喜欢。暂停口述笔记。

八月十九日（星期四）晴，气温低

久违的晴天。因为凉，我套了件毛衣，准备早饭。下午，载上花子买东西。去日产的吉田工厂换电池。午休时间，工厂和办公室都没人。在工厂角落一辆车的阴影里，我发现有双穿着黑色长胶靴的脚探出来，在动，便托那人换。电池一万三千元。工厂周围是高高的草丛，此外就是比草丛更高的向日葵在开花。午休结束，出去吃午餐的男女工人回来了。还有人开着劳斯莱斯回来。

在吉田电话局给岩波、都筑打电话，让他们二十五日下午来。伊藤洋华堂店休。在下吉田的忠实屋超市买食品。这里有时会卖中国进口货。三册中国制造笔记本一百六十八元，中国制造汽油灯七百八十元，花子也买了笔记本。在笹[1]一买一箱啤酒，一箱易拉罐啤酒。在月江寺的蔬果店，桃子，苹果，葡萄，一千二百九十元。

忠实屋旁边的电影院在放日本色情片三部连映。《暴行魔》《阁楼的散步者》和另一部。排列着电影宣传照的橱窗里，紧挨着宣传照，贴满了通缉中的强盗、强奸犯、

1　日文汉字。

杀人犯等的照片，还有写着身高体重特征之类的纸，其中还夹杂着离家出走的人。银星座到二十日为止是《大白鲨》，二十一日开始是《O小姐的故事》[1]，但说是时间表要到当天才知道。我把银星座的电话号码写下来。

晚上冷，流鼻涕。今天做了一点口述笔记。深夜，拿出毯子盖。我去丈夫的房间查看，只见他开了电暖桌在睡。阿球也在那里。

八月二十日（星期五）晴朗无云，有风

风吹遍高原。感觉就像能看见风。晴朗无云。洗衣服。原定下午开始口述笔记，可他在桌前坐了一会儿，没心思，说让我给他理发刮胡子。我们到露台上，在风和阳光里理发剃须。平时如果在工作的过程中或刚结束工作时剃须，或许是皮肤变弱了，血会浮到表面，要么流血，要么渗血，今天大概因为烟抽得少，或是因为工作做得慢，剃得干净。

之后他洗澡，冲了个澡，睡了。像是累了。

然后他又起来看高中棒球半决赛。PL对海星[2]的比赛。

晚餐　荞麦凉面，天妇罗（混炸樱花虾毛豆），裹粉

1　中文片名《O的故事》。同名中篇小说1954年出版，署名波利娜·雷阿热。1975年改编成法国电影，导演是贾斯特·杰克金。

2　大阪PL学园对长崎海星高中。这场比赛PL学园获胜。

炸茄子，醋浸卷心菜。

天上有多到惊人的星星。吹着寒风。

八月二十一日（星期六）晴朗无云，无风

比昨天更晴朗，夏天的余韵。

高中棒球樱美林高中获胜。丈夫不停地说"我今天还没拉屎"，一会儿睡，一会儿到院子里，一会儿坐在电视机前。他每天都说"拉屎之后做什么什么，拉屎之后工作"，是"等待拉屎的一个个日子"。他把枝条搬到篝火边，坐下，把它们堆起来，他的背影看着没劲，于是我蹲在他旁边问："孩子他爸，今晚去看《O小姐的故事》？是西方人的色情片呢。"他像是不快地低声吐出一句："我现在哪有心思看那个！！"我条件反射地走开去拔草，他用平时的嗓音补了句"可以两个人一起去"，但我已经没心思去了。感觉胸口堵住了。

高中棒球赛结束后，我和花子下山去河口湖站买回程的大巴票。正好有一张退票，买到明天下午四点五十分去新宿的。其他都卖完了。我们把车停在火车站，去看旧货店。花子买了一个铁做的蜜蜂形状的东西，翅膀是用黄铜做的，三百元。这里的老板娘每次都扶着柱子，站那儿看着客人。那样子像是在想客人会不会顺手牵羊。玻璃门全

都锁着。有个区域写着宣传语："有装饰价值的摆件！"那里全是布袋佛和大黑天或坐或躺的摆件。今天山下看来非常热，蔬果店老板娘说了三遍："今天真热啊。"

八月二十二日（星期日）晴朗无云

早餐　麦饭，味噌汤（萝卜），炒豆腐，烤肉，中式凉拌四季豆洋葱，炖炒干萝卜丝油豆腐，桃子。

晚餐　早些吃：烤饭团，鲑鱼。

六点左右　松饼。

上午，好好地收拾了院子里的枯草，烧掉。做好两条花子的半身裙。

昨晚，花子费劲地读打工的资料到很晚，所以肿着一张脸。

下午口述笔记。两边的邻居都有人来，树林中响起说话声。在做口述笔记的时候，丈夫头晕，莫名其妙就走到窗前，蹲下了。然后他往我的脖子的方向倒了过来。我慢慢地揉他的脖子和背，他说"我好了"，又出去到露台上。他的脸色苍白。我训他："不能动。你的脑袋会撞到各种地方。"我让他在餐厅的沙发躺倒。花子不知道发生了什么，下来放唱片。她像是以为他不是眩晕而是躺着，问："我可以放唱片吗？"丈夫说："放唱片给我。"用很小很小的音量放了叫桑塔纳[1]的人弹奏吉他的唱片。之后做了一点口述笔记，然后停了。

我和花子去管理处拿报纸回来，经过大冈家门口，迪迪像是分辨出我的说话声，独自走出来。迪迪之前像是单独在院子里。我出门的时候，丈夫说："你去趟大冈家，问他们之前为什么回了东京。"可是尽管迪迪在叫，家里静悄悄的。要是他们在午睡，吵醒可不好，于是我们在路上和迪迪玩，悄悄地回来了。

四点以前，花子的早晚饭，烤饭团、佃煮和味噌汤。我和花子两个人吃着，他说"也给我一点"，于是三个人晚饭都吃了烤饭团。我送完花子，从旧登山道上山回来。夜里有点凉，但蚊子多，点了蚊香。天冷了，所以蚊子全进了家里。蟋蟀和毒虫也全都进了家里。打开电视，电视机是暖的，于是苍蝇一直停在电视机上休息。

他说："我割草的时候，毛巾帽上停满了蚊子，它们就那么沾在帽子上，跟着我进到家里。是因为毛巾暖和吧。"我长长地说了一番话："孩子他爸，那是因为蚊子小看你。因为你人好。写东海道［《新·东海道五十三次》］的时候，在琵琶湖看到的释迦涅槃图，画着各种各样的

1　卡洛斯·桑塔纳（1947—），墨西哥裔美国吉他演奏家。

动物手上拿着嘴里叼着花花草草聚集过来的情景，我喜欢那幅画。有蝴蝶，有蜈蚣，就连蚊子，也同样叼着什么来了。"丈夫晚上看起来舒服地睡着了。吃了烤饭团之后，他拉了很多屎，心情变好了。

八月二十三日（星期一）

因为定下岩波的两个人二十五日来山上，我迅速买了东西。明天根据口述笔记的进展，也有可能出不了门，所以今天先买好。两点左右开始口述笔记。他边喝掺得极淡的白兰地边口述，我的鼻端是白兰地的气味，有种宿醉的感觉。四点结束。口述的过程中，丈夫多次眩晕。结束后，我久久地揉他的身体。

八月二十四日（星期二）

做完口述笔记，我去大冈家，车不在。我正要回，他们开车回来了。下起小雨，于是我们彼此都坐在车里，聊了几句。说是回东京是因为有事，不是因为身体有恙。太太说："我们去东京期间，我们家进了贼。"听说他们十七日去东京，二十日回来一看，遮光门窗好好地关着，家里被翻了个遍，挂在墙上的毛皮之类的没了。大冈缩在副驾驶，就说了一句："我们今年不顺啊，真是。"想着趁雨没下大，我急忙回家，洗的衣服全湿了。

我向丈夫报告："大冈家说是进了贼。好像只有毛皮丢了。山梨的贼好像喜欢毛皮呢。"丈夫嘿嘿笑。

夜里，改稿。必须赶上，所以只誊了加写的部分，重新添上序号。即便如此，也弄到三点。

八月二十五日（星期三）阴，气温凉爽

刚进大门的位置，草丛里开着一朵大大的山百合。以前没有过。

早　麦芬，寿喜烧口味牛肉烧豆腐大葱。

上午，将写好的稿子重新从头念三遍，又加写和修改。没吃午饭，一直到两点半。很难用印刷体一样的声音念。正好弄完的时候，海老原和都筑来了。送了我们蜜瓜。

葡萄酒，啤酒，东坡肉配四季豆，中式醋浸墨鱼茄子，奶酪和熏鲑鱼，炸鸡肉丸，春卷。

丈夫没吃午饭，所以吃了许多。吃得像个孩子。从七点半到八点，愉快地聊天。

海老原是著名的路痴，来的时候很是迷了一番路，于是我把车开出去，打算送他们到半路上。大雾。我的车在富士山转播塔前的上坡一头栽进草丛，停住了。副驾驶的丈夫不快地吐出一句："百合子喝醉了。"我让都筑开他的

车先送丈夫回家，请管理处明天早上帮我拖车，然后回来拿了车里的袋子，锁上车门，让他们送我回家。海老原和都筑在浓雾中开车在陌生的路上东跑西跑，帮了我们。

八月二十六日（星期四）阴转雨

八点半，我在早餐前打起伞，出门到车的位置。昨晚因为大雾，我以为就是稍微扎进草里，今天早上一看，草丛蓬松松的，比道路低两米，车的状态接近侧翻。两个男的开吉普车来，因为人手不够，又回去喊了两个人来。一个人用吉普车牵引，一个人上车发动引擎，两个人把车抬起来，立即弄到路上。他们说，右前轮的空气不足，打滑，打上气就好了。并不是因为我喝醉了呀。

今天一整天吃昨天吃剩的菜。稿子写完了，所以丈夫的表情平和。没有讲我之前喝醉的事。我也没说"对不起"。

晚餐　汤面，吃蜜瓜。

夜里，冷，于是拿出电暖炉。

八月二十七日（星期五）阴，入夜有雨

我穿束脚裤和毛衣。丈夫穿衬衫，短袖衫，圆领毛衣，黑色高领毛衣，叠穿了四件。我想着那件毛衣在哪儿呢，找也找不到，结果他穿在高领毛衣底下。阿球在电炉边。

下午一点左右，我载上丈夫去大冈家。遮光门窗关着，没有车，也没有迪迪的声音。外面搁着一把女式伞和水桶，他们像是回了东京。丈夫说开到高尔夫球场那边兜个风，于是我在那一带慢慢地开，他说："去晴日吧。"大冈家忽然走了，我俩都有些寂寥。过了河口湖大桥再过去一点的湖岸上，有人在拉网。恰好是起网的时候，十名男女默默地不出声地拉着。我们看了一会儿，进了晴日。一只黑白花野狗在停车场和两个孩子玩耍。湖面闪着浑浊的光，开车来玩的人站在岸边，只是百无聊赖地看着湖。

我：蟹肉可乐壳，米饭，非常好吃。

丈夫：炸虾，面包。

他喝了一瓶啤酒，望着我的脸问："老虎，好吃吗？"我边吃边说："等吃完这份，我想再叫一份蟹肉可乐壳吃。"他笑了："不懂得留个限度的人，果然还是老虎。"几年前，我们和大冈夫妻来这里的时候，大冈点的炸的东西最难吃，他一边抱怨一边吃，我们想起这事，笑了。那时去了当地经营养蚕业的人家，太太看到蚕，整个人不舒服，而且还从那家人那里买了捻线绸，太太只喝了咖啡。我们聊了那时的事。

八月二十八日（星期六）阴，有时晴

雨停了，水蒸气升腾到四周，地面暖暖的。院子里的

山百合在开花。大丽花终于陆续开了。丈夫像是久经考虑之后，喃喃道："我从今年把每日新闻的出版文化奖评委辞掉吧。"我立即代笔写了给每日新闻社的辞谢信，用快件寄出。给海老原、都筑两位寄了就浓雾之夜致谢的明信片。

去伊藤洋华堂买东西。买了便携日光灯，二千九百八十元。据说就算因台风等停电的时候，这个灯也有等同于台灯的亮度，可以读书写字。我去管理处送点心，感谢他们用吉普车帮我拖车。八月最后的星期六，高原的各个地方传来孩子们高亢的声音。从傍晚开始，某处像在举办户外派对，传来喝醉的人的大嗓门，在讲课长还是什么人的坏话。久违地看了红彤彤的夕照。

新潮社派对的照片（和开高一起照的）送来了。丈夫看了好几遍照片，说："我瘦了啊。西装肥肥大大，像天皇。"他说，秋天穿和服去参会吧。我说："家里有岛尾家的美穗送的大岛捻线绸，衣服没问题。可你如果穿和服，不穿草履可不行。之前有人看到你穿和服出门，跟我说，刚才武田走过去，觉得有点怪，仔细一看，穿的是皮鞋。穿和服配皮鞋，像神主一样。"他说："草履走起来滑，走不动，麻烦。皮鞋好。"有时候，我充满不安，像光靠双手摸索，像一直在用笊篱打水。

八月二十九日（星期日）雨，一整天下雨

夜里，给美穗写信，又停笔。我因为下雨窝在家里，躺在丈夫旁边问："秋风秋雨愁煞人，真的是秋瑾死的时候说的？她可真会说啊。"他笑着说："不知道是不是真的说了。"

八月三十日（星期一）今天也下雨

夜里，去给花子打电话。花子说她星期四或星期五坐大巴来。一下雨，我就格外寂寞。我钻进丈夫睡觉的房间的被炉，说了声"真寂寞"，躺着的他突然用有力的声音像训人一样说："不可以说寂寞！！"每年夏天结束的时候，喜爱夏天的我就不停地说"寂寞，寂寞"。每当我诉说寂寞的时候，他总是说："吃好吃的，吃得饱饱的，拉屎，睡觉。""睡着就忘了，所以快睡。"今天却这样，真讨厌。

试着给美穗写信，又停笔。三月收到的布料的致谢，还没能写成。

八月三十一日（星期二）晴，转阴

久违的晴朗的间隙。下山去吉田买东西。芒草的穗子整个儿展开了，从路两边探出来，路逼仄难开。白煤油

七百五十元，在加油站。鸟居往上的蔬果店，番茄，萝卜，四个苹果，四个山根白桃（真难吃！！），红薯一百元。两条秋刀鱼二百元，这是在鸟居往上的鱼店。在电话局给《文学界》的高桥打电话。关于《眩晕的散步》的对谈，请他们设在九月二十日或二十一日。伊藤洋华堂店休。在忠实屋买食品，六千二百二十五元。鸟居往上的坡上的城区，残留的夏花在人家的周围和空地上开得缭乱，比盛夏时的色泽更浓。山上要烧暖炉穿毛衣，吉田的城区却有着炎热的残暑。三点半回家。久违地往牛奶里加了咖啡，吃蛋糕。丈夫吃得有滋有味。蛋糕是蜂蜜蛋糕，上面有白色奶油和香蕉。另一块蜂蜜蛋糕上有咖啡布丁和白色奶油，还有黑色李子。我们一人吃了两块。阿球吃了一点儿奶油。

晚餐　麦饭，盐烤秋刀鱼，炖炒藕，芡汁豆腐汤，菠萝。

九月一日（星期三）晴，有时阴

早上，阳光一照下来，便来了五只黑凤蝶——不知道它们之前在雨中是怎么度过的——整个儿钻进矮牵牛花的喇叭里吸蜜。翅膀的扇动无力。天气好，所以我把各种东西拿出来晒。丈夫把牙刷和杯子拿来晾晒。他自己也一动不动地闭着眼坐在杯子旁边。阿球也在他旁边闭着眼。下午，我用淋浴给丈夫洗头。想接着给他洗身体，他说洗多了会变得糊涂，不肯洗。傍晚，我带着阿球散步到很远。阿球飞奔着跟过来。入夜，下起小雨。雨很快停了。来到院子，满满的百合香。我明年想种一大堆百合球根。想要明年也两个人健健康康地来山上。

九月二日（星期四）阴，有时晴

早餐　面包，汤，番茄黄瓜胡萝卜沙拉，汉堡肉饼，裹粉炸土豆，四季豆和卷心菜。

三点左右　烤红薯抹黄油吃。牛奶咖啡。

晚餐　麦饭，纳豆，味噌汤（茄子），味淋烤秋刀鱼，桃子和苹果。

天一晴，阳光依旧炎热。下午将院子里的枯枝收拢烧掉。把三条秋刀鱼埋进灰里烤。和阿球散步到很远。去拿报纸，经过大冈家门口时，停着一辆吉普车。管理处的人正在往遮光门窗上钉钉子。像是因为进过贼而以防万一。我从林间路回来，林中和草丛里传来低沉的鸟叫声，还有窸窸窣窣走路的声响，像是有时走到路上来的绿雉。还传来巨大的振翅声，听上去沉重，也许是绿雉的雏鸟和亲鸟在一起。傍晚，阿球嘴里叼着什么来了。之前传来一阵鸟的噪鸣声，也许是那只鸟。那东西死了，阿球把它放在院子正当中，飞快地进了屋。是一只树莺。快下雨了，所以我把它埋了。脖子还是柔软的。

丈夫夜里睡觉的时候开了被炉，戴着白色毛巾帽。我说"再给你盖一条毯子吧"，他闭着眼说："毯子盖太多，人都煮熟了。"他好像只是脑袋冷。

九月三日（星期五）阴转雨

我早上睡了懒觉，早餐后没收拾，不知怎的在餐桌前磨磨蹭蹭，这时传来踩过碎石的声响，花子从露台那边来了。说是她坐早上八点零几分新宿发车的大巴，正好有趟车从车站往山上送定期邮件，她就坐那辆车来了。她带了四条梭鱼干、岩冈到关西旅行回来送的腌菜和少许邮件。

早餐　丈夫吃咖喱大葱乌冬面，葡萄柚。

午后，和花子去吉田买东西，猪肉，葱，红薯，牛蒡，胡萝卜，青椒，茄子，白丁鱼，虾，鸡蛋，零食，面包，小米年糕，竹荚鱼干等，大概四千五百元吧。六块蛋糕五百六十元。

晚餐　麦饭，精进炸，白丁鱼和虾天妇罗，梨，苹果。

下午的一段时间，我念了河野多惠子[1]《血的贝壳》[2]的

1　河野多惠子（1926—2015），小说家。谷崎润一郎的热心读者，其写作承袭谷崎润一郎的异常性爱主题，非虚构作品《谷崎文学与肯定的欲望》于1976年获读卖文学奖。

2　此处为笔误，《血与贝壳》，1975年10月新潮社出版。

前半本。因为他说，得读一下没读完的谷崎奖候选作品，可是眼睛累，你读给我听。丈夫躺着，听。很难念出印刷体一样的声音。

九月四日（星期六）阴，有时晴，夜晚有雨

本来今天要去看电影，昨天在吉田看了宣传栏，东映在放《严惩》[1]（和叫作《夜半的恐怖》[2]的片子两部连映），宣传语看起来太可怕，所以我们不去了。

深夜在电视上看《周末来客》[3]。事实的异想天开。不紧不慢的，有点少根筋的厉害的想法、罪行。看这个节目，我总是感叹不已。今天的节目当中有个男的，给太太买了九千八百万保险，和朋友两个人共谋，打算杀死太太，事情进展到一半的时候被抓了，他明明是作为杀人未遂犯被逮捕，却说："唯独今天，请放我出去一下。我得去收房租。请就放我出去一下。我想去收房租——"只惦记着这件事的男人的故事很有趣。

岩波的都筑寄来校样。《文学界》的高桥寄来快信，

1　*Snuff*，1976 年美国上映的电影，有极为血腥的杀戮镜头。
2　*La corrupción de Chris Miller*，中文片名《克里斯·米勒的堕落》，1973 年的西班牙电影。
3　《电视三面报道 Weekender》，日本电视台 1975—1984 年每周六晚十点档的新闻纪实节目。

说对谈日期定下了。九月二十日在赤坂重箱[1]，十二点半开始。

丈夫说，等回到东京，要在重箱吃许多好吃的鳗鱼。

把河野多惠子《血与贝壳》后半念完。

九月五日（星期日）晴朗无云转多云

晴朗的秋日。

早 （花子和我）麦饭，羊栖菜，佃煮，纳豆，海苔。（丈夫）小米年糕的年糕汤。

花子回去之前，让她帮忙把买来以后一直放在仓库最里面的罐装白煤油拿出来。十二点左右，送花子，把家门锁了，顺便下山去河口湖。过了大桥，把车停在晴日。星期日中午，店里难得有许多人。一群人围着长桌，男女分开，面对面吃饭，看起来像是集体相亲。他们不断聊起不怎么好笑的事，然后像是好笑地笑了。摘葡萄的车排着队往御坂峠开。阳光像蜜一样浓，炎热。花子说："说是东京会重新热起来，然后入秋，你们在山上多待一阵好了。"湖岸边是长得高高的披散着穗子的玉米田，秋英、向日葵、百日菊在开花。农家的院内房前也开着同样的花。最后的

---

1 位于赤坂的高级鳗鱼店，创业于18世纪末。

花"嗯"地鼓了下劲儿，开着花。看不厌。到得早了些，花子坐在登富士山的人等车的长椅上，等大巴来。长椅上只有花子一个人。

上山路上，车里散发出一股恶臭，无论开窗还是关窗，都从某处传来恶臭。他说"我可没有放屁"，但我也没有。不是屁，那臭味像是车里有一只手或其他什么，在我们不知道的时候腐烂了。到家后打开引擎盖，电池喷出一阵阵浓烟，是它的恶臭。

露台栏杆上孤零零地摆着装在牛皮纸袋里的像是书的东西。打开一看，是鞠绘[大冈家的千金]的童话书。

我走路去管理处，让他们帮我看看电池，回家路上到大冈家，迪迪出来了。太太说他们是二日来的。说是去看了病，参加了一场葬礼，然后回来。"一段时间没用利尿剂，去看诊，结果又积水了。"她说，这次来了之后，大冈一次也没出门，一直在家待着，总在睡。聊到一半，大冈穿着睡衣出来了。脸有点儿红。

管理处的两个人开卡车过来，电池液减少到异常，因此他们用一升瓶装来蒸馏水，帮我加上。原因不清楚。"第一次闻到这种臭味啊。""真是古怪的臭味。"臭味变淡了，流淌到整个院子，以及大门口的路上。五点左右，车修好了，于是我载上武田去大冈家。我们进了屋，他们请我们喝啤酒，吃撒了木鱼花的番茄和洋葱。鞆绘结婚对象家用热水腌的泡黄瓜。好吃。他们这里也在烧暖炉。

在大冈家的聊天：

大冈：你起身就头晕的情况怎么样了？

武田：慢慢地爬上院子的坡，途中歇差不多三次。上到顶之后也不立即走和活动，稍微休息一下……

大冈：啊，是这样啊，这样啊。原来是这样。武田没有一站起来就头晕。你一年到头都是晕乎乎的状态嘛。

武田：（笑着）嗯，并不是所谓的一站起来就头晕。该说是最后头晕吗……电视上会说今天的温湿度不适指数是多少，我嘛，简直一年到头都是不适指数的代表。

大冈：是这样啊。我今年也一直不顺。就连眼睛也是，现在戴了这种眼镜猴一样的眼镜……我也不愉快啊。仔细一想，我也不愉快！！

大冈太太
我　　　 ﹜ 大笑

我：我们四个人一道去看过色情电影对吧。那时候的事像做梦一样。

太太：没错。那时候身体都好得很。

宫泽俊义[1]先生逝世。大冈说让我们明天发唁电。

九月六日（星期一）晴，有时阴

早上睡了懒觉。临近一点去吉田，让人检查车。途中遇到大冈家的车开过来，迎面驶过。那边像是很早去买东西。说是充电刻度有问题，充电充过头了。更换零部件四千八百元。之后去邮局给宫泽家发唁电。

三点，泡咖啡，一人吃了两块蛋糕。丈夫说了好几回："把蛋糕拿去给大冈家。"我觉得像是剩下的，不想去，但他说了太多次，便拿上过去。听说大冈因为只订了一个月的报纸，没有报纸，他便说想要回东京。我送上蛋糕，太太说："大冈最近可想吃甜食了。鲷鱼烧，他一次吃两个呢。今天他在伊藤洋华堂的地下餐厅吃了馅蜜。"

回到家，我念了后藤明生[2]的《说梦》和《鼻》。丈夫躺着，闭着眼听。

晚餐　天妇罗。

1　宫泽俊义（1899—1976），法学者。曾参与制定日本宪法，日本宪法学的权威。

2　后藤明生（1932—1999），小说家。担任编辑的同时写小说，和古井由吉等人一起被称作"内向的一代"。1976年入围谷崎润一郎奖的《说梦》是短篇集，题名作《说梦》和《鼻》都收在其中，1976年3月由中央公论社出版。

临近晚上九点，响起不止一人走下院子过来的脚步声。来到厨房门口，呼呼直喘。传来女人的声音和男人的声音："是这儿吧？""好像是这儿。"我问"哪位？"，那边说是电报。我开了门，一个上了年纪的男人喘着粗气说："是WutianTaichui[1]吧？"女孩像是他的孙女。我签收之后，包了菠萝和咸牛肉罐头给他。他先是不肯收，最后开心地拿走了。他说是从鸣泽邮局上来的，天黑，一直找不到。

日中文化交流协会的白土发来约稿电报，鲁迅展的宣传稿三百字，十三日截止。

之后，我上坡到大门口，看了白而圆的大月亮。月亮很快藏进云里。

九月七日（星期二）阴

十一点左右，给日中文化交流协会打电话。我回复说："十三日截稿来不及，要是能延到十六日，可以写。"又拜托道："还有，不要在安排晚上送达的时间发电报，我们在山里，送电报的人可怜。"给岩波的都筑打电话，约好下周回东京后给他校对后的校样。家里还有包子酵母，于是绞了猪肉，加上香菇、笋和白菜，试着做了包子。做

1　念错了。

了十个，所以我蒸了四个，拿去大冈家，结果黑色遮光门窗关着，没有车。

对面房子看家的爷爷帮忙把我们门口路上的草拔了，收拾了枯枝。他说："枯枝放那儿太多的话，会进贼。我顺手帮你们收拾了。"他还说："去年我推掉了，今年答应来看家，第一次来到山上，结果无聊坏了，完全没事做。为了修浴室，我还买了白水泥，彻底做了整修，还用门板做了落地窗外的长凳。即便这样，还是很闲。明年如果来，我给你们家做点活儿，譬如拔草？总之闲极无聊，身体变迟钝了。还有一个爷爷，那人胆子小。一直说想早点儿回去。十二日会有人来，那些人走的同时，就把这里关了回去。今年太凉了，早些关。明年六月前后来。虽然不知道我明年怎么样，身体好不好，如果明年来，我帮太太您做事。因为山里太寂寞了。闲得没办法。"

从三点开始，念了三篇阿部昭[1]《人生的一天》。念到尾声，我也累了，问："孩子他爸，我可以跟你一个姿势念吗？"他说"好"，于是我躺下念。

到了晚上，他说"想要十日前后回"。说这么冷，待

---

1 阿部昭（1934—1989），小说家，也属于"内向的一代"。《人生的一天》1976年由中央公论社出版。该书并未入围1976年的谷崎润一郎奖，武田泰淳此时阅读该书的原因不详。

着有点傻。

大冈前天也说："我要回去了。之前只要天冷了，就给壁炉生起火，挺开心，可是最近觉得忍受寒冷有些傻气。"

九月八日（星期三）阴转雨，夜，强风暴雨

丈夫早上起来，说明天回。他说，电视上说最近天气不好。上午，阳光照下来一会儿。他把椅子搬到水泥地晒日光浴，闭着眼喃喃："不过，这天气马上就会变糟。"我按顺序打包行李，搬了好几趟到车上。去管理处扔垃圾，让他们给东电打电话，催促那边在下雪前来修屋外电线松脱的地方。把三块肥皂搁在各个地方，作为老鼠的食物（为了让它们不啃其他东西）。行李全装上车。最后的行李箱很重，我用绳子背着爬上坡。

晚饭前，我给花子打电话，对她说我们突然决定回去。之后带着阿球去今年夏天最后的散步，走到很远。入夜后下雨。听说有大型台风到了奄美大岛。丈夫说右肋骨的位置发僵，贴了"脱苦海"膏药。他说，是因为咖啡喝多了，还因为关遮光门窗的时候扭到了。说马上就会好。

今年的夏天也平稳结束了。我感到夏天越来越短。

今天，我淋着雨回来，在厨房地板上滑了一跤，唉声叹气，他安慰道："你回来了。辛苦了。我什么忙也帮不

了，所以老虎一个人大活跃。"说话时，那人坐在餐厅的椅子上，望着这边。明明不用讲这种话。我现在一个人写着日记，嗓子眼堵住了。

九月九日（星期四）大雨，风，如同暴风雨

据说台风今晚抵达四国九州一带。

我在风雨中又去扔一次垃圾，在管理处付订报费，请他们冬天照看房子。我载上阿球和丈夫，车仿佛潜入水中行驶一样回东京。十一点。丈夫抱着一罐啤酒，小口小口地喝着，望着外面像在水中的景色。在石川的休息站，丈夫去厕所。午饭时间，停了许多辆卡车，我们只能停在远离厕所的位置。他说，雨停了，我可以自己去。他独自走过人行道。他的背影看起来有点颤悠悠的，回来的时候笑眯眯的，买了两盒肚脐包子，不等我开门就先坐进来。或许因为今年夏天是在暴风雨中结束的，我们回来得很突然，不知怎的，就好像在一次次地回望，一次次地回望两个人一起度过的夏天，飞快地开着车回到东京。管理处的人说："怎么突然回去呢？据说台风会偏移来着。你们平时总是待得更久吧？"我说："等到彼岸[1]的时候再来一次，那之后

---

1 1976 年的秋分是 9 月 23 日，秋之彼岸是 9 月 20 日至 9 月 26 日。

如果能来，十一月初之前，也许来看红叶。当天往返。"

[附记] 如今想来不可思议的是，昭和五十一年（1976年）的夏天几乎一天不落地写了日记。武田以前经常让我写日记，可我讨厌写字，连家庭账簿都没有记。自从建了山间小屋，他说，就只有在山里的时候，你写日记吧。他还说，写当天买的东西、价格和天气就行。有好玩的事，或者做了什么，直接写下来就行。用不着在日记里抒情或反省，因为你是个不适合反省的女人，因为你反省的时候就会耍滑头。我决定只在山里的时候写，在用剩的本子或手头现成的日记本上陆陆续续地写。这样的本子不知何时攒了十册的时候，武田写完《富士》，病了。其后，我不再写日记，有时他让我写，便写个两三天，又停笔。从大概昭和四十九年（1974年）起，武田虽仍有眩晕，却开始工作，看起来像是驯化了疾病。他本人也这么说。至于我，去年比前年身体好一些，今年比去年身体好一些，我想我是因为体力有了富余，开始写日记。

"我们今年夏天也去了山上，他割草什么的，心情很好。吃了许多。"他死后，我曾对来悼念的人们说，但现在重读和誊写，原来他并非心情很好，而是一直忍着不断衰弱的身体在努力，我感到心痛。我满心感到，是我抱着他，让他就那么死去了。

回到东京之后差不多一星期，他看电视，吃鳗鱼，叫来裁缝店，量身定做衣服。他打算出席九月十六日的谷崎奖评委会，在会上待一个上午，为此读了书。之后就躺倒了，那之后，我一直待在床边。他睡着的时候我做什么好呢，心神不宁，所以我又开始写日记。

九月十四日

后面的冰川神社的庆典。今天和明天。今年是小庆[1]，所以神舆不出来，只有盂兰盆舞和夜摊。丈夫提议："今天是庆典，我们一起叫鳗鱼吃吧。花子和百合子也吃。"为了不让我提出异议，他先做出唬人的眼神看着我。他想趁乱吃鳗鱼。"孩子他爸，你父亲和伯父，都是在吃了鳗鱼之后刷地死了，对吧？有毒的东西好吃啊。白米也是毒，所以好吃。"说着，我把丈夫那份也夹了一些吃。鳗鱼果然还是好吃。东京的鳗鱼好吃。花子穿着单衣和服，去跳盂兰盆舞。好像今年也跳《怪兽音头》[2]。花子走后，他说：

1　有的神社庆典隔年举办，称作"本祭"（正式庆典）。中间的一年举办仪式相对简单的"阴祭"，按汉语习惯译作"小庆"。
2　1971年的剧集《杰克奥特曼》的周边歌曲，由日本男子合唱团甜蜜夜晚（Honey Nights）演唱。虽然剧集中并未出现这首歌，但当时各类会场经常播放。

"我身上乏，不去了。我看家，百合子也去好了。"八点半左右，我去冰川神社。抽签，抽到"大己贵命"[1]的吉。和睦齐心，便无难事。签上写着理所当然的话。我站着看了一会儿盂兰盆舞，然后回家。冰川神社对面美国大使馆官邸来了许多西方男女和小孩，穿着单衣和服，像是开心地跳着舞。花子一直狂跳到散场，回家。

九月十五日

他今天也一整天在楼下，看电视，说想吃天妇罗盖饭。去二楼上厕所的时候，走楼梯上去，到了顶上，坐下来休息一阵，然后去厕所。我说："你待在楼上吧。电视也搬到上面看吧。""我要在楼下。"他说，"就是平时的眩晕。因为眩晕，突然就一脑子糨糊。马上就好了。""还好这个夏天能够把文学讲座的稿子交了。虽然费了点劲，还好做了。接下来我就一直什么都不做，玩，休息。因为无牵无挂，可以休息了。""接下来，就只要出席和开高健的对谈就行了。开高会照顾我，多讲一些，很轻松，所以我去。""开高在报纸还是什么地方写过，他女儿[2]可怜，是

---

1 大国主神的别称。

2 开高道子（1952—1994），庆应大学法语系研究生毕业，二十出头就成为散文作家。1989年，父亲开高健去世。五年后，道子在东海道本线茅之崎的交道口去世。母亲牧羊子坚持女儿死于事故，世间则多认为是自杀。

吧？他到底是因为什么觉得可怜？"他躺在长椅上，断断续续地对我说话。夜里，他去二楼睡觉之后，我悄悄给弟弟打了电话。我说，因为他一直是个讨厌看医生和去医院的人，是个到如今也不去医院、想要待在家里的人，我想照着他的想法，请一位合适的医生上门。弟弟答应了。

我坐在枕边说服丈夫。他一动不动地闭着眼，喃喃道："我哪儿都不疼，也不难受。就只是腿脚不稳。""贴了'脱苦海'就会好。"他脸上有汗。我用冷毛巾擦了他的眼睛周围。他说舒服。

九月十六日

他躺在楼下的长椅上。早上，对我说："我贴了'脱苦海'，真的有效果。"上午，他说要出席谷崎奖评委会，可是当塙打来电话，他说："跟他讲，'还是不去了'。"我告诉对方他缺席。给大冈家打电话，帮丈夫传话。

弟弟和 F 医生晚上九点半来了。医生对丈夫说："你的肝脏肿了，最好安静卧床。住院慢慢疗养，你好些年没做全身体检，最好顺便做一下。"之后，我让花子待在丈夫身边，我说要请 F 医生吃晚餐，弟弟和我们一道去附近的餐馆。F 医生极其慎重地说："毕竟我不是治疗肝脏的医生，而且只是触诊。我想最好还是在综合医院检查结果的基础上加以诊断，再向你们说明。"他说，最坏的预想是，癌症，肝癌进展到相当的程度。又说，倘若真是癌症，最好这件事只有太太知道，不要告诉您丈夫以及周围的人。我问："肝癌痛苦吗？"他说："肝癌不痛苦。"

回到家，我对花子说："绝不要对任何人讲，也不要让你爸爸知道，之后我们要一直尽可能地看护他。"弟弟到二楼的丈夫那里，和他聊天。丈夫坐在书房的桌前，吐出烟圈，笑，显得愉快。凌晨四点左右睡。

九月十七日

请上田内科[1]安排病房。我说，特别病房或其他病房都行。只要有空的，希望能住院。S医生回电。他说，现在病房满了，会安排，可能需要等两天。他讲了这段时间的疗养。说是重要的是静养。说是只要是好消化的，想吃什么都可以吃。

午　一碗软饭，一片薄薄的黄油炒牛肉，番茄、黄瓜和四季豆，一样一点点。

晚　半个苹果，半个香蕉，五颗葡萄，一块"贝尔"的蛋糕。他说非常好吃。

1　位于港区的东京慈惠会医科大学附属医院，其内科由上田泰主导。

傍晚九点，用了开塞露，排了状态非常好的大便。他说舒服了。我说："买了尿瓶和移动便器，所以你可以不去厕所。"他一脸抗拒。

阳光照耀的时候，他还到露台的躺椅上做了日光浴。

九月十八日 晴朗无云，像夏天

后面的林子里，蝉仍在叫。夜里全是虫声。

早上十点左右　浅浅一碗白米饭，薄薄一片牛肉，粉丝，烤豆腐，白菜，大葱，一样一点点，做寿喜烧。少许番茄和黄瓜。

他说好吃。说寿喜烧最容易吃。说可以一直吃寿喜烧。

把麦茶放凉了，他用吸管喝。说麦茶好喝。

今天黎明，第一次用尿瓶接尿。他乖乖让我接。

白天，他走到靠近露台的地方，铺了被子，做了会儿日光浴。他的脸色泛黄。"我想起了伊藤整[1]。"他像是忍不住笑了出来，嘴里嘟囔着什么。之后，他闭着眼笑。

我给 F 医生打电话。他说："如果等两天就住院，是

1　伊藤整（1905—1969），小说家，诗人，文学评论家，翻译家。1950年，伊藤整翻译的《查泰莱夫人的情人》成为畅销书，却被警视厅当作黄色书籍查禁，译者伊藤整和出版商小山书店被起诉。1957年，最高法院判处二者有罪。伊藤整根据法庭经历创作非虚构作品《审判》（筑摩书房，1952）。

快的。如今有时要等一两个月。他不是那种要争一两天的病情，所以不要急。他的心脏和肺都算不错的。"又说："我明天中午之后过去，给他打针吧。"

晚　一个冰镇水蜜桃，蜂蜜蛋糕。

我不管做什么，胸口都堵得慌。

和花子做住院的准备。

九月十九日（星期日）晴

上午十点，F医生打来电话，说十一点看完病人就出发。注射、听诊和触诊。他说："静脉很软，没有硬化，是年轻的静脉呢。是低血压吧？"我开车送他到信浓町站。青山大街上三五成群地走着从青山火葬场回来的穿丧服的男女。十字路口对面，秋季庆典神舆的行列正在经过。等绿灯的时候，我呆呆地望着那一幕。

去纪之国屋，买了四条梭鱼、一条比目鱼、少许牛肉。

早餐兼午餐　一条梭鱼，一碗粥，米糠腌菜，切碎的萝卜、黄瓜和萝卜叶。

他说要坐起来在床上吃。说米糠腌菜好吃。他摘了假牙睡着，不时打个大哈欠。看起来他困之又困。他像是嫌假牙和眼镜碍事，一直在摘了戴戴了摘。

夜里，他说想吃荞麦糊。我做了，他吃了一点儿。

他睡得多。

九月二十日（星期一）阴，闷热

早上，我正在厕所里，传来"咚——"的一声，于是我急忙去卧室看，只见丈夫倒在地上，维持着爬向露台的姿势。我轻轻抱起他，他不动，伸着腿，任我抱着。我一动不动，他便开玩笑般用脸蹭我。脸上带着笑，依旧闭着眼。他的脸呈黄色。他嘴里在说什么。在说："意识变得浑浊。我在哪儿？"他的腿微微颤抖。我一动不动地抱着他。过了一会儿，他用稳定的声音说："我没事了。"我按铃喊花子，两个人把他脸朝下抬到床上，然后静静地静静地翻成平躺着。给他盖了被子，他径自睡着了。

给岛中[1]太太打电话。岛中立即从外出的地方打来电话。他说一点和斋藤医生一起来探望。斋藤医生立即打来电话。我讲了症状和经过，说："肝脏肿胀。医院已经申请了。"丈夫像是状态安定下来，说肚子饿了。

早餐　粥，红烧比目鱼，切碎的米糠腌菜，木鱼花，

1　岛中鹏二（1923—1997），因父亲岛中雄作去世，26岁成为中央公论社社长。其执掌期间，"中公新书"书系诞生，26卷《日本的历史》成为畅销书，但他去世后留下巨额负债。中央公论社被读卖新闻集团出资买下，成为现在的中央公论新社。

山药鱼糕清汤。

他躺着吃。说山药鱼糕好吃，又要了一碗。

岛中和斋藤医生对丈夫说，我们来看看你。斋藤医生给他看诊。斋藤医生以开朗的表情笑眯眯地给他打了针，说："是肝脏吧，最好慢慢调养。"又说："在病房空出来之前，如果在家待着，起来活动，会越来越乏力，要不要住进赤坂医院等？等病房等上一两个月的人就那么做。如果一星期能有病房，算是非常快的，您如果担心，就请住到赤坂医院。"

岛中和斋藤医生出门到公寓大厅时，我追上去向他们道别。

我问："医生，他还是肝脏的问题吗？"他说："是，是肝脏吧。肿了。"接着两个人都说"请保重"。岛中鞠了深深的一躬。他们上了车，我到车窗前鞠躬行礼，岛中鞠躬，不看我的脸。

傍晚　白桃罐头切半，一个。

他吃完后说："最好不要全是桃子，要有各种水果的。"花子立即去明治屋买。当时还买了床上便器。傍晚，他说感觉困但好像没睡着，想要能睡觉的药。我给斋藤医生打电话，他说："含有安眠药的药物对肝脏不好，让他吃维生素 C。要是想贴'脱苦海'就贴好了。多贴一些也会舒服吧。"

"医生说多——贴一些'脱苦海'会舒服。说可以贴。"我一说，丈夫便得意地笑着说："只贴个一两张所以没用，你给我到处都贴上。果然'脱苦海'是好的。"

一直到夜里两点，我揉他说没劲的部位，和他说话，笑。

"孩子他爸，我这次给你申请了带厕所和浴室的特别病房呢，用不着像上次住的病房那样去外面上厕所。我也会一直在那儿过日子。顺便把花子也带去，跟住在这里一样过日子吧。要是不那样，你马上又会像之前一样，一周左右就想回家，从医院逃走。那家医院还有好吃的食堂，奶酪吐司可好吃了，我吃那个吐司，玩，过日子。"我说了这些，他默默地听着。臼井吉见[1]老师每年寄来的"醋屋"[2]的栗子点心昨天到了，便给他看。我问："你吃吗？"他说："现在不用。你俩吃。"花子和我吃了许多。还分给邻居。

---

1 臼井吉见（1905—1987），编辑，评论家，小说家。策划《现代日本文学全集》（97卷+2册别卷），挽救了筑摩书房濒临破产的危机。在二十多年间主导编辑《明治文学全集》（99卷+1册别卷）。用十年时间写完五卷本小说《安云野》，1974年获谷崎润一郎奖。

2 岐阜县中津川市的著名和果子店，创业于元禄年间（1688—1704），最有名的是栗子金团。

九月二十一日（星期二）阴

早上九点半　一碗粥，一条梭鱼干，米糠腌卷心菜，木鱼花，清汤用了木鱼高汤底，放了半片山药鱼糕。

今天他吃的时候也觉得清汤里的山药鱼糕好吃。今天他躺着，我送到他嘴里。他吃饭的动作变得娴熟。

每天起床后看他的脸，好像一点点变小了。尤其是耳朵，好像逐渐一点点地变薄和变小。中午，医院打来电话，说明天早上九点半可以住院。高兴。我给东京卧铺[1]打电话。让车九点到赤坂。拜托中央公论派两个男的过来。给斋藤医生打电话，拜托他，今天一天等得焦急，可否给开一些合适的药。花子去赤坂医院取药。她回来后说："妈妈，医院这地方可真挤啊。来开药和看病的人挤得满满的。就我一个人先拿到药，所以大家都用可怕的眼神瞪着我，感觉会被他们处以私刑。"

就今天一天了，所以决定等着，不去赤坂医院临时住院。我想不要挪来挪去比较好。

给竹内家打电话。大概五点半或六点，竹内[好]、埴谷[雄高]来了。他们在床的周围和我三个人一道坐着，愉快地聊天。

1　车内带担架床的出租车公司。

今天我刚起来，他立即说，我梦见中央公论和岩波的婚礼请我去。他"噗嗤"笑了起来，然后详细又好玩地讲给我听——不过，因为他仰躺着，有些话听不清。竹内和埴谷刚坐下，他又立即讲了那个梦，精神饱满地笑了。我叫了寿司，去隔壁房间三个人吃，这时他说想吃寿司。他怒道，你们就顾着自己吃。我赶紧又叫了一人份，给他看，他接受了，从里面选了一个黄瓜海苔卷和一个墨鱼的，蘸了许多酱油，放进嘴里含着。终于吃完两个。这下他的心情好极了，我们四个又聊天。聊着聊着，他让我拿一罐啤酒，于是大家哑然。竹内说："今天我们谁也没喝。等你好了再喝。"他说，你们在茶杯里倒了啤酒，就只有你们三个在喝。"把易拉罐'砰'地打开，'嘶'地喝一口。"他比画着手势，翻来覆去地恳求道："把易拉罐'砰'地打开，'嘶'地喝一口。容易吧？给我一罐。"我说"不行"，他瞪着我说："你不知不觉间做出一副当权者的面孔。"又向埴谷他们说："这个女人不懂得什么是危险。她会不断向前冲。我一直担心她。"之后的话听不清，似乎在说今年夏天，山里起雾的晚上，我喝醉了开车，差点整辆车侧翻的事。

那两人回去后，他的好心情仍持续着，一遍遍对花子和我说："把易拉罐'砰'地……"他比画着手势，恳求道。我说不行，他说："那么请给我冰的汤。"花子笑道："真狡猾。你还是在说易拉罐啤酒。"然后他又仿佛好笑地笑着说："请给我一罐啤酒。我并不是什么可疑的人。"我和花子笑了，他又和我们一道笑了。

之后，他吃了药（几乎都是消化药和维生素C），像是神清气爽地入睡。我和花子醒着，等待明天早上。对面山丘上新建的公寓有两个房间一直明晃晃地亮着灯，屋里的椅子和家什都清晰可见。还看见有人在里面站立和行走。每当我有些困，就注视那些房间，等待天亮。夜里一直在下雨，风也变大了。早上，风停了，只有小雨在下。

后记

去年，也就是昭和五十一年（1976年）十月，《海》编辑部的塙嘉彦提议，要不要把在富士山间小屋期间写的日记的一部分刊出[1]。我有过相当的踌躇，但想着作为供养，在《海》昭和五十一年十二月号刊登了他去世那年的日记，标题为《今年的夏天》（这部分收在这一卷[2]的末尾）。之后，《海》每个月都让我刊登从昭和三十九年（1964年）夏天开始记的日记。我完全没想过会刊出。《海》连载了到昭和四十三年（1968年）三月为止的日记，之后到昭和四十九年（1974年）七月为止的日记，在本书下卷首次

---

1 武田泰淳于1976年10月5日去世，这番对话发生在他的葬礼那天。详细情形可参见村松友视《百合子女士是什么颜色：通往武田百合子的旅程》（筑摩书房，1994）。

2 这篇后记是武田百合子为两卷精装《富士日记》（中央公论社，1977.12）写的。此后记于1981年、1997年、2019年出版和再版三卷文库本。

收录。

对出现在日记中的大冈升平夫妻、外川和加油站大叔，以及其他诸位，我致以歉意。因为是早就写下的，我就照着誊抄了。

我想，要是武田没有死，日记本不会变成活字，会一直收在壁橱角落的纸箱里。武田会不会从彼岸说："百合子，我走后，你这是做什么呀——真害臊。"

十月来临，迎来他的去世一周年忌日。我有种感觉，这一年，誊抄着日记就过了。从行间升起无限的回忆，无论是多么快乐的过往，都刺入我的心头。不过，这一年，我之所以能健康地度过，也许是因为在誊抄日记。因为我有种感觉，就像武田活在我身边。

对于战战兢兢感到烦恼的我，《海》编辑部的诸位每个月都给予鼓励和慰劳，书籍编辑部的诸位在成书时多有关照，感谢诸位。

昭和五十二年（1977 年）晚秋

武田百合子

采蘑菇
武田泰淳

八月末，富士山的松茸可以吃了。在五合目，茶屋会上松茸汤。虽然不像京都产的松茸的香气那么浓，的确是松茸没错。

这一贵重的珍品生长于树海和种植林的落叶松林、赤松林的某个地方，是当地人的秘密，我们终究无法发现。即便是本地的老手，花个一整天，能采个两三朵，都算是运气好的吧。

富士山麓的蘑菇种类极为丰富。我的山间小屋周围也能看到各种各样的毒蘑菇，有着红、黄、白、黑的鲜艳色彩。叫作扯布菇的，就像把布扯开来一样丛生的蘑菇，我也能采到。是一种白色和茶色混杂的小蘑菇，晒干后，用于荞麦面的高汤。

我们日本是蘑菇的名产地，好像也有西方人想要吃蘑菇而特意来到日本。有一次我们在四合目停车，白人牧师一家提着篮子，正在爬全是熔岩的斜坡。金发和红发的孩子和太太都穿着毫不在意外表的朴素服装，丈夫满怀自信地大步走在前面，那光景让人有好感。

今年，加油站大叔送了我们一朵很棒的松茸。两天前采到后，他一直在张望我的车有没有经过，心里念叨着"来了吗来了吗"。

"老师，就算我带你去长松茸的地方，也是不容易发现的。"加油站老板浮现出嘲讽的笑。加油站的青年小心地旋转那朵粗粗的松茸，向我展示："这个很大。送这个，不会没面子。"作为回礼，我们送了带着的叉烧，但我知道，如果他卖给河口湖的旅馆，还是松茸的价格高。

石材店的工头有时也沉迷于采蘑菇，把砌石头的工作扔到一边。破旧的小卡车停在路上，我看了看，他从小路走出来，双手满满地捏着蘑菇。这种时候，他的表情尴尬，一定是因为不想告诉我蘑菇生长的位置，而且被我看到怠工，他不好意思。

总之，来山上干活的农妇和青年期待着带点儿什么回去，他们在工作的时候，走动的时候，都仔细地环顾四周。在冬季漫长的土地上，这份周到是必需的。他们把蜂斗菜和蕨菜都用盐腌制，能存一年，或是用酱油煮了保存。盂兰盆节和赏月时插的花，反正山上的花也没人看就枯萎了，把它折回去是对的。然而只来过一次的男人就已经看得分明，说："老师家也有许多蕨菜和酸留呢。"这让我有些震惊。而且他从冬天就认准了。

我以前连蕨菜是羊齿的嫩芽都不知道。如今，我知道毛茸茸的羊齿是不能吃的，还懂得了蕨菜喜好的土质。叫"酸留"的，是一种低低地爬在地上的日本海棠的果实，柿子的四分之一大小，现在的季节有点泛黄。据说，下过霜之后，把它用盐腌上，感冒的时候切碎了吃，就会出一身汗，热度一下子退了。

我向他订大铁门的铁匠说"这地方，酸留很多呀"，一回头，他带来的青年已摘了两三颗青色的果实在手，于是我慌忙制止他们采摘。

下雪后，让人担心的是猎人们的入侵。他们追兔子追得兴奋，越过分界的带刺铁丝网前来。蘑菇也好，兔子也好，人特别喜欢"获得"，所以似乎只有这个防不住。

原载于一九六六年十月六日《神户新闻》及其他媒体

在富士的生活

武田泰淳

　　《富士》的一半是在山小屋写的。附近有御胎内，有浅间神社。浅间神社供奉着木花咲耶姬。没有供奉石长比卖[1]，但走在熔岩地带，有种她也存在的感觉。据说木花是安产与火之女神。富士山一旦喷发，会是这对姐妹当中谁的怒气呢？我认为我们家是富士樱高原的先住民。富士樱和红叶。还有圣诞节、大年夜和正月等时候，在壁炉里烧松树的枯枝，是一种愉悦。一月底往后，雪变厚了。只要下过一次雪就很难融化，所以有时车开不了。今年夏天，有只熊穿过院子。因为只有我一个人目击，所以别人不信

1　在日本神话中，天孙到地上世界后，向大山津见神求娶女儿。大山津见神将两个女儿都嫁给天孙。姐姐石长比卖丑陋，妹妹木花咲耶姬美丽，天孙只娶了妹妹。大山津见神震怒，诅咒天孙，从此天孙的后代（天皇）便与普通人同寿命。

我也没办法。就算当作是我的幻觉，也没关系。因为，我最近经常做比现实更鲜明的长梦。

总之，使用斧头、镰刀和修枝剪，很愉快。

原载于一九七一年十二月《历史与人物》[1]

1　原本是《中央公论》的临时增刊，从 1970 年 11 月号起不定期发行，受到好评，从 1971 年 9 月号起改为月刊。已停刊。

山庄的事
武田花（摄影师）

爸爸死后，妈妈不再开车，车也卖了。之后，她搭乘从以前就出入我们家的木匠的小面包车，每年夏天往返于东京与富士的山庄之间。木匠说，我们两口子去登山，顺便的事。可他一定是特意送妈妈。

木匠在山庄建好那会儿，和工人们一道从东京来富士，住在家里帮我们做了工程，包括爸爸的手工彩色玻璃窗等。他早就过了八十岁，开车很猛。时速一百公里以上就会响的警报哔哔哔响个不停。急刹车、突然变道和超车的一连串操作。

"混蛋！""老头，危险啊！"

其他车朝他怒吼和按喇叭，木匠也不当回事。

妈妈也去世后，我原本打算把山庄拆掉。可是，当我带着刚开始养的猫去那儿，它在一直无人打理、变成丛林的院子里跑来跑去，在高高的树的尖尖上号叫，挥舞和投掷抓到的老鼠，欣喜若狂，于是我为了猫，决定继续维持房子。

十多年后的夏天。我久违地把遮光门窗稍微打开一些，进到昏暗的室内，顶上传来轻微的声响。那边啪啦啪啦，这边啪啦啪啦，听起来是若干个声响叠在一起。我拿着手电筒，上了二楼。

我站在走廊上，在我移动的手电筒的光里，小小的黑影发出振翅声，在空中飞来飞去。带锯齿的翅膀优雅地扇动。

当我将视线移到靠近天花板的梁上，小小的蝙蝠倒挂成一排，圆圆的眼睛亮闪闪的，一齐看着我。其数量有十只到二十只。

"我们已经住下了，拜托——"

就是这样的态度。从近处看，长着绒绒的黑毛，有点可爱。一直敞着门的爸爸的卧室，妈妈和我摆着双层床的房间，它们都在进进出出。大伙儿快乐地生活着。满满地堆在地板上的白色物体和黑色物体，是尿和粪。

我观望了一会儿他们的模样，其间有个想法：

"好吧，就把这个家给蝙蝠们吧。"

几个月后，蝙蝠一族仍住着。第二年的夏天也同样。

接着，第若干次去看的时候，它们消失了。我后来才知道，好像蝙蝠有搬家的习性。

以此为契机，我决定放弃山庄。因为老猫也不怎么在院子里玩了。我把房子拆了，返还租地。

在埋葬狗儿波可的位置，妈妈种了树。我砍下那棵树的一根枝条，与双亲的牌位、猫们的骨灰盒并排摆在一起。